La memoria

1250

DI MARCO MALVALDI

Marco Malvaldi   Samantha Bruzzone

Chi si ferma è perduto

Sellerio editore
Palermo

2022 © *Sellerio editore via Enzo ed Elvira Sellerio 50 Palermo*
e-mail: info@sellerio.it
www.sellerio.it

Questo volume è stato stampato su carta Palatina prodotta dalle
Cartiere di Fabriano con materie prime provenienti da gestione fore-
stale sostenibile.

Malvaldi, Marco <1974>

Chi si ferma è perduto / Marco Malvaldi ; Samantha Bruzzone.
– Palermo: Sellerio, 2022.
(La memoria ; 1250)
EAN 978-88-389-4372-0
I. Bruzzone, Samantha.
853.914 CDD-23   SBN Pal0353190

CIP – *Biblioteca centrale della Regione siciliana «Alberto Bombace»*

Chi si ferma è perduto

Al numero 35 di via Risorgimento

Chi si ferma è perduto,
mille anni ogni minuto.

GUIDO MARTINA,
L'Inferno di Topolino

Prologo

Se vi doveste trovare, una notte d'autunno mentre piove, completamente nudi ai comandi di un aereo di linea che sta sorvolando Ponte San Giacomo, e si dovessero spegnere d'improvviso entrambi i motori, il mio consiglio è di non lasciarvi prendere dal panico. In primo luogo perché Ponte San Giacomo, il posto dove vivo, è un paese per modo di dire: in realtà è una strada in mezzo a una pianura, e le uniche case sorgono accanto alla strada stessa, per cui se siete esperti non avrete nessun problema a trovare un campo o un altro spiazzo erboso abbastanza vasto per atterrare senza fare danni.

In secondo luogo, anche se non sapete pilotare un aereo non c'è problema, perché quello che vi ho descritto ovviamente è solo un sogno.

Per essere precisi, è il sogno che ho fatto stanotte.

Ieri sera ho visto un documentario che parlava di quel pilota che anni fa fece ammarare un aereo di linea sul fiume Hudson, accanto a Manhattan. Forse ve lo ricordate: il velivolo poco dopo il decollo venne investito da uno stormo di anatre, che misero fuori uso entrambi i motori. Al di là del dispiacere per le anatre, che oltretutto erano state arrostite con le piume e quindi sarebbero state immangiabili, c'era il problema che l'aereo si trovava con i motori fuori uso esattamente sopra una delle città più popolose del pianeta. Il pilota stabilì che non sarebbe stato in grado di raggiungere nessun aeroporto nelle vicinanze e, dopo essersi guardato intorno, decise di ammarare sull'acqua dello Hudson. Dei 155 passeggeri, se ne salvarono esattamente 155, compreso un neonato. Le ferite più gravi? Due tibie fratturate.

La cosa curiosa, ho letto, è il modo in cui il capitano riuscì a capire che non sarebbe mai stato in grado di tornare all'aeroporto, ma che lo Hudson invece era alla sua portata. Praticamente, se guardi un punto di fronte a te mentre gli vai incontro, possono succedere due cose: o lo vedi spostarsi verso l'alto, oppure verso il basso. Se va verso l'alto, è sopra la linea dei tuoi occhi; se va verso il basso, il contrario. Guardando i grattacieli il pilota capì che i grattacieli intorno all'aeroporto erano più in alto dell'aereo, e quindi non c'era speranza di poterlo raggiungere (un aereo senza motori ha qualche difficoltà a prendere quota), mentre invece i palazzi intorno allo Hudson erano più bassi, e quindi prima di schiantarsi al suolo era teoricamente fattibile appoggiarsi sul fiume.

Non credevo che questo fatto mi avesse così impressionato, e invece stanotte me lo sono sognata – in realtà spesso sogno di volare, ma non in aereo. Quanto al perché fossi nuda, non saprei cosa dirvi: posso solo confessare che, nel sogno, mi sembrava il problema più urgente. Il prode capitano del fiume Hudson sicuramente se ne sarebbe sbattuto, di essere travestito da Adamo; e forse anche della situazione in generale. Non aveva avuto problemi a schivare i grattacieli di Manhattan, figuriamoci a scansare Ponte San Giacomo. Gli unici rilievi in grado di stagliarsi nel cielo, a parte il silos del letame del Buccianti, sono le Alpi Apuane, che interrompono l'orizzonte a nord da qualsiasi punto del paese.

Ma, anche in questo caso, averne paura sarebbe un errore di prospettiva.

Da lontano le montagne sembrano sempre vicine, molto più vicine di quanto non siano. Da qui parrebbe quasi di poterle raggiungere camminando. Ma se ci si prova sul serio, se ci si incammina in direzione delle montagne, quelle rimangono là, orgogliose e immobili, come se fossero staccate dalla strada su cui ti muovi. Anzi, hai l'impressione che si allontanino.

È solo un effetto di moto relativo, intendiamoci. Le guardi rispetto agli alberi, che sono più vicini a te. Quando cammini in mezzo agli ulivi, che sono alla tua altezza e alla tua portata, quelli si approssimano molto più velocemente: e se, mentre procedi, confronti la montagna con gli alberi, la vedi allontanarsi.

– Secondo voi quanto ci metteremmo a raggiungere le montagne, a piedi? – chiedo.

– Molto più tempo di quello che ho stamani – risponde Giulia. – Ho lasciato una carriolata di panni da stirare prima di pranzo.

– E te stirala dopo pranzo – dice Debora, sempre realista.

– Ma meglio. I panni da stirare secondo me s'accoppiano. Ce ne lasci due e ce ne ritrovi otto.

Ridacchiamo tutte e tre. Poi scuotiamo la testa, diciamo qualche monosillabo privo di senso tipo «eh», «davvero» e continuiamo a camminare in silenzio, tutte e tre nella stessa direzione, ma ognuna per conto proprio.

Giulia l'ho conosciuta fuori dall'asilo, mentre aspettavamo la rispettiva progenie, alla fine del primo giorno di scuola. Eravamo le uniche due quarantenni in mezzo a una torma di sgallettate appena uscite da scuola, se mai c'erano entrate. Sì, lo so, sono cattiva. Lo penserete spesso, tranquilli. E dopo aver letto questa storia mi darete anche ragione. Comunque, eravamo le uniche due ad avere quasi vent'anni moltiplicati per due, a parte una tizia che per andare a prendere il figliolo all'asilo si era agghindata come se avesse dovuto ritirare l'Oscar: capello fattissimo, abito blu con cintura larga e scialle, unghie french e tacco dieci. Io ero vestita da gita della parrocchia in montagna, avevo i capelli legati con il leghino del pan carrè e cercavo di mimetizzarmi tra i cespugli, quando arriva questa tipa tracagnotta, con i capelli neri con un centimetro di ricrescita bianca, mi guarda spalancando due occhioni azzurri e mi fa:

– Scusa, sai mica da che porta escono i bimbi della materna?

Domanda non banale. Eravamo di fronte alla Scuola Paritaria della Casa di Procura Missionaria del Grande Fiume. Sì, la scuola delle suore. Prima che facciate domande o ironia, è l'unica scuola nel raggio di venti chilometri che fa il tempo pieno per nido, asilo, elementa-

16

ri e medie. È per questo, o anche per questo, che è così frequentata. Comunque, la scuola disciplina e terrorizza bambini dai sei mesi ai tredici anni, che hanno ovviamente esigenze diverse, spazi diversi e soprattutto una uscita diversa. Ora, mentre portare il marito quasi cinquantenne da qualche parte e ritirare un trentenne in forma potrebbe avere i suoi vantaggi, accompagnare un tenero batuffolo di tre anni all'asilo e rischiare di portarsi a casa un adolescente brufoloso non è il caso. Quindi, la preoccupazione della tipa era plausibile.

– Escono da questa porta qui, sì – risposi. E siccome era rimasta lì con i fanali spalancati, come se non mi credesse, confermai ulteriormente:

– È la porta giusta, glielo ho chiesto tre volte.

– Ah, meno male. Ho fatto una corsa stamani e mi sono scordata di chiederglielo... e poi ora m'è preso il dubbio, mi son sentita morire...

Un paio di settimane dopo, abbiamo iniziato ad andare a camminare tutte le mattine, dopo aver sbolognato i pargoli.

Nemmeno Giulia e Debora lavorano. O meglio, Giulia non viene retribuita per il lavoro che fa, visto che ha quattro figli: un maschio, una femmina e due gemelli. Debora invece era sposata con un calciatore di serie A, il nome me lo ha detto ma non me lo ricordo, è divorziata e a quanto ne so non ha bisogno di uno stipendio supplementare. Ad ogni modo, nessuna delle tre la mattina ha un cartellino da timbrare, per cui se non abbiamo niente di meglio da fare ci troviamo alle nove davanti alla pasticceria. Un caffè e poi passeggiata: quattro chilometri, dalla piazzetta al mulino e ritorno. A volte siamo in tre, a volte siamo in due, altre volte sono da sola. Quando sono sola prendo un caffè e una pasta, tanto la smaltisco camminando, e poi magari a camminare nemmeno ci vado.

Invece stamani siamo tutte e tre, per fortuna. È domenica mattina, prima delle undici, che per ognuna è un momento rilassante. Virgilio e i bimbi sono sulla spiaggia, a giocare con il drone. Il marito di Giulia è a correre, è uno di quelli che per rilassarsi la domenica mattina si infligge venti chilometri di jogging, ma del resto i giorni feriali salta il pranzo per comminarsene otto. Il figlio maggiore è in bicicletta, e ai gemelli ci pensa la figliola tredicenne. Per quanto riguarda Debora, a guardare il figlio la domenica ci pensa la nonna, lei alle undici va a messa ma fino a quel momento non ha niente da fare. E nemmeno dopo, a essere sinceri. E poi, va da sé, ci sono io.

A volte, mi piace fare un gioco: immaginarmi come mi vedrei dall'alto, sulla stradina. Come se fossi un uccello, un parapendio, o un UFO. Come mi presenterei a un UFO? Mi chiamo Serena da circa quarantacinque anni, sono sposata con Virgilio da più di venti e abbiamo due figli, Pietro e Martino, variabilmente piccoli a seconda della prospettiva. Non sono sicura che l'UFO capirebbe, ma d'altronde definirmi senza parlare di loro non sarebbe possibile, e ho la sensazione che il resto sarebbe poco interessante. Come dicevo prima, è sempre una questione di moto relativo. Cioè, dipende da dove stava andando l'UFO.

Continuiamo a camminare, a passo tranquillo. E io continuo a guardare verso l'orizzonte, gli alberi che si avvicinano e passano e le montagne che rimangono là, e in mezzo il cartello con scritto «Ponte San Giacomo», con sopra una barra rossa. Da lì in poi, alla curva, finisce il paese. O meglio, il comune. Il paese è finito da un pezzo. Da lì in poi è tutta campagna, come una volta. Erba, colline e serenità bucolica.

Ma mentre camminiamo, all'improvviso, la quiete vegetale viene rotta. Da dietro alla curva spunta una specie di serpente umanoide e sibilante, un torrente fatto di ruote, schiene, manubri e caschi. Come se si fosse rotto l'argine di un fiume, la curva sversa sulla strada un flusso di gambe e di lycra, coloratissimo e minaccioso. Senza dire niente, ci mettiamo in fila sul ciglio della strada. Se essere investiti da un'auto è drammatico, essere uccisi da una bicicletta sarebbe avvilente.

Quando dietro alla curva si chiude il rubinetto dei ciclisti, il fronte del gruppo è quasi arrivato accanto a noi, e in un attimo ci passa oltre. Tre, quattro, sei secondi al massimo, e quello che era uno stormo di facce diventa un treno di sederi che si allontana a cinquanta all'ora.

– Però, son già le dieci? – dico, guardando l'orologio. Debora, invece, guarda Giulia con una faccia di culo unica e ammicca verso lo sciame di deretani in fuga.

– Tuo figlio te l'ha più chiesto di andare con loro? – domanda, con la simpatica impudenza di chi ha un figlio di due anni e sa benissimo che a figli piccoli corrispondono problemi piccoli.

– Se vengo a sapere che va con quelli della questura gli do tanti di quei nocchini che lo faccio diventare pelato sulla nuca – risponde Giulia. – Il negativo di su' padre, lo faccio diventare.

Non siamo certo le uniche che da queste parti si ritrovano a un orario stabilito per andare a fare un giro. Ci sono, per esempio, due distinti gruppi di ciclisti che ogni domenica alle nove partono da due ritrovi ben precisi: il gruppo della farmacia e il gruppo della questura. Quello che avevamo appena visto passare era il gruppo della questura. È una storia lunga, ve la spiego dopo.

– Sono quasi le dieci. Bimbe, che dite...

– Sì, è meglio.

Ecco, appunto. Unendo i puntini, e prolungando la linea retta che ne risulta, significa: sono quasi le dieci. È tardi e devo fare una valanga di cose. Visto che anche voi più o meno siete nella mia situazione, che ne dite se acceleriamo il passo? Ma queste cose non c'è bisogno di dirle. Siamo nella stessa situazione, appunto. Mentre si cammina si parla di altro. Ci si lamenta della carriolata di compiti che danno a scuola, per esempio. Oppure ci si lamenta dei figli che ci mettono troppo tempo a fare i compiti. Altro argomento gettonatissimo, ci si lamenta del vicino di casa che passa le giornate a trapanare i muri e col casino che fa i bimbi non riescono a concentrarsi. Insomma, principalmente ci si lamenta in maniera incoerente. Usiamo i discorsi come una palla, rimbalzandoceli fra noi come se giocassimo a pallavolo sulla spiaggia, e non importa se una è scarsa e non sa fare il bagher, l'importante è non stare ferme come cetacei spiaggiati mentre tutti gli altri lì intorno se la godono, o almeno così sembra. Ogni tanto, dai lamenti occasionali nascono discorsi seri. Ma ce ne pentiamo quasi subito.

– Che ti tocca oggi per pranzo?

– Ah, lo sa la suocera. Oggi siamo a pranzo da lei – risposi.

– Ci state facendo il solco.

– Eh, dillo a me. È che in questo periodo ogni giorno ne salta fuori una diversa. E se fosse solo una andrebbe bene. Domattina devo portare la macchina dal carrozziere, andare a Pisa dal commercialista per il centodieci per cento e poi mi tocca tornare per la decima volta da Culobasso a sentire se è arrivato 'sto cavolo di libro di geografia, l'ho ordinato un mese fa, non credevo che lo spedissero una pagina per volta. Virgilio ha lezione dalle nove alle due. Meno male c'è la suocera, ogni tanto, sennò…

Silenzio. Il passo accelerò ancora un pochino. Stanno venendo in mente anche a voi tutte le cose da fare, vero?

– Io non capisco – gemetti. – Ora che non lavoro a volte mi sembra di avere meno tempo di prima.

– E allora rimettiti a lavorare – replicò Debora sorridendo.

– Riformulo, scusa – risposi, sorridendo anch'io. – Quando ancora mi pagavano per il mazzo che mi facevo, mi sembrava di avere più tempo.

– Ma alla CGN non ti riassumerebbero? – chiese Giulia, spalancando gli occhioni.

– Non li ho più sentiti.

– E non ci hai più pensato?

Non risposi. Pensavo. Nel senso che sì, ci pensavo e ci ripensavo.

– Quando te n'eri andata ti avevano fatto una bella offerta per tenerti... – ricordò Debora, continuando a camminare a testa alta, il mento ritto davanti a sé.

– Anche io avevo specificato cosa volevo per rimanere – risposi, guardandomi i piedi. Come se fosse stata colpa mia.

Alzai la testa e tornai con gli occhi verso dove stavamo andando. Il cartello con la striscia rossa, quello che secondo mio figlio piccolo diceva «Vietato Ponte San Giacomo», ci veniva incontro lento ma inevitabile. Quella mattina eravamo andate piuttosto piano, di solito il cartello con la fine del paese lo oltrepassavamo parecchio prima.

Erano anni che passavo accanto a quel cartello, ma non sapevo se fosse più alto o più basso di me. Non ci avevo mai fatto caso. Così provai a guardarlo, mentre camminavo. Come il pilota dell'aereo che incombeva su New York. Il bordo superiore del cartello si spostava verso l'alto, mentre quello inferiore andava verso il basso. La scritta «Ponte San Giacomo», invece, era esattamente alla mia altezza.

Sospiro. Gira che ti rigira, anche continuando a camminare, non mi sarei mai mossa da dov'ero.

Inizio

Fu solo quando arrivammo a casa che me ne accorsi.

Io e Debora abitiamo nella stessa via, in due villette singole una in cima e una in fondo alla strada. Detta così sembrerebbero distanti, ma in realtà le case sono soltanto otto, tutte nel giro di nemmeno cento metri. Debora tirò fuori le chiavi, aprì il suo cancellino e disse:

– Vai, io mi faccio una doccia e vado a messa.

Io in tutta risposta mi battei due manate sul petto. Non per smaltire qualche peccato, presa da improvviso rimorso per non essere devota come la mia vicina di casa, ma perché solo in quel momento mi resi conto che non avevo più le chiavi.

Quando vado a camminare, di solito porto la chiave di casa direttamente al collo, appesa a un moschettone legato a uno di quei nastri che ti danno ai congressi per tenerci il badge. In tasca non le sopporto, camminando veloce sbatacchiano da tutte le parti e mi sformano tutto il giacchetto.

– Oh cavolo.

– Che succede? – chiese Debora, fermandosi un attimo sul cancellino.

– Ho perso le chiavi. Porca vacca, ma come... ho anche una sete... non vedevo l'ora di rinfrescarmi, mi sembra di aver mangiato un cucchiaio di sabbia...

– Vuoi un bicchiere d'acqua?

– Casomai dopo, scusa. Ora vorrei... ma Cristo, ce le avevo, sono sicura...

– Ragioniamo un secondo – disse Debora con tono pratico. – Quando hai fatto la battuta sulle preghiere ti ho guardato e non ce le avevi già più.

A un certo punto, ci eravamo messe a parlare del fatto che le brave suorine ci rammentavano spesso che ci avrebbe fatto un gran bene partecipare alle attività tipicamente cattoliche della scuola – le messe per le occasioni speciali, le veglie di preghiera, il cilicio eccetera. Tu preghi almeno tre volte al giorno, sorella?, aveva chiesto Giulia con candore. Quando ero in prima media, avevo risposto. Sinceramente. Pregavo la Madonna perché mi facesse crescere le puppe. Sarà per quello che sono atea.

– Stavamo già tornando indietro – disse Debora. – Le hai perse prima.

– Porca troia... Devo andare a cercarle subito.

Anche perché a Ponte San Giacomo di laureati in chimica ci sono solo io, per cui se trovi una chiave legata a un nastro da congresso con scritto in rosso «XIV INTERNATIONAL WORKSHOP ON METALLOCENE CHEMISTRY» non fai troppa fatica a capire chi puoi derubare.

– Dai, grosse come sono non saranno difficilissime da trovare – disse Debora. – Vengo con te?

Il bello di Debora è questo. È una di quelle persone che se te lo chiede lo pensa davvero, non lo fa per cortesia. Se non le va, non te lo dice nemmeno. Se avessi accettato sarebbe venuta con me senza problemi, senza rinfacciarmelo e senza mollare finché non avessimo trovato le chiavi.

– No no, tranquilla –. Sorrisi, ostentando serenità. Mi sarebbe venuto da dirle che a spettacolo iniziato avevo paura che non la facessero entrare, ma evitai, per quella volta. – Prendo il cellulare e vado.

– E come fai a entrare in casa, che non hai le chiavi?

– Aspetta, aspetta. Magari non le ho prese. Potrei essermi tirata dietro la porta quando sono uscita. Per una volta che lo faccio io...

Guardai Debora. Virgilio, pur essendo nato a Ponte San Giacomo, per molti tratti del carattere era un americano del Connecticut. Una delle sue abitudini yankee più radicate era non chiudere a chiave la porta di casa quando usciva. Negli Stati Uniti lo fanno, si giustificava ogni volta che glielo facevo notare. E infatti quello è l'Empire State Building, gli rispondevo mostrandogli con la mano il silos del letame del Buccianti.

– Uso il ginocchio di Tutankhamon. Vale la pena provare.

– Vai, proviamo.

Andammo al mio cancellino e entrammo in giardino, per poi dirigerci verso la casetta di legno.

Non era la prima volta che mi chiudevo fuori di casa, e non era nemmeno la prima volta che Debora mi aiutava a entrare. Il debutto sul pianerottolo l'avevo fatto ormai da tre anni – mi si era chiusa la porta alle spalle dopo aver infornato il pollo, mentre uscivo per prendere il timo per fare una salsina. Anche allora ero con Debora, e come oggi le avevo chiesto di accompagnarmi nella rimessa, dove mi aveva aiutato a disseppellire un contenitore nascosto sotto metri cubi di scatoloni. La cartella clinica di quando Virgilio era stato operato dopo essersi sbriciolato tibia e perone, da cui avevo estratto la radiografia di un arto inferiore con le ossa costellate di viti e ferri vari.

– Ecco – avevo detto, riportando alla luce il reperto mentre lo guardavo con estatico rapimento, tipo Indiana Jones. – Questa ci permetterà di entrare in casa.

– Non avrei mai pensato di assistere a questo momento – aveva detto Debora con serietà, davanti alla valanga di scatoloni che avevamo portato fuori dalla baracca. – Abbiamo ritrovato il ginocchio di Tutankhamon.

Eravamo riuscite a entrare, con Debora che sbatacchiava la porta mentre io infilavo nella fessura la radiografia fino a inserirla tra lo scrocco e la cornice, sbloccando la serratura. Quella stessa sera avevo ringraziato il ginocchio di Tutankhamon sacrificando in suo onore un pollo arrosto.

Anche stavolta, sbatti e infila, riuscimmo a entrare. Guardai subito in alto, verso i ganci dove appendo le chiavi quando entro.

Niente.

Cioè, il gancio c'era. Le chiavi no. Cioè, non le mie. C'era la copia di riserva, una delle tre o quattro che ho, che ancora oscillavano lievemente. Le presi in mano, mentre la delusione si rassodava in malumore.

– Bevo un secondo, prendo il cellulare e vado verso il Fornace – dissi, più a me stessa che a Debora. – Certo, un'oretta gratis buttata via. Per una volta che non c'era nessuno in casa...

– Vedila così, almeno non prendi la macchina.

Niente da dire, la ragazza ormai mi conosce bene.

Ci sono tantissime cose che mi danno fastidio. Lasciare le cose a mezzo. Il frigo aperto. La mancanza di rispetto. Le cose molli e viscide. I pantaloni stretti. I paraorecchi e chiunque li indossi. La stupidità, soprattutto la mia. La fantascienza, lo yoga, il quinto quarto. È un numero imprecisato, però in continuo aumento. Ma il primo gradino del podio è fuori discussione.

Odio guidare in paese.

Il paese dove abito è cresciuto su uno stradone, lungo il quale si sono depositate tante piccole viuzze che si allargano perpendicolari alla via principale. È come se un fiume in piena avesse trasportato dei rami, con le casette al posto delle foglie. Poi il fiume si è seccato e adesso è possibile andarci in auto, ma anche in trattore, oppure in bici – come minimo in tre, uno accanto all'altro. A piedi, no: il fiume si è scordato di depositare anche un marciapiede, e le amministrazioni comunali successive non hanno ritenuto necessario arginare lo stradone.

Una delle conseguenze di questa urbanistica alluvionale è che, per andare da un punto A a un punto B, c'è un'unica strada da fare: devi per forza prendere quello stradone. Che tu sia in auto, in bicicletta o in trattore. A meno che il posto dove devi andare non sia nella stessa via dove abiti tu – e solitamente è casa di tua suocera.

Casa di mia suocera, invece, si trova a sei chilometri di distanza, nella cosiddetta Ponte Basso. Non abbastanza da impedirci di frequentare la vecchia rompipalle (e salvapelle, ammettiamolo) ma ampiamente sufficienti per arrivare in ritardo ogni singola volta che ci invita a pranzo o a cena. E mia suocera odia i ritardi.

I motivi del ritardo, va detto, sono sempre differenti. A volte sono i bimbi che ci mettono una vita a vestirsi, a volte Virgilio dice che tornerà a casa alle sette e si presenta tutto trafelato un quarto alle otto dicendo che deve fare la doccia perché puzza di mammut. A quel punto, già inesorabilmente accumulato un buon angolo retto di ritardo, si imbocca lo stradone – e qui arriva il problema. Il cinquanta per cento degli abitanti di PSG è in pensione, ha automobili da pensionato e soprattutto guida da pensionato (piano, ma esattamente in mezzo alla strada, usando la riga della mezzeria come se fosse una monorotaia); quelli che lavorano di solito guidano un trattore. Ci sono anche i giovani che non lavorano, e sono la maggioranza: tipicamente sono in bicicletta, a gruppi di sei. Per cui la scena che si ripete ciclicamente, appunto, è quella di una mezza dozzina di giovanotti in forma che pedalano allegri in gruppetto, scambiandosi chiacchiere e maltodestrine, tallonati da un'invasata con le vene del collo gonfie come tralci di vigna che invoca maledizioni azteche.

La strada su cui andiamo a camminare, invece, è assolutamente inadatta alle auto: è asfaltata, ma è troppo stretta e da un certo punto in poi, quando costeggia la collina, è piena di tornanti. Se volevo avere una minima speranza di trovare le chiavi in tempo utile dovevo partire subito, era la cosa più razionale da fare. Prima, però, dovevo avvertire.

– Ciao Virgi. Sei ancora in spiaggia?
– Fra un'oretta veniamo via– rispose Virgilio. – Verso mezzogiorno siamo da mamma. Te, tutto a posto?
– Quasi.

Che è il nostro modo di dire «no». Sono anni, ormai. Ha cominciato lui, io all'inizio mi incazzavo come un puma. Poi ho preso il vizio.

– Che è successo?
– Ho perso le chiavi mentre ero a camminare. Volevo provare a ritrovarle prima di venire a pranzo, mi seccherebbe se...
– Mi sembra assolutamente il caso. Appena arrivo riferisco agli ufficiali cucinieri che casomai stoppino la procedura.
– Grazie, signor tenente. A dopo. Bacio.

Si parlava di decisioni razionali, prima. Ecco, in termini di esseri razionali la mamma di Virgilio ha pochi rivali. Qualche estratto dal suo curriculum: Augusta Viterbo, laureata in Economia a ventidue anni, sposata a un maresciallo dell'aeronautica a ventitré, rimasta vedova a trenta con due figli. Per reggere a una situazione del genere devi darti delle regole ferree, e applicarle anche agli altri. Io lo so bene, visto che sono stata uno degli altri. In pratica, la mamma di mio marito era la mia professoressa di matematica del liceo. Il mondo è piccolo. Anche se non come questo paese.

All'epoca era nota come Augusta Pino, abbreviazione di Augusta Pinochet, per l'indiscutibile somiglianza con il dittatore cileno – sia in termini fisiognomici sia per le modalità di governo. Tanto per dare un'idea: quando aveva la prima ora la Viterbo arrivava esattamente due minuti prima dell'orario, e quando suonava la campanella, guardava l'alunno più vicino alla porta e diceva, dandogli del lei:

– Citi, per cortesia, può chiudere?

E Citi si alzava e chiudeva la porta. Da quel momento non entrava più nessuno. Se anche avevi dieci secondi di ritardo, dovevi andare dal preside e farti fare il permesso per entrare un'ora dopo, da portare il giorno successivo firmato dai tuoi genitori. Inflessibile con chiunque, inclusa se stessa. Eravamo convinti che dormisse a scuola, poi scoprimmo dopo un anno che invece abitava in provincia di Pisa e insegnava nel nostro liceo, il glorioso scientifico Tommaseo, in Maremma, a un'ora di treno. In seguito, privatamente, la prima volta che Virgilio mi invitò a conoscere sua madre, scoprii che era Augusta Pino.

Ognuno di noi, ama dire Augusta Pino ogniqualvolta ci impartisce una non richiesta lezione di economia comportamentale, ha due emisferi cerebrali: quello destro e quello sinistro. L'emisfero destro, ci assicura, è quello emotivo, l'emisfero sinistro è quello razionale. I due non sono in grado di funzionare in modo parallelo, asserisce, o uno è in modalità emotiva oppure è in modalità razionale. Quando si prendono decisioni, conclude con un sorriso freddo, bisogna rivolgersi il più possibile a sinistra.

Di solito, quando cammino da sola mi guardo intorno. Anche se il paese è brutto in modo imperdonabile, la campagna è veramente bella. Me ne sono resa conto per davvero solo atterrando, e riconoscendo Ponte mentre l'aereo scendeva verso Pisa. La strada è rimasta isolata, dall'alto sembra una cicatrice di asfalto con i punti di sutura delle traverse, ma intorno la campagna è un trionfo, cinquanta sfumature diverse di verdi e di marroni, che esplodono di giallo quando è estate. La strada su cui andiamo a camminare nemmeno si distingue, persa fra gli ulivi, e i campi sono cioccolatini in una scatola, l'uno accanto all'altro, fino ad arrivare dall'altra parte, al bosco di Rivo, che visto da lassù sembra un tappeto fatto di alberi.

Quella volta, invece, camminavo col naso verso terra. E focalizzata sull'obiettivo, come sarebbe piaciuto ad Augusta Pino. Ora, non sono troppo sicura che le competenze dei due emisferi siano così nettamente separate, come dice la suocera. Quello che so è che a volte anche le decisioni razionali si rimpiangono. Come quando abbiamo deciso di cercare casa a Ponte San Giacomo, perché entrambi volevamo dei figli, e io volevo una casa più grande, possibilmente con un po' di giardino, e a Pisa una casa con giardino costa più o meno quanto uno yacht, e quindi la decisione razionale era cercarla in paese, lo stesso paese dove abitava la mamma di Virgilio, che eventualmente era pronta a trasformarsi in nonna nel caso in cui fosse servito. Era la decisione razionale, la più giusta da prendere, e non sapete quante volte l'ho maledetta. Come tante altre, del resto. Per esempio, se io quella domenica avessi dato retta alla metà destra del mio cervello, mi sarei fermata un attimo a casa per bere, con calma, e non avrei preso la bottiglia per portarmela dietro mentre andavo alla ricerca delle chiavi. Ma l'emisfero sinistro, quel despota stalinista, ha cominciato a farmi scorrere davanti immagini delle possibili conseguenze di un mio ritardo, in una escalation di eventi inevitabili che culminava con mia suocera che per vendicarsi dell'ennesimo risotto passato di cottura mi avvelenava il dessert. A volte, il mio emisfero sinistro è veramente sinistro.

Ora, quando hai una bottiglia in mano e stai camminando per la seconda ora consecutiva, oltretutto concentrata su qualcos'altro, fai presto a portartela alla bocca senza rendertene conto. Per cui, ben prima di arrivare all'altezza del Fornace la bottiglia era vuota, e la mia vescica invece cominciava a essere piena, d'altronde è una legge fisica, il liquido che non è più lì da qualche parte deve pur essere. In breve, mi resi conto che mi ero presa un impegno che non era possibile procrastinare. Arrivata vicino al boschetto, pensai che prima di continuare a cercare le chiavi avrei potuto trovare un po' di quiete. Sempre con gli occhi a terra per vedere se scorgevo qualcosa, eh. Il dovere innanzitutto.

Entrai nel boschetto con l'aria disinvolta della taccheggiatrice e mi guardai intorno. O meglio, mi annusai intorno. C'era un odore che conoscevo bene, ma era decisamente incoerente per quel posto lì. Un odore, letteralmente, di piedi sudati. Ora, non che di solito i boschetti profumino, ma di solito i tanfi sono diversi. Muschi, radici bagnate, muffa. Quello invece era un odore decisamente complesso, anche se chiaro e riconoscibile. O meglio, che avrei dovuto riconoscere, se fosse stato nel contesto giusto. Tipo un formaggio molto stagionato, o la camera di un adolescente. Ma lì non c'entrava. Non c'entrava nulla. Non c'erano piedi sudati, pensai. Però c'era una mano.

E un braccio.

E attaccato al braccio c'era un tronco.

Il resto del corpo lo guardai solo per un attimo. Poi tornai con lo sguardo sul tronco, con la giacca tutta sbrindellata e impregnata di un liquido scuro.

Feci un paio di passi verso il corpo, e in quel momento mi resi conto che c'era un altro odore che aleggiava. Molto più sottile, ma anche molto più netto. Penetrante. Come un bisturi rispetto a un martello.

Mi sentii una mano che mi frugava dentro lo stomaco, e per un attimo ebbi paura che avrei vomitato sopra al cadavere. Non per l'odore, ma per la situazione. Mi era già capitato in passato, anche in pubblico, di sentirmi sopraffare dalla tensione, e di esprimermi esternando il peggio di me. A volte il mio emisfero destro è un po' maldestro.

Mi guardai intorno, sia per vedere se c'era qualcun

altro sia per non guardare in terra. Annusai di nuovo, solo per scrupolo, perché l'odore era inequivocabile.

E a quel punto tutto diventa vivido e presente.

Questo è odore di polvere da sparo.

Il tipo non è caduto. Non è stato investito. Non si è trafitto con un ramo per suicidarsi, tipo vampiro depresso, e che vergogna che mi vengano in mente queste cretinate in questa situazione. No, gli hanno sparato.

Chi chiamo? Ambulanza? Se chiamo il centotredici e questo tipo è ancora vivo, finisco di ammazzarlo. Ma se chiamo il centodiciotto magari rallento le indagini.

E se chiamassi il centodiciotto e gli dicessi di avvertire il centotredici?

Uno, uno, otto.

– Pronto?

– Sì, mi chiamo Martini, Serena Martini. Sono... ho... cioè, ho trovato una persona morta.

– Morta? È sicura che sia morta?

– Ha il petto pieno di sangue e non si muove.

– Può andare a controllare se respira?

Ma anche no. Se poi viene fuori che è un omicidio e trovano le mie impronte digitali sul cadavere? Questo lo dice la metà sinistra del cervello, amministrata dalla dottoressa Martini. Serena, all'angolo di destra, ha una fifa boia e non si capacita di non essersela ancora fatta addosso.

– No, non mi sembra che respiri.

– Dove si trova?

– Sono in località Il Fornace, al confine di Ponte San Giacomo, sullo stradone.

– Dove di preciso?

– Eh, dove di preciso... Ho il cellulare. Le posso inviare la mia posizione esatta.

– Sì. Un attimo.

Sento silenzio per un secondo, poi la voce ricompare.

– Le ho appena inviato un SMS. Se lei apre i messaggi e clicca sul link ci arriva direttamente la sua posizione.

– Ah. Ottimo. Senta, le devo chiedere se è possibile chiamare anche la polizia.

Le devo chiedere se è possibile. Madonna che imbranata. Sembra che stia ordinando un'altra bottiglia di acqua gassata al ristorante. È possibile avere anche un commissario? Grazie.

– Certo. Avvertiamo noi.

Ancora un momento di silenzio.

– Va bene, signora. Abbiamo già mandato una ambulanza e avvertito una pattuglia. Lei resti lì.

Come, lei resti lì? Da sola in un boschetto con un morto, e con mia suocera che mi aspetta a pranzo? Vabbè, non tutto il male viene per nuocere. Ora telefono subito a Virgilio e gli dico che causa forza maggiore oggi da sua mamma pranzano senza di me. Prendo il telefono, e vedo lo schermo tremolare e spegnersi.

Scarico.

Mi appoggio a un albero, sconfortata.

Poi mi tiro su subito, tante volte stessi contaminando la scena del crimine.

Mi sa che di fare pipì qui non se ne parla.

Tre

– Allora, lei si chiama?

– Martini. Serena Martini. Abito qui vicino, in via Bartali.

– Via Bartali?

– Sì, qui sullo stradone. È la parallela di via Pantani, subito prima di via Ballerini.

Ma cosa mi metto a dire? Sembra che mi debbano consegnare un pacco. Se non c'è nessuno a Martini, suonate pure a Falorni. Chissà cosa pensa di me questa poliziotta. Già appena è arrivata le ho chiesto se poteva prestarmi il telefono, per chiamare Virgilio. Subito dopo ho domandato il permesso per andare a fare pipì come se fossimo a scuola. Probabilmente è convinta di avere a che fare con una subnormale.

– Mi diceva di essere entrata nel boschetto per cercare le chiavi?

– Sì, anche. Cioè, ero venuta qui a camminare, stamani mattina, con due amiche, e quando sono arrivata a casa mi sono accorta di aver perso le chiavi, così sono venuta a cercarle...

Man mano che raccontavo, mi rendevo conto che stavo descrivendo un comportamento ai limiti del lisergico. Perdi le chiavi mentre sei a passeggiare e le vai a cercare in un boschetto a dieci metri dalla strada, ciccia? O sei fatta o sei tu che gli hai sparato.

– In realtà in quel momento avevo bisogno di un attimo di privacy...

La poliziotta mi interruppe, indicandomi col mento una bici da corsa che era appoggiata lì vicino.

– La bicicletta, ha idea di chi sia?

– Credo proprio che fosse del professore.

Finalmente una risposta sobria.

– Della vittima, intende?

– Sì, lui. Il professor Caroselli.

– Lo conosceva bene?

Difficile a dirsi. Ne avevo sentito parlare, più che altro. Lo avevo visto spesso, a scuola o nei dintorni. Certo, quando lo vedevo di solito era a piedi o in bici, e soprattutto era vivo. In quella posizione non mi ero resa subito conto di chi fosse.

– So che si chiama Luigi Caroselli e che insegnava alla scuola delle suore. Quella dove vanno anche i miei figli.

– Ed era il professore dei suoi figli?

– No, era in un'altra sezione.

La poliziotta continuava a scrivere sul cellulare quello che dicevo, i pollici velocissimi. Ci avevo messo un paio di minuti a capire che non stava chattando con le amiche ma stava trascrivendo le mie risposte. Quella mattina non ero troppo lucida, evidentemente. Oppure sono un po' troppo vecchia per certe cose. La tipa di sicuro era più giovane di me. Oltre che più alta. Sarà stata un metro e novanta come minimo.

– Allora, Corinna – disse un tipo alto e grosso, arrivando accanto a Corinna con un metro in mano – è morto da tre a cinque ore fa. Una scarica di pallini, da vicino. Piccolo calibro.

La poliziotta si voltò, dandomi il profilo.

– Gigliotti, la prossima volta che mi dai una informazione tecnica, ti spiacerebbe aspettare di essere soli?

– Scusa, eh, credevo lo volessi sapere...

– Vorrei che non lo sapesse anche tutta la provincia. E che cazzo, sarebbe un'indagine –. La donna scosse la testa, mentre l'uomo rimaneva in piedi, ma pendendo lievemente in avanti, con le ginocchia che quasi si toccavano e il metro con la cima in terra. Sembrava uno sciatore al cancelletto. – Vai, torna pure là, arrivo fra poco.

L'uomo girò sui tacchi e si allontanò, mentre Corinna continuava a guardare in direzione del corpo.

– Mi scusi. Non lo aveva riconosciuto subito, stava dicendo – continuò, sempre guardando il lenzuolo, sotto al quale spuntavano due o tre lunghe ciocche. Il Caroselli aveva i capelli rasta, e quando era verticale quei tentacoli infeltriti gli arrivavano in fondo alla schiena.

– No, in effetti no.

So che può sembrare inspiegabile, ma aveva un viso diverso. Da vivo, il Caroselli aveva una faccia seria, tesa, con le labbra strette. L'espressione concentrata di chi sta pensando a come risolvere i mali del mondo. Gli occhi erano distanti, praticamente nascosti dagli occhialini rettangolari dalle lenti strette e spesse, e non attiravano certo l'attenzione. Quando lo vedevi, la prima

cosa che ti colpiva era la criniera. Invece, quando lo avevo trovato i capelli si confondevano col sottobosco e
il viso era rilassato, quasi sereno, la bocca lievemente
socchiusa e gli occhi azzurri semiaperti. Come se avesse finalmente capito la soluzione.

– E quindi come mai è sicura che la bici era la sua?

– Lo vedevo spesso in bici. Non si muoveva mai in
auto, solo a piedi o in bicicletta. Era un ecologista convinto, il Caroselli.

Guardai il biciclo appoggiato all'albero, ignaro di essere rimasto senza padrone. Era raro vedere uno dei
due senza l'altro. Tra noi genitori eravamo convinti che
entrasse in classe pedalando. Lo dissi alla poliziotta,
omettendo l'ultima parte.

– Quasi impossibile incontrare uno dei due senza l'altro. Ho imparato a riconoscerla. La prima volta, si figuri, ero convinta di avere avuto un'allucinazione. Ti
vedo questo tipo, questo rastone tutto in salute, che
passa in bicicletta da corsa con il fucile a tracolla. Ho
pensato che fosse la versione locale del biathlon.

– Il fucile a tracolla?

– La doppietta. È... era un cacciatore il Caroselli.

– Un ecologista cacciatore?

– Qui in paese sono quasi tutti cacciatori. Lei pensi
che un mio amico è vegetariano, ed è cacciatore anche
lui.

La poliziotta mi guardò con un sopracciglio alzato.
E io, pur nella tensione del momento, pregai che non
si addentrasse nel discorso. Ci sono ragionamenti che
sono in grado di fare con degli sconosciuti, altri che so-

no capace di gestire con persone che conosco bene, e altri che è meglio che faccia solo con me stessa.

Con un mio amico, una volta, ci ero andata a litigare di brutto.

Questo amico era un vegano di quelli duri, tipo quello dei Simpson a livello nove – non mangio niente che proietti ombra – e sosteneva che la caccia fosse contro natura.

Che cavolo significa contro natura? Se mi metti una palla sul pavimento e questa inizia a rimbalzare da sola, quello è contro natura. Se metti un bicchiere d'acqua in forno a centottanta gradi e diventa ghiaccio, quello è contro natura. Ma un cacciatore non è contro natura. Può non piacerti, ma quello è un altro paio di maniche.

L'uomo fa parte della natura. E la natura è un equilibrio. Se togli l'uomo dall'ecosistema togli un predatore fra i più importanti.

Negli anni Novanta a casa mia, in Maremma, proibirono la caccia al cinghiale. Pratica barbara e primitiva, dissero. Ed era vero, chiariamoci. Peccato che furono costretti a reintrodurla prima di subito. I cacciatori degli anni Cinquanta, che quelli sì erano delle vere bestie, avevano ripopolato le zone con cinghiali ibridi, a metà fra il cinghiale e il maiale domestico. Uno solo di questi animali in una notte è in grado di distruggere un ettaro di vigna. Meglio che lo abbatta un cacciatore esperto che sa cosa fa o un contadino incazzato con la doppietta del nonno caricata a pallettoni di piombo, oltretutto tossici per il terreno?

Sono quei discorsi poco ragionati che a volte mi fanno decisamente incavolare.

«Io sono vegetariano perché si può mangiare senza uccidere». Davvero? Hai mai visto coltivare un campo? Hai presente quante nutrie, quanti topolini e quante talpe vengono sbrindellati dagli aratri? Hai mai visto una lepre decapitata da una trebbiatrice? E tutti i parassiti che stermini, lumache e coccinelle, per avere la foglia di spinacio bella lucida e intera, non sono forme di vita? Ma tanto tu sei convinto che quegli spinaci siano cresciuti liberi in un campo enorme e rigoglioso, carezzati dalla mano robusta di un agricoltore biondo e democratico, e quindi hai la coscienza a posto. Occhio non vede, stomaco non duole.

Tutta questa filippica mi attraversò il cervello in pochi secondi, mentre la poliziotta finiva di diteggiare, senza che avessi la minima possibilità anche solo di accennarvi.

– Che persona era, il professore? – mi chiese mentre io, nella mia testa, continuavo a litigare con il mio compagno di studi di anni prima. – A proposito, cosa insegnava?

– Insegnava musica – risposi, contenta di tornare al presente.

– Ah. Un musico. Sa mica che strumento suonava?

– Il clavicembalo. Fra l'altro, io non me ne intendo ma dicono che fosse molto bravo come strumentista. Molto, molto bravo.

– E insegnava alle medie?

– Pare che la musica barocca non sia proprio la tipologia di musica che rende ricchi. In più, ecco, diciamo che aveva le sue stranezze.

– Aveva le sue stranezze –. La poliziotta mi guardò. Sembrava pensasse: allora lo vedi che un ecologista che sparava ai fagiani tanto normale alla fin fine non lo era.

– Sì. Non prendeva l'aereo, per esempio. Per fare quel lavoro, credo sia un handicap non da poco.

– Anche quello per motivi ambientali?

– Lui sosteneva di sì. Alcuni dicono che avesse solo fifa. Sa, come quel calciatore, non mi ricordo il nome...

– Dennis Bergkamp –. La poliziotta alzò lo sguardo dal cellulare. – E altre stranezze?

– Be'...

Come glielo dico, in maniera priva di ambiguità ma al tempo stesso priva di astio, che il professor Caroselli era una brava persona ma anche uno spaccacazzo di dimensioni allucinanti?

– Diciamo così: il professore era il classico duro e puro. Una gran brava persona, ma di quelli che non sopportano che gli altri possano deviare dalla retta via. Era il tipo che poteva piantarti una grana per qualsiasi cosa.

– E si era fatto dei nemici? Qualcuno lo aveva preso in antipatia per questo?

– Dipende. Dipende dalla grana. Un anno fa, per esempio, un paio di ragazzini della scuola avevano fatto i bulletti con un loro compagno, be', diciamo ben in carne e un po' effeminato. Caroselli ha fatto un casino tale che li ha fatti sospendere per una settimana.

Vidi uno scintillio negli occhi della poliziotta. Caroselli cominciava a starle simpatico.

– Poi la settimana dopo ha convocato i genitori insieme ai ragazzi e ha fatto il culo anche a loro. Noi facciamo la nostra parte ma se voi non fate la vostra non andiamo tanto lontano, ha detto. In sintesi. Non proprio così educatamente.

– Se l'è presa con qualcuno in particolare?

Allargai le braccia.

– Mi dispiace, non so essere più precisa. Se vuole le posso dare i nomi dei ragazzi. Forse è meglio se parla con loro.

Mi venne quasi da sorridere, mentre lo dicevo.

Uno dei ragazzi sospesi si chiamava Pierluigi Rigattieri. Non conoscevo bene i genitori, la mamma credo fosse magistrato, ma il nonno di Pierluigi, un bottegaio che aveva un negozio di pasta fresca, vedeva Caroselli come un dito in un occhio. Ogni volta che ne aveva l'occasione, attaccava un pippone infinito sul fatto che suo nipote era costretto ad avere come professore uno con un mocio in testa. Del resto il nonno di Pierluigi era uno che quando qualcosa non gli andava a genio lo diceva a voce alta. E c'erano parecchie cose che non gli andavano a genio. Tipo «i froci» (cito testualmente, eh), per esempio. Non mi dispiaceva pensare a nonno Rigattieri che veniva interrogato dalla polizia, oltretutto da una poliziotta femmina. Se gli avesse dato anche due o tre sberle sarebbe stato il massimo.

– Però non credo che si uccida qualcuno perché ti ha dato dello stolto davanti al figliolo, ecco.

La poliziotta alzò un sopracciglio mentre diteggiava.

Sembrava pensasse che aveva visto gente uccidere il vicino perché il cane abbaiava troppo.

– Con i compagni di lavoro? Con la scuola, che rapporti c'erano?

– Buoni, con alti e bassi. Era uno che faceva il proprio dovere.

Quando glielo facevano fare.

L'anno precedente, durante l'ultimo consiglio di istituto, il professor Caroselli aveva proposto un progetto musicale-letterario sull'ascolto de *La buona novella*, l'album di De André basato sui vangeli apocrifi. Le brave suorine e padre Gonzalo Helfand Gutierrez, il prete alfa che funge da pastore della congrega, avevano ascoltato l'album, dopodiché avevano decretato che quella roba era oltre il limite della blasfemia. A nulla era valsa la perorazione di Caroselli, che aveva ricordato come negli anni Settanta la stessa Radio Vaticana trasmettesse quelle canzoni: il professore era stato più o meno tacciato di eresia di fronte a tutto il consiglio di istituto, e resto convinta che se non ci fossero stati testimoni padre Gonzalo avrebbe proposto una votazione per mandarlo sul rogo. L'errore del professor Caroselli era stato probabilmente di mettere sullo stesso piano il clero di Radio Vaticana negli anni Settanta e il clero che esercitava nella Casa di Proc. Miss. Ecc. Ecc., con la sua concezione precolombiana del cristianesimo. Insomma, la proposta del Caroselli era stata bocciata più o meno all'unanimità – in consiglio avevamo votato a favore io e Cosimo Scuderi, che contavamo quanto un mugiko, e il professore non l'aveva presa tanto bene. Però, niente di drammatico.

44

La poliziotta alzò lo sguardo dal telefono e lo abbassò di nuovo su di me.

– E lei? Cosa ne pensava del professor Caroselli?

– Era uno di quei professori che in una scuola servono – dissi, prendendo la zuccheriera. – Specialmente in una scuola di suore.

– Sì, forse sì – disse mia suocera, dalla cucina. – Però era strano, devi ammetterlo anche tu.

Anche io? Perché, io sono strana?

A tavola eravamo rimasti solo noi adulti. O meglio, io e Virgilio, mia suocera era in piedi che stava mettendo le teglie nel lavandino. I bimbi hanno fame, aveva sentenziato Augusta Pino all'una e un quarto, io metto su il risotto e quando Serena arriva mangerà.

Serena era arrivata verso le due, quando i tre bimbi (i minorenni e il maggiorenne) avevano già diluviato il risotto allo zafferano e lo stinco di maiale con le patate, e a dire il vero Serena non aveva nemmeno troppa fame. Le chiederei solo un caffè, Augusta, grazie. Non ero mai riuscita a dare del tu a mia suocera.

– Strano sì, ma almeno faceva il suo lavoro. E comunque non era l'unico strano, in quel posto lì.

– Sì, sono un po' inquietanti, oggettivamente – ammise Virgilio.

– Adesso mi sembri un po' esagerato, via – disse mia suocera mentre girava lo zucchero nel caffè. – Suor Fuentes è una brava persona.

– Chi, suor Charles Bronson? È lei che è morta? – chiese Pietro dal salotto, con gli occhi e le mani sul cel-

45

lulare, ma le orecchie ben inserite nei nostri discorsi. Del resto, Augusta era stata chiara: andate di là in salotto a giocare, sono discorsi che non vi riguardano. Il modo migliore per alimentare la curiosità di un bimbo normale.

– No, lei è ancora viva, tesoro.

– È lei che è inquietante?

– No, Pietro. È solo brutta e spaventosa, ma è innocua.

– Sono tutte spaventose, papà – si inserì Martino, anche lui urlando dal salotto.

– Non parlare così delle suore, tesoro. Non è gentile.

– Nemmeno loro sono gentili. Una volta suor Chuck Norris mi ha preso per un orecchio.

Colpa nostra, lo ammetto. Il fatto è che suor Fuentes, la madre superiora, assomiglia veramente a Charles Bronson. In più il primo giorno di scuola di Pietro, anni fa, mentre i bimbi erano radunati in cortile e facevano casino, per farli stare buoni tirò fuori l'armonica e si mise a suonare una nenia india. Mancava solo Henry Fonda agonizzante e il western era servito. Da lì in poi, abbiamo preso il via. Chuck Norris per esempio è suor Leonia, biondiccia e con una marcata tendenza all'irsutismo.

– Comunque non sono tutte spaventose – dissi per tentare di smorzare la situazione. – Quella ragazza nuova colombiana è veramente carina.

– Non so di chi parli.

– Non l'hai mai vista. Io, comunque, chi trovo veramente inquietante è il prete.

– Esatto – disse Virgilio annuendo. – Anche io dicevo lui.

46

– Che ha che non va, il prete?

– Innanzitutto è un prete – disse Virgilio, che è affezionato a sua madre, ma è ancora più affezionato alle proprie idee.

Dovete sapere che mia suocera è una delle persone più diffidenti dell'universo, soprattutto nei confronti di chiunque le faccia un'offerta disinteressata. Per Augusta Pino, i rapporti umani sono principalmente contrattazione. Quando insegnava a noi, girava la battuta che se un mendicante avesse chiesto alla prof: «mi scusi, mi dà mille lire per un panino?», lei avrebbe risposto: «prima di tutto vorrei vedere il panino».

Purtroppo questa tendenza alla razionalità esasperata, ogniqualvolta si parli di Santa Romana Chiesa, va molto adeguatamente a farsi benedire. Non che sia particolarmente fedele, va a messa la domenica e per Natale, ma su qualsiasi argomento di discussione ho notato che mia suocera segue un algoritmo molto preciso: se c'è un rappresentante del clero di mezzo, ha ragione lui. Altrimenti, si può iniziare a discuterne.

– Più che altro è sovradimensionato – mi inserii. – Cioè, esagera.

– Guarda, giusto un filino – continuò Virgilio. – A settembre alla messa per l'inizio dell'anno scolastico ha fatto una predica sul giudizio universale, proprio l'argomento ideale per incoraggiare dei marmocchi dai sei ai tredici anni. Ha iniziato a sragionare di peccati della carne e di fiamme dell'inferno, e Nostro Signore con la sua spada fiammeggiante che divideva i peccatori. A parte il fatto che più che un giudizio divino sembrava un barbecue, ma non te ne rendi conto che hai davanti dei bambini? Sei veramente una testa di...

– I bambini sono sempre di là che ascoltano, magari evita questo linguaggio.

– Tanto vivono con me, mamma – disse Virgilio. – Prima o poi le sentono.

– Anche prima – disse Pietro, sempre dal salotto.

– Te zitto, nano. Insomma, è troppo, poveri figlioli. Era come vedere i crociati che assediano Gardaland.

Io tacevo, d'accordo con il proverbio. Contrariamente a Virgilio, non considero i preti come consumatori abusivi di ossigeno ai danni della gente che lavora. Ma con questo esemplare era un altro paio di maniche.

Finché stava zitto, padre Gonzalo era un uomo di aspetto gradevole, di carnagione olivastra, con i capelli nerissimi e i denti bianchissimi, e le mani curate di chi ha studiato tanto. Il problema era che prima o poi apriva bocca – anche qui, come avrebbe detto Pietro, di solito prima. Per padre Gonzalo, il mondo era un pulpito.

– Non confondere la Chiesa con il Papa – disse Augusta Pino. Era una delle sue frasi preferite. – E comunque se la scuola delle suore non ti va più bene, Serena, adesso come adesso potresti anche mandarli a un'altra scuola, i ragazzi. Non hai più bisogno che facciano il tempo pieno mentre te sei alla CGN. Ormai sono anni che non lavori.

48

Che gentile, la cara donna, a ricordarmi sempre col solito tatto che sono disoccupata.

– Augusta, Pietro e Martino non sono dei pacchi postali. Hanno entrambi le loro amicizie, il loro ambiente. Non posso levarli da lì come se fossero piante da cambiargli il vaso.

– Io non voglio cambiare scuola – disse Martino, sempre dal salotto.

– Nemmeno io – gli replicò Pietro dal divano di sinistra.

Che tesori. Quando vanno così d'accordo quasi mi commuovo.

– Ascoltate, bimbi, visto che volete continuare ad andare a scuola sarà il caso di andare a casa e cominciare a ripassare.

– Andate già via? Sono appena le tre.

– Martino domani ha la verifica di matematica e Pietro quella di inglese. Hanno tantissime cose da fare, loro, non sono né disoccupati né in pensione.

Non sia mai detto che non restituisco le gentilezze. Disoccupata sì, ma maleducata mai.

Era la seconda volta nello stesso giorno che sentivo parlare qualcuno del mio vecchio lavoro. La CGN. Significa Catalysis by Gold Nanoclusters. Catalizzatori per applicazioni speciali. Un catalizzatore è una specie di guida molecolare, serve ad accelerare reazioni che per conto loro avverrebbero lo stesso ma ci metterebbero troppo tempo. Più o meno quello che era successo a me.

Ho rivisto quella scena centinaia di volte. Arrivano due clienti dalla Lombardia, una industria farmaceutica. Ci lavoravamo da anni, ma questi due tipi erano nuovi, un cinquantenne dall'aria simpatica ma competente, tale ingegner Lopresti, e un biondino basso dalla faccia da arrivista, ma di quelli falsi. Per intenderci, quando arrivarono era un continuo pregoIngegnerLopresti, miscusiIngegnerLopresti, daquestaparteIngegnerLopresti, come se il capo non fosse in grado di ricordarsi come si chiamava. L'ingegner Lopresti era infastidito, ma cercava di non darlo a vedere. Ci furono le presentazioni:

– Piacere, Lopresti – disse l'uomo, sorridendo e stringendo la mano al mio capo, il dottor Lazzaroni.

– Piacere, ingegnere –. E Lazzaroni fece un cenno a mano aperta, indicando noi tre sottoposti che, seduti al tavolo, ci eravamo alzati come bravi bambini per accogliere gli ospiti. – L'ingegner Pucci...

– Piacere, Lopresti...

– ... il dottor Benfatto...

– ... piacere...

– ... e lei è la nostra Serena.

Piacere, stava per dire l'ingegner Lopresti, ma non disse nulla. Forse vide la mia faccia, o forse io vidi la sua.

Erano anni che, quando arrivavano nuovi clienti, vivevo sempre la stessa scena. Lui è l'ingegner Pucci, lui è il dottor Benfatto, e lei è Serena. A parte che il dottor Benfatto non è nemmeno dottore ma ha fatto l'ITI, e lasciamo perdere, del mio gruppo era l'unico che ci capisse qualcosa di chimica, l'ingegner Pucci non era in grado di distinguere l'acqua di mare da quella di fiume.

Ma: *lei è Serena*? Io sono la dottoressa Martini, laureata e con tanto di dottorato di ricerca, casomai venissero dei dubbi sulla piena legittimità del titolo.

Erano anni che, alle presentazioni, mi giravano quelli che non ho – e che invece mi ritrovavo tutte le mattine al lavoro sotto forma di capo ingegnere.

E lei è Serena.

Ma «la nostra Serena» anche no, eh.

– Piacere – dissi a denti stretti. Poi ci incamminammo verso i laboratori. L'ingegner Pucci, come suo solito, si accostò al capomissione e cominciò a passeggiargli sulle parti anatomiche di cui sopra raccontando la storia e la mission dell'azienda come se l'avesse fondata lui.

– ... CGN significa Catalysis by Gold Nanoclusters, ma in CGN non facciamo solo catalizzatori a base di oro, o di metallo nobile. Da dieci anni abbiamo aperto la divisione BF6, e presto...

– Ingegner Lazzaroni – dissi, sottovoce, rimanendo a qualche metro di distanza nelle retrovie – le sarei grata se quando arrivano nuovi clienti mi presentasse come la dottoressa Martini, non come la vostra Serena. Sembra che io sia la colf.

– Non dire stupidaggini, Serena, via – minimizzò l'ingegner Lazzaroni. – Vuoi che non sappia quanto sei importante qui dentro? Sono dodici anni che lavoriamo insieme.

– Io lo so che lei lo sa – risposi – ma vorrei che anche gli altri ne avessero l'impressione, diciamo così.

– Se ne renderanno conto lavorando con te – continuò sereno l'ingegner Lazzaroni. – Basta una settimana per capire quanto sei brava.

– Meno male. A volte ho l'impressione che a qualcuno non siano bastati dodici anni per arrivarci.

Lazzaroni irrigidì il collo, ma continuò a camminare. Non mi guardò nemmeno mentre mi diceva:

– Sei brava, ma non sei indispensabile. Ricordati qual è la nostra filosofia: tutti sono utili, nessuno è indispensabile. Hai capito bene quello che ti sto dicendo?

– Ho capito – dissi, annuendo, senza rallentare il passo.

Arrivammo al corridoio che portava ai laboratori. Alle pareti c'erano delle mensole con sopra dei bottiglioni e delle beute da laboratorio degli anni Venti, di quando i chimici mescolavano, annusavano e assaggiavano. Mi avevano sempre fatto paura, quelle bottiglie. Era un po' come se mi giudicassero. Come se mi dicessero: «siamo troppo pesanti, non saresti mai riuscita a sollevarci».

Mentre tutti svoltavano a sinistra, per prendere il corridoio LAB-5, io continuai a camminare e tirai dritto. Aprii la porta in fondo e me la richiusi alle spalle, non proprio silenziosamente. Un po' perché la porta fece rumore sbattendo, un po' perché la botta venne accusata in modo particolare da una delle viti che reggeva la mensola dei bottiglioni. La vite si ruppe, la mensola si trasformò in scivolo e i bottiglioni, che si credevano al riparo dallo scorrere del tempo, dovettero improvvisamente obbedire alla legge di gravità.

Fu come se il rumore di quei vetri che si sbriciolavano fosse quello della bottiglia che mi imprigionava.

Visto che non sono indispensabile, adesso spiegaglielo te come funziona il mio lavoro.

Mi richiamarono il giorno stesso. O meglio, mi chiamò Lazzaroni, ma non risposi. Ormai mi era passata la fase acuta dell'incazzatura, avrei avuto paura di star lì come un'ebete a non sapere cosa dire. Il giorno dopo ancora, mi chiamò l'amministratore delegato, il dottor Corrado Benzo. Il dottor Benzo non si vedeva mai in CGN, nessuno di noi lo aveva più visto dal giorno in cui aveva firmato il contratto, tanto che solitamente ci si riferiva a lui come l'Amministratore Dileguato.

Ci furono due o tre convenevoli – almeno il dottor Benzo conosceva l'educazione, mi dava del tu ma lo dava a tutti. Poi, siccome Benzo era educato ma soprattutto amministratore, andò subito al sodo:

– Allora, Serena, Pucci mi ha raccontato cosa è successo. In primo luogo, ho richiamato Guido Lazzaroni e l'ho scorticato. In secondo luogo, ti porgo le mie scuse e quelle di Lazzaroni. Non succederà più.

– Ehm, dottor Benzo, ha ricevuto la mia lettera?

La lettera l'avevo fatta scrivere a Virgilio, la sera prima. A me tremavano troppo le mani, probabilmente avrei fatto uno o due errori di battitura, mi sarei incazzata ancora di più e avrei finito per far volare il portatile dalla finestra.

– Allora, «*La presente per comunicare le mie irrevoca-*

bili dimissioni dal lavoro che avranno decorrenza a par-tire...». A partire dal?

– Io in quel posto di merda non ci torno più.

– *«... a partire dalla data odierna».* Vuoi mettere an-che quell'altra cosa, quindi?

– Certo. Visto che non sono indispensabile possono fare tutto loro. Nemmeno smart working. E se mi chiamano al telefono col cazzo che rispondo.

– Va bene. *«Rendo inoltre nota l'impossibilità di pre-stare attività lavorativa durante il periodo di preavviso pre-visto dalla contrattazione collettiva».*

– Esatto. E che se ne vadano tutti affanculo.

– *«Distinti saluti, Serena Martini».*

– L'ho ricevuta, Serena – rispose con tranquillità il dot-tor Benzo. – L'hai mandata solo a me, quindi l'ho ricevu-ta solo io. E l'ho letta solo io. Il consiglio non sa nulla.

– Eh...

– Invece il consiglio sa che oggi volevo proporre di darti un aumento. Un aumento bello consistente. E se lo propongo io, passa. Vuoi sapere quanto?

– Prima vorrei sapere un'altra cosa, dottor Benzo.

– Se posso...

– Come mai una mensola che reggeva i bottiglioni si è staccata? Non è un po' strano?

Benzo rimase un attimo interdetto, poi l'uomo pra-tico che era in lui fu orgoglioso di poter dare una ri-sposta.

– Ma guarda, una cosa incredibile. La vite che si è rotta aveva una forma a clessidra, stretta al centro, più che una vite sembrava una vespa. Si è tranciata di netto in quel punto lì. L'abbiam fatta analizzare. Pare che gli effluvi degli acidi dal laboratorio, nel corso degli anni, abbiano corroso alcune viti. Le abbiamo dovute smontare tutte.

– A volte capita. Giorno dopo giorno anche il metallo si corrode –. Respirai. – E poi basta un nonnulla, una porta che sbatte, e crolla tutto.

Feci una pausa. Ci voleva coraggio, e non ero sicura di averlo. Cioè, no, ero sicura che non ce l'avevo proprio.

– Non possiamo provare a rimontarla, questa mensola?

Ridacchiai, per mascherare il nervosismo.

– Sì, ma dovreste mettere delle viti nuove. Cioè, intendo, tutte, non solo quelle che si sono rotte. Sennò prima o poi capita di nuovo.

Ci fu un sospiro al di là del telefono.

– Ascolta, Serena, Guido Lazzaroni lavora con me da più di vent'anni. Conosce un mucchio di persone, ha contatti ovunque. Non lo posso sostituire.

– Capisco.

Presi un respiro profondo.

Avrei voluto dire: «E allora lasciamo che la natura faccia il suo corso. Quando al buon Guido Lazzaroni verrà un infarto, oppure quando la sua cara mogliettina lo chiuderà in macchina con il tubo di scappamento infilato nell'abitacolo, allora e solo allora mi richiami. Altrimenti resti pure lì a fare i catalizzatori del futuro con quelli rimasti fuori dall'ospizio. Si prepari a comprare tanta vetreria, che i dinosauri con quelle zampone non le sanno maneggiare, le provette».

– Capisco, dottor Benzo – ripetei, invece. – Spero che capisca anche lei.

Virgilio aveva capito, e mi aveva sostenuto. È fatto così. Quando ho ragione, mi sostiene. Quando ho torto, non sempre, ma con delicatezza. Oggi, per esempio.

– Sei stata un po' diretta oggi, scusa se te lo dico – accennò mentre tornavamo verso casa. – È tua suocera ma è anche mia madre.

– Lo trovo incredibile. Secondo me sei un corno. Tuo padre ti ha avuto da un'altra donna.

Virgilio ridacchiò.

Se mi chiedeste da quanto tempo conosco Virgilio, vi risponderei che lo conosco da sempre. In realtà ci siamo conosciuti in facoltà, a Chimica. I chimici spesso si sposano tra chimici – passano le ore di veglia in dipartimento, la mattina a lezione, il pomeriggio in laboratorio, e quando escono puzzano di sgombro, per cui le probabilità che incontrino altre persone sono poche. Conosco parecchi chimici che si sono sposati fra loro. E conosco pochi laureati in Chimica che di lavoro fanno effettivamente il chimico. Di solito rinsaviscono e si danno ad altro. Solo tra quelli del mio anno ci sono un costumista teatrale, un deejay techno che ha una casa di produzione in Olanda, un campione del mondo di biliardo e due tizi che scrivono gialli. Virgilio, dopo essersi laureato in Chimica, ha preso il dottorato in Ingegneria. Adesso è professore ordinario di Intelligenza Artificiale a Informatica. In teoria, dovrebbe insegnare e fare ricerca: Virgilio è specialista di deep learning applicato a qualsiasi cosa vi venga in mente, meglio se inutile ma divertente come i videogiochi. Nella pratica, passa il suo tempo a compilare domande di finanziamento e a partecipare a call di lavoro, cioè, come dice lui, a parlare di intelligenza artificiale fra deficienti naturali.

– No, lo dico solo perché ultimamente siamo spesso a pranzo da lei – continuò. – Vorrei evitare che vi prendeste a forchettate di fronte ai bimbi, sarebbe diseducativo.

– Secondo me vincerebbe mamma – disse Pietro. Martino taceva, con gli occhi persi al di là del finestrino. Qualsiasi fosse la cosa a cui pensava, non era né dentro né fuori dall'auto.

– Zitto, nano. A proposito di pranzo, domani cosa ti va di mangiare?

– Nulla, amore. Io alle undici ho la call dei coreani, poi ho la laurea di Maiellaro e poi ho tre ore di lezione. Te l'avevo detto.

– Ma non ce l'avevi di mattina le lezioni?

– Le ho spostate per la call dei coreani. Per via del fuso orario, la devo fare di mattina.

– Sei un barabba. Domani c'è anche il ricevimento dei genitori, mi ci rimandi a me un'altra volta?

– Amore, ho tre ore di lezione... chi gliela insegna l'intelligenza artificiale agli ingegneri, Gesù Bambino?

– Sì sì, sempre le solite scuse – dissi, prendendo il cellulare e riaccendendolo. Lo avevo lasciato in carica da Augusta Pino, ma non lo avevo ancora riacceso. Guardai lo schermo, che mi riconobbe. Qualche secondo dopo, vidi che su WhatsApp c'erano cinquantasei nuovi messaggi.

Detti un colpo di pollice. Ventidue messaggi erano del gruppo «W la V B», la chat delle mamme della classe di Martino. Gli altri trentaquattro venivano dal gruppo «Quelle che la prima media» – la chat delle mamme della classe di Pietro.

Detti un altro colpo col dito, e scorsi in alto.

ALICE MAMMA DI VINCENZO:
Bimbe
ALICE MAMMA DI VINCENZO:
Una cosa tremenda
ALICE MAMMA DI VINCENZO:
Hanno trovato morto il professore di musica
REBECCA MAMMA DI ETHAN:
Il Ristori? Noooo...
ALICE MAMMA DI VINCENZO:
No, il Caroselli
WANNA MAMMA DI GIADA:
Ma quando?
ALICE MAMMA DI VINCENZO:
Nel boschetto vicino al fornace
ALICE MAMMA DI VINCENZO:
Un incidente di caccia
ALICE MAMMA DI VINCENZO:
Stamani

ALICE MAMMA DI VINCENZO:
Me l'ha detto la Simona ora ora
WANNA MAMMA DI GIADA:
Ma chi c'era?
ALICE MAMMA DI VINCENZO:
Non si sa

Scorsi la lista, sempre più velocemente. Era tutto un «Nooo», «Poveraccio», «Era giovane, quant'anni aveva?», «Una cinquantina», e via così. Esitai, con il pollice sullo schermo. Di solito, scrivevo sulla chat solo quando dovevo dare informazioni di servizio – dopodomani i bimbi usciranno un'ora prima, ricordate di firmare il foglio per il concorso del tema sulla pace nel mondo, cose così, essendo in consiglio di istituto mi toccava. Per il resto evitavo accuratamente di aprirla.

Un gruppo WhatsApp di genitori di compagni di classe dovrebbe servire per scambiarsi informazioni sulla classe, o sulla scuola, non per mandarsi fotografie di torte con tanto di consigli per l'esecuzione o chiedere se c'è qualcuna tra le mamme che ha voglia di giocare a padel. Così ogni volta che qualcuno invia una informazione essenziale ti tocca andare a sminarla in mezzo a chilometri di schermate piene di minchiate. Avevo già passato le elementari di Pietro facendomi venire le galle al pollice per cercare di rintracciare le comunicazioni della rappresentante, così quando Pietro era andato alle medie mi ero candidata io come rappresentante di classe in consiglio d'istituto. Avendo pure un bimbo alle elementari, ero stata proposta anche per la classe di Martino, e avevo accettato. Così, tra tutti i modi di perdere tempo con il cellulare, almeno la lettura della chat delle mamme l'avevo evitata.

Però non scrivendo nulla in quel caso particolare sarei passata per insensibile. Al tempo stesso non me la sentivo di aggiungere una condoglianza superflua. C'era, in realtà, una cosa che aveva senso scrivere.

Forse sarebbe il caso di mandare un telegramma alla famiglia. Qualcuno sa l'indirizzo?

Non erano passati trenta secondi che cominciarono ad apparire messaggi.

REBECCA MAMMA DI ETHAN:
No, non lo so
ALICE MAMMA DI VINCENZO:
No nemmeno io
WANNA MAMMA DI GIADA:
Credo vivesse da solo
CARLOTTA MAMMA DI ZENO:
Viveva da solo però dove non lo so. Non so nemmeno se son vivi i suoi. Non era di Ponte

E questo spiegava tutto. Non era mica di Ponte, cioè non era cresciuto con noi. Come se fosse di un'altra etnia.

Abbiate pazienza, ma sono un po' sensibile sull'argomento. Anni prima, la donna che veniva a fare le puli-

zie mi aveva illustrato le profonde differenze antropo-
logiche tra gli abitanti di Ponte Vecchia e Ponte Nuova – quattro km di distanza. Figuratevi cosa possono
pensare di una che arriva, o meglio, piove da fuori provincia. Se non avete voglia di pensarci, ve lo riassumo
io: se sei del paese bene, altrimenti sei una snob. Ovviamente, quelli che vengono dalla civiltà contraccam-
biano, e per loro i paesani di Ponte San Giacomo sono
bestie pelose con la coda prensile, scesi da un albero un
attimo prima. Esclusi i familiari, ovviamente: tipo Virgilio, che è laureato, dottorato e accademico in carriera, ma che nel paesello è nato e nel paesello è tornato.
Anzi, non se ne è mai allontanato. Un giorno ve la rac-
conterò, è una storia lunga. Anche se mai come la chat
delle mamme, dove continuavano a susseguirsi messaggi su messaggi, tutti dello stesso tenore, tutti lamento-
samente inutili. Dove abitasse il povero professor Caroselli nessuno lo sapeva, e a nessuno importava.

Articolo 57
UFFICIALI E AGENTI DI POLIZIA GIUDIZIARIA

1. *Salve le disposizioni delle leggi speciali, sono ufficiali di polizia giudiziaria:*
a) *i dirigenti, i commissari, gli ispettori, i sovrintendenti e gli altri appartenenti alla polizia di Stato ai quali l'ordinamento dell'amministrazione della pubblica sicurezza riconosce tale qualità.*

Una dote necessaria per essere un buon poliziotto è di non sprecare tempo.

Nei film di solito significa che il procuratore ti dà 48 ore per risolvere il caso a cui stai lavorando, dopo di che dovrai riconsegnare pistola e distintivo e trovare lavoro nell'autolavaggio più vicino. Nella vita reale, invece, significa andare di qua e di là come una scema chiedendo alle persone che incontri se per caso sanno dove cavolo sia l'abitazione del fu Luigi Caroselli.

Il sovrintendente Corinna Stelea si rigirò fra le mani la carta d'identità del defunto, come se guardandola meglio o toccando le scritte ivi stampate potessero apparire altre indicazioni. Purtroppo, il documento in questione era di tipo analogico, e non reagì agli stimoli tattili del sovrintendente, continuando stolidamente a fornire le laconiche informazioni già presenti. Cognome, Caroselli. Nome, Giovanni Luigi. Nato il 1° luglio 1967 a Pisa. Residenza, Ponte San Giacomo

(PI). Indirizzo, via statale Abetone snc. Ovvero, senza numero civico. E questo era un problema.

Consultando una qualsiasi mappa stradale – sia cartacea che digitale – si poteva constatare facilmente che detta via statale Abetone partiva da Pisa per arrivare, appunto, in località Abetone, distante km 79,250, e solo in tal punto cambiava nome e proseguiva verso il passo del Brennero: ora, escludendo (sia per ragioni urbanistiche che architettoniche) che la vittima abitasse sulla superstrada, e sapendo che insegnava in un paese della piana di Pisa, il sovrintendente Stelea poteva ragionevolmente escludere solo che l'abitazione del Caroselli si trovasse sulla sommità del monte Serra. Per il resto, al fine di evitare di farsi a piedi tutta la strada da lì al confine della provincia, l'unica cosa da fare era chiedere.

– Lei?
– Un caffè, per cortesia.
– Normale?
– Macchiato freddo, grazie.

La ragazza dietro al bancone, mettendole davanti un piattino con un cucchiaino, urlò alle sue spalle:

– Tamara, due cappucci, un orzo e un macchiato freddo.

Dietro alle spalle della prima ragazza, un secondo esemplare di barista (verosimilmente di nome Tamara), che in realtà ricordava più un polpo, manovrava la macchina del caffè con otto braccia tatuate all'inverosimile che ruotavano, spingevano, sbattevano, inserivano e pigiavano. Del resto di Tamara si poteva vedere solo la schiena, il viso era voltato verso la macchina del caffè.

Il sovrintendente Stelea si guardò intorno. Una quantità di persone che, a vedere il bar dall'esterno, non si sarebbe mai detto che sarebbero riuscite a stare all'interno tutte insieme. Che lì dentro qualcuno conoscesse il fu Luigi Caroselli era ampiamente probabile. Al tempo stesso, non era certo il momento più opportuno. Fra i doveri di un poliziotto (DPR n. 782 del 28/10/1985) ci dovrebbe essere quello di agire in modo da riscuotere la stima, la fiducia ed il rispetto della collettività (art. 13), e chiedere informazioni a uno sconosciuto mentre sta intingendo la brioche nel cappuccino non è il modo migliore di procedere (senza fonte). In questo caso, la cosa migliore è senza alcun dubbio rivolgersi all'autorità.

Cioè, nella fattispecie, alla barista.

– Mi scusi – continuò Corinna – avrei bisogno di una informazione...

– In fondo a destra – informò la ragazza, senza alzare la testa.

– No, mi scusi, un'altra informazione.

– Un attimo – rispose la ragazza, guardando oltre la spalla del sovrintendente. – Dottore, per lei orzo? Tamara, un orzo.

– Lei conosce Luigi Caroselli? Professore di musica alle scuole medie?

– Quello rastone? Certo.

– Avrei bisogno di sapere dove abita.

– Scusi, eh, abbia pazienza, ma non lo vede che c'è il locale pieno? C'è le persone che aspettano...

– Avrei bisogno di sapere dove abita – ripeté esattamente con lo stesso tono di voce il sovrintendente Stelea. L'unica differenza era che, nel tempo intercorso tra la prima e la seconda domanda, il sovrintendente aveva tirato fuori dalla tasca il tesserino della polizia e lo aveva aperto di fronte alla barista.

Chiediamo scusa in anticipo se, talvolta, all'interno della narrazione dei fatti emergeranno in maniera esplicita i pensieri di Corinna, non di rado in netto contrasto con il senso del dovere del sovrintendente Stelea, e talvolta in esecrabile contraddizione con le modalità di comportamento obbligatorie per un poliziotto. Ma, dato che ci siamo ripromessi di narrare i fatti così come si sono svolti nella realtà, e dato che anche i pensieri di Corinna fanno parte della realtà, abbiamo ritenuto opportuno riportarli senza alcun filtro. Nella fattispecie, al momento di esibire il tesserino di riconoscimento, non possiamo nascondere che il pensiero di Corinna era stato, testualmente, «ora mi sarei anche rotta i coglioni».

Così come è nostro preciso dovere riferire che, nel riconoscere un pubblico ufficiale, anche la barista cambiò apprezzabilmente atteggiamento.

– Eh... Ho capito... Io, io, di preciso... Scusa, Tamara?

Tamara si divincolò dalla macchina del caffè dopo averle dato due o tre botte belle robuste e si voltò, avvicinandosi. Aveva le spalle larghe, i capelli corti ed era tatuata anche sul collo, con due rose che si arrampicavano fino quasi a pungerle le orecchie.

– Eccoci.

– Te lo sai dove abita il Caroselli?

– Il pianista? Alla bonifica, dopo la collina. Lo cerca lei?

– Sì.

– Allora, venga con me.

La ragazzona andò verso la porta del bar, sporse la testa e fece un cenno lungo lo stradone.

– Lei prende questa strada qua, e passa il tunnel. Dopo il tunnel, dopo un chilometro, c'è una stradina con una casa gialla, con le persiane marroni. Sulla destra. È lì. Che è successo?

– Lei lo conosce bene?

– Viene qui tutte le mattine.

La ragazzona, mentre rispondeva, frugava con gli occhi dentro il viso di Corinna.

– Mi dispiace, ho una brutta notizia da darle – disse il sovrintendente Stelea.

Dopo un quarto d'ora circa, il sovrintendente era arrivato di fronte a una casa gialla, con le persiane marroni. Sotto il campanello, un'etichetta adesiva fatta col Dymo diceva solo «Luigi Caroselli». Apparentemente, niente mogli né altre compagne di vita. E se c'erano, non erano degne di nota. Corinna aveva suonato tre volte, ma per scrupolo. Si vedeva che non c'era nessuno in casa. Prese il cellulare, digitò una lettera «p», una «i» e una «s». Pistocchi, le propose il cellulare come prima opzione. Esatto, quella.

– Pronto?

– Pronto, dottoressa Pistocchi. Sono di fronte a casa della vittima. Non c'è nessuno. A quanto ne sappiamo, la vittima viveva sola. Avrei bisogno dell'autorizzazione a entrare.

– Sì, Stelea, nessun problema. Entri pure. Le firmo l'ordinanza. Io sono qui fino alle sette, ce la fa a farmi rapporto entro quell'ora?

– Credo di sì.

– Ci conto, eh, Stelea. A dopo.

Corinna buttò giù e dette un altro paio di ditate.

– Pronto – disse la voce di Gigliotti, quasi subito.

– Gigliotti, senti, mi verresti a aprire una porta?

– Subito, qui ho appena finito. Dammi l'indirizzo.

– Eh, l'indirizzo... ti mando la posizione.

Gigliotti era arrivato poco dopo, e aveva aperto la porta senza difficoltà, spalancandola su di un ingresso buio e sovraccarico di libri, che portava ad un salotto un po' più luminoso e ancor più carico di libri, sfociante in un piccolo studio con una scrivania, un tappeto e, forse, delle pareti, che però non si vedevano, essendo ricoperte da libri.

In mezzo al salotto, invece, c'era uno strumento musicale che Corinna non aveva mai visto, una specie di cucciolo di pianoforte a coda, di dimensioni ridottissime.

– Gli ci manca solo il busto di Beethoven sopra – disse Corinna, sovrappensiero, pensando a Schroeder dei Peanuts.

– In compenso qui c'è Bach– disse Gigliotti tirando fuori dalla libreria uno spartito. – *Il clavicembalo ben temperato*. Quel coso lì è un clavicembalo?

– Be', dato che il morto suonava il clavicembalo, e visto che non mi sembra una mitragliatrice...

– Johann Sebastian Bach, *Messe in H-moll* – continuava intanto Gigliotti, tirando fuori volumi e leggendo le copertine ad alta voce. – Giancarlo Bizzi, *Specchi invisibili dei suoni. La costruzione dei canoni di Bach: risposta a un enigma.* Carlo Boccadoro, *Bach e Prince: vite parallele.* Ma quel Prince lì? Cosa c'incastra con Bach?

– Cosa c'incastra mettersi a tirare fuori tutti i libri e leggere le copertine? Continuiamo a guardare la casa o vuoi prima arrivare alla biografia di Zuzzurelloni su Wagner?

– Carattere chiuso che c'hai...

La casa continuava con una cucina piccola e ordinata, un bagno tristissimo come tutti i bagni dei single maschi in cui l'unico attrezzo era uno spazzolino da denti, e una specie di ricovero-palestra con dentro la sola concessione del morto alla contemporaneità, una cyclette che sembrava arrivare dal set di *Star Wars*.

– E questa che è?

– È una Re-Gen – disse Gigliotti. – Boia, è la prima volta che ne vedo una.

– E cosa sarebbe?

– È una cyclette che converte la potenza della pedalata in energia elettrica.

– E ci mandi la casa?

– No, nemmeno per idea – disse Gigliotti, accarezzando il sellino della cyclette. Se fosse stato solo, probabilmente ci sarebbe salito sopra. – Ha una batteria da zero virgola uno kilowattora. Con un allenamento di un'oretta ci carichi il cellulare, con un bel lungo da cinque-sei ore fai anche altro.

Corinna gli arrivò alle spalle e gli mise una mano sull'avambraccio.

– Bravo Gigliotti, hai detto una cosa intelligente. Cellulare. Quando puoi metterti al lavoro per sbloccarlo?

– Eh, l'ho già sbloccato.

– Di già?

– Eh, sì.

– E come...

– Eh, l'ho messo di fronte al viso della vittima. Aveva ancora gli occhi aperti. L'ha riconosciuto.

Corinna guardò l'oggetto che Gigliotti stava tirando fuori di tasca con timore reverenziale.

– Tieni, la prima cosa che ho fatto è stata mettere «blocco schermo mai». Così se rimane carico non si blocca.

– Grazie Giglio. Vado fuori a guardare le telefonate. Ce la fai a non salirci sul quel coso, mentre non ci sono?

– Non te lo assicuro...

Corinna uscì all'aperto, a prendere una boccata d'aria che l'aiutasse a liberarsi da tutta quella solitudine. Non te lo assicuro, aveva detto Gigliotti. Ci conto, aveva detto la Pistocchi. Anche lei contava sul fatto che quel pomeriggio, come tutte le domeniche, sarebbe andata a giocare a basket e la sera in pizzeria con le compagne. Ma non c'era nulla da fare, Corinna quel pomeriggio doveva rimanere in panchina: oggi toccava al sovrintendente Stelea. E il sovrintendente sapeva benissimo che il suo dovere, adesso, era quello di aspettare disposizioni dalla magistrata. L'unica cosa che poteva fare era chiedere ulteriori informazioni alle persone che conoscevano la vittima, come ad esempio quelle a cui il Caroselli aveva telefonato.

Cominciando dal giorno prima, c'erano solo due chiamate: una per tale Cosimo Scuderi e l'altra per Susanna Costamagna. Di entrambi, c'era l'indirizzo fisico in rubrica. Non c'è che dire, una persona ordinata il defunto Luigi Caroselli.

L'insegna all'esterno del negozio era piccola, quasi come se non fosse necessaria: una lastra di ardesia delle dimensioni di un quaderno con al centro un campanello, più o meno come quello di un'abitazione, e al posto del nome la scritta «Liuteria Scuderi Tarabini». Al di là della porta a vetri, nella penombra, un uomo minuto e completamente pelato era chino su un bancone. Il sovrintendente suonò, e l'uomo alzò la testa. Aveva, montate davanti agli occhiali, un secondo paio di lenti, simili a un binocolo. Mosse la mano sotto il banco, e la porta scattò all'indietro.

– Buongiorno.

– Buongiorno. La disturbo?

Il tipo si tolse i binocoli, poggiandoli sulla fronte. Gli occhiali non distorcevano per niente i lati del viso, come fanno di solito. Probabilmente erano solo un supporto.

– Figuriamoci. In cosa posso essere utile?

– Sono il sovrintendente Stelea della polizia giudiziaria. Abbiamo parlato al telefono.

– Ah, certo, certo. Prego, si accomodi.

All'interno, la bottega non era molto più luminosa di quanto sembrasse da fuori. Il bancone era un coacervo di fogli, latte di vernice e attrezzi, e il pavimento aveva risposto ai passi di Corinna con un rumore che ricordava vagamente un pezzo di stucco che si stacca da un vetro. Nel retrobottega, ancor meno illuminato, si vedevano tre o quattro sagome di violini, appesi a un filo come prosciutti finti.

Corinna si sedette sull'unica sedia libera (o, almeno, libera da materiale visibile) e si guardò intorno. Fra i doveri del personale di polizia c'è quello di non frequentare locali non confacenti alla dignità della funzione, al di fuori di esigenze di servizio; in servizio, invece, forse per controbilanciare, la quantità di tuguri e di posti ingiovibili che aveva dovuto visitare era stata quasi la norma. Però questo, in una ipotetica e assolutamente non approvabile classifica dei Posti Più Squallidi Nonché Urfidi Nei Quali Mi Sono Trovata In Qualità Di Pubblico Ufficiale, rischiava di piazzarsi piuttosto in alto.

– Grazie. Dunque, non le faccio perdere troppo tempo...

– Nessun problema, sto aspettando un cliente da Grosseto e mi ero messo a fare due cosine. Di solito di domenica non sono nemmeno aperto. Mi dica.

– Lei conosce Luigi Caroselli?

– Il professore di musica? Certo. Ce l'ha mio figlio alle medie. Che è successo?

Potere della divisa, pure lì. Anche se, attenendosi ai fatti, da quando era entrata nel servizio investigativo ormai il sovrintendente Stelea non la indossava più. È oggettivamente improbabile che un sovrintendente di polizia venga nel tuo negozio e ti chieda se conosci qualcuno perché vuole invitarlo a cena.

– Devo darle una brutta notizia, signor Scuderi.

L'uomo alzò la testa, come per mettere Corinna meglio a fuoco.

– È morto?

– È stato trovato stamani.

– Trovato stamani... e quando è successo?

– Crediamo sempre stamani, fra le sei e le nove.

– Poveraccio... Ma dove? A casa sua?

– No, era fuori.

– Fuori dove? A caccia? No, perché ero a caccia anch'io. Magari ho visto qualcosa...

Il sovrintendente guardò l'uomo. Forse, prima di entrare in un ginepraio di informazioni riservate, era meglio chiarire che le domande le faceva lei.

– Dove era a caccia?

– A Rivo Macchione, fra Ponte e la collina.

Tutto da un'altra parte. Vabbè, cambiamo domanda.

– Lei conosceva bene Luigi Caroselli?

– Eh. Bene bene, no. Nessuno lo conosce bene, mi sa. È, era un po' un misantropo. Ma, mi scusi, come è morto?

– Eh, proprio un incidente di caccia, sembra. Mi perdoni, al momento non posso...

L'uomo deglutì.

– Sì, ha ragione, scusi. Boia, poveraccio –. Cosimo si passò una mano sulla nuca. – Guardi, probabilmente sono uno di quelli che lo conosceva meglio. Diciamo, stiracchiandola e adattandola un po' al tipo, diciamo che eravamo amici, sì.

– Anche per via del lavoro. Siete entrambi musicisti.

– Diciamo che ci occupiamo entrambi di musica, sì –. Cosimo sorrise, guardandosi intorno. – Lui faceva l'insegnante, io faccio il falegname, ma sì.

– Vi frequentavate spesso? Cena, lavoro...

– Per l'amor di Dio –. L'uomo alzò le mani, con i palmi in vista. – Andare a cena col Caroselli doveva essere una specie di incubo. Non veniva nemmeno alle cene di scuola. Sa, quelle con gli allievi e i professori...

– Intende della scuola di musica? Dei suoi figli?

– No no, proprio la scuola media. Quella di Stato –. L'uomo sorrise, con quello che sembrava orgoglio. – Nessuno dei miei figli ha fatto scuola di musica, gli ho insegnato io.

– Quindi il professor Caroselli...

– Era l'insegnante di musica delle medie, esatto.

– E insegnava da qualche altra parte, che lei sappia?

– No, che io sappia no. Avrebbe dovuto trovare qualcun altro che lo sopportava –. L'uomo scosse la testa, come se si vergognasse del suo stesso pensiero. – Scusi il cinismo, era una gran brava persona, e un ottimo professore, ma era un filino difficile. Cioè, a volte ci volevano davvero delle suore per sopportarlo.

– Vi siete sentiti ultimamente?

Domanda trabocchetto. Il sovrintendente sapeva benissimo che i due si erano parlati per telefono, il giorno prima. Dalle sedici quaranta zeronove alle sedici quaranta quarantotto, come risultava dai tabulati. Trentanove secondi di conversazione. O di silenzio, quello nei tabulati non risultava.

– Due o tre giorni fa, per telefono.

– Posso chiederle cosa vi siete detti?

– Una cosa di Gabriele. Il mio figlio piccolo. Ha fatto un'audizione, voleva sapere com'era andata. Oh, mi scusi.

Il campanello aveva suonato, e alla porta si era affacciato un uomo talmente grasso che sembrava gonfiato con la pompa. Aveva sottobraccio una custodia nera, che teneva come se fosse una baguette. Il liutaio premette nuovamente sotto il bancone e la porta si aprì, con il suo prevedibile ma invitante scatto meccanico.

– Buongiorno Innocenzo. Come va?

– Buongiorno Cosimo. Eh, insomma. La bimba dice che lo sente un po' squilibrato.

– È ancora un po' squilibrato? Vieni vieni, ci si dà un'occhiata. Uh, scusate. Il signor Innocenzo Gabbani, il sovrintendente Corinna Stelea. Il signor Gabbani è il cliente che le dicevo. La bimba, come la chiama lui, è secondo violino all'Arena di Verona.

– Complimenti.

– Grazie. Ma dovrebbe sentire il figliolo di Cosimo. Sovrintendente... di quale teatro, mi scusi?

– Sovrintendente di polizia giudiziaria.

– Ah.

– È qui per Luigi. Luigi Caroselli.

– Perché? Cosa gli è successo?

– Eh, l'hanno trovato morto stamani.

– Mamma mia... – Il grassone posò la custodia che, non occorreva essere poliziotti esperti per indovinarlo, probabilmente custodiva un violino, e ansimò, estenuato per lo sforzo di aprire la porta. – Ma com'è successo?

– Un colpo d'arma da fuoco. Al momento propendiamo per un incidente – mentì il sovrintendente. – Lo conosceva?

– Eh, l'ho sentito quand'era più giovane – disse l'uomo, valutando una sedia coi braccioli in un angolo. – Era uno bravo. Lui poteva diventare per davvero.

– Era bravo, Caroselli?

– Era bravo bravo. Ma era anche parecchio strano. A un certo punto è sparito dalla scena.

– Strano, in che senso?

– Eh, sarà bene spiegarsi. Non ce n'è uno normale, nel mestiere – commentò Cosimo, mentre estraeva il violino dalla custodia.

– Pare che fosse rigorosissimo – disse il grassone, che nel frattempo aveva deciso che non era il caso di rischiare di andar via con una seggiola al posto della cintura ed era rimasto in piedi. – Estremamente ligio alle regole. Se la prova durava dalle tre alle sette, alle diciannove zero zero lui levava le mani dalla tastiera. Anche se era a metà cantata, arrivederci e grazie. La bimba ci ha suonato, un paio di volte. Bravissimo, ma meglio perderlo che trovarlo.

– A insegnare era bravo davvero, però – disse Cosimo, con l'aria di chi scolpisce un epitaffio e via, la vita continua. – Allora, sentiamo un attimo. Permette?

E Cosimo, imbracciato l'archetto, fece una scala sul violino, dai toni bassi a quelli acuti e poi di nuovo ai bassi.

– Eh sì, è un gocciolino sbilanciato. Gli va girata un po' l'anima.

– L'anima?

– L'anima. Guardi, qui dentro.

Corinna girò dietro al bancone e si chinò, guardando dentro il violino, mentre Cosimo ne illuminava l'interno con una torcia.

– Lo vede quel bastoncino in mezzo? Quella è l'anima. Serve per reggere la pressione dell'arco sulle corde, perché il violino per conto suo son due strati di legno che sono veli di cipolla, se ci premi troppo rischi di sfondare tutto.

Cosimo installò la torcia su un supporto, si rimise i microscopi e si chinò sul legno, con in mano uno strano attrezzo a metà fra il bisturi e il girarrosto.

– Però la posizione dell'anima è fondamentale, cambia tutto il suono. Va messa sotto la quarta corda, posizionata bene e girata con la fibra del legno perpendicolare alla fibra della tavola armonica. E se si sposta si squilibra il suono, si sentono troppo gli acuti e poco i bassi. Questione di gusti, anche di ruoli. Un attimino, eh, Innocenzo. Lei permette, sovrintendente?

– Prego, prego. Anzi, mentre lei lavora...

– Questione di un minuto. Ecco. Proviamo un po'.

Cosimo imbracciò il violino e fece un'altra scala. Forse, i toni acuti ora si sentivano un po' di più.

– Ecco, tutta un'altra cosa. Senti?

E Cosimo cominciò a suonare un'aria che anche Corinna conosceva, anche se non avrebbe mai saputo dirne il nome. Per amor di completezza, la melodia era il *Minuetto* tratto dal quintetto d'archi opera 13 n. 5 (G 275) del compositore lucchese Luigi Boccherini, ma questo non dovrebbe invitare il lettore a pensare che la cultura musicale di Corinna fosse al di sopra della media: centinaia di milioni di testimoni riconoscerebbero la detta melodia, in quanto da decenni i pubblicitari di tutto il mondo la abbinano in modo abietto a ogni genere commerciabile, dai divani ai sottaceti. Poi, con un improvvisato zum-pà-pà più da valzer che da minuetto, Cosimo terminò e porse lo strumento all'uomo.

– Eh, il tuo figliolo piccino è bravo, ma da qualcuno ha preso – disse il signor Innocenzo, sorridendo a gote piene mentre rimetteva il violino nella custodia.

– A me però, quand'ero piccino, che ero bravo non me l'ha mai detto nessuno – rispose Cosimo, posando l'archetto sul banco con l'aria mesta di chi in realtà l'ha posato anni prima. – Fammi sapere se le va bene, io casomai son qui.

– Vai. Già che ci sei mi ci cambi anche il sol?

– Hai voglia.

Cosimo riprese il violino, girò uno dei pirulli in cima al ricciolo con mano esperta e levò l'ultima corda, gettandola in una pattumiera piena di trucioli di legno e carta. Poi, aperto un cassettino, ne trasse un sacchetto di plastica che aprì e buttò, sempre nella pattumiera, dopo averne tirato fuori una cordicella metallica. Corinna, a quel punto, girò intorno al bancone e tornò nella parte del negozio riservata al pubblico.

– Un minuto e ho fatto, sovrintendente.

– Non si preoccupi, abbiamo finito.

Del resto, aveva capito da tempo il sovrintendente, quando uno non ha niente di significativo da dire non c'è nemmeno bisogno di ascoltare. C'era un'altra telefonata che risultava dai tabulati, magari quella poteva essere un po' più interessante.

– Sì.

– Buongiorno. Susanna Costamagna?

La donna che aveva aperto la porta poteva avere dai trenta ai cinquant'anni. Capelli biondi legati con un codino, occhi azzurri con troppo rosso intorno. Aveva pianto talmente tanto che sembravano sul punto di sciogliersi.

– Sono io.

Non c'era certo bisogno di dire anche a lei che aveva una brutta notizia. Era evidente che l'aveva già saputo.

– Innanzitutto, le mie condoglianze. Se la sente di rispondere a qualche domanda?

– Perché io? – disse lei, con voce flebile. Era magrissima, le cosce quasi più sottili delle braccia di Corinna.

– Mi scusi?

– Perché è venuta da me?

– Perché lei è una delle ultime persone che il professor Caroselli ha chiamato al telefono.

La signora, o più probabilmente signorina Costamagna annuì, tirando su col naso.

– Prego – disse, facendo un passo indietro.

L'appartamento era piccolo, un ingresso che mostrava una cucina, un salottino e una camera da letto. Anche il salottino e l'ingresso di Susanna Costamagna erano pieni di libri. Romanzi, saggi, libri fotografici.

– Come conosceva il professor Caroselli?

– A scuola. Insegno anch'io alla scuola delle suore.

– Cosa insegna?

– Tecnologia. Sono architetto. Cioè, sono laureata in architettura, non ho mai... insomma, l'esame di Stato e quella roba là, ecco.

– Come mai il professore l'ha chiamata, l'altro giorno?

La ragazza annuì di nuovo.

– Un nostro alunno. Rigattieri. Un bulletto. Voleva chiedermi se avesse fatto una data cosa.

– A scuola?

– A un suo compagno di classe. Biraghi. Un ragazzino un po', insomma... è piccolo piccolo, un bambino. Rigattieri sembra un quindicenne. Lei lo sa, cosa può succedere in questi casi. Lo bersagliavano, più d'uno. Rigattieri più degli altri... peggio degli altri. Luigi se l'era presa a cuore.

– Cosa aveva fatto?

– Lo aveva punito già pesantemente, un paio di volte. Mi ha detto che voleva chiamare i genitori. Secondo lui le suore non facevano abbastanza.

– Ed era vero?

– Non è facile. Lo avevano già sospeso. Non era servito. Credo che Luigi volesse farlo espellere.

– Lei era d'accordo?

La ragazza alzò le spalle. Il viso, le lacrime, la postura, tutto diceva che qualsiasi cosa dicesse Luigi Caroselli, lei avrebbe voluto essere d'accordo con lui.

– Nessuno più di quel ragazzino lì avrebbe bisogno di andare a scuola – disse, guardando lontano. – Altro che sospensione, andrebbe tenuto lì dentro. Lì dentro e lontano dalla famiglia. Soprattutto lontano dalla famiglia.

Il sovrintendente Stelea rimase impassibile, ma le pupille si restrinsero un poco.

Per la seconda volta, nel corso della giornata, aveva sentito una sequenza di suoni che riconobbe, ma di cui non avrebbe saputo indicare la provenienza.

Per fortuna, nel riportare i fatti siamo in grado di sopperire a tale mancanza. La sequenza in questione era la parola «Rigattieri», pronunciata dalla signorina Costamagna, che però Corinna, sempre per essere aderenti ai fatti, non aveva mai sentito: l'aveva letta. Nel visitare le persone cui la vittima aveva telefonato il giorno prima, infatti, il sovrintendente si era limitata a quelle con cui il Caroselli aveva effettivamente parlato, o che almeno avevano risposto. Oltre alle due telefonate che abbiamo detto, infatti, i tabulati segnalavano tre telefonate a un numero che in rubrica era segnato come «mamma Rigattieri». O meglio, tre tentativi di telefonate. Nessuno aveva risposto, nessuna delle tre volte.

Ma, sinceramente, non troviamo alcun motivo di preoccuparci: Corinna se ne sarebbe senza dubbio accorta, il giorno dopo.

Sempre se non avesse trovato qualcos'altro.

Quattro

Avete presente quei film in cui un gruppo di giocatori d'azzardo – nella realtà i giocatori compulsivi che vedo io sono pensionati ingobbiti da giornate di videopoker, in tuta da ginnastica e scarpe di cuoio da passeggio e i denti verdi melangiati di marrone, e invece nel film sono Brad Pitt e George Clooney – si organizzano per rapinare un casinò o una banca – nella realtà quelli che conosco io verrebbero arrestati tutti, tranne uno che si è fatto saltare in aria per sbaglio mentre allestiva l'ordigno, e invece nel film questi diventano pure ricchi – e sincronizzano ogni gesto al femtosecondo, in una successione coordinata di azioni nella quale se ne va storta anche una sola l'intero piano va a puttane, mentre gli spettatori si rosicano le unghie dalla tensione?

Ecco, io giornate del genere le vivo ogni lunedì. I giorni in cui Pietro ha violoncello (16:50-17:45) e Martino ha judo (18:00-19:00, però dall'altra parte del paese, praticamente a Pisa). Quando Pietro esce da violoncello ho esattamente quindici minuti per:

a) portare Pietro a casa;

b) rientrare in casa someggiando lo strumento musicale meno maneggevole sulla faccia della terra, oltre-

tutto dotato di puntale in fondo che Pietro per fare prima non smonta mai e che è stato addestrato per pian-
tarsi esattamente sotto il malleolo ogni volta che ten-
ti di levarlo dall'auto;

c) far mettere il kimono a Martino, un urlo per ogni
arto che deve infilare più un paio per la borsa e la cintura;

d) raggiungere l'auto con me che porto borsa e bor-
sone mentre lui continua a giocare al cellulare, mentre
tento di ricordarmi se ho abbastanza benzina;

e) portarlo in palestra (il che implica trovare parcheggio, che davanti all'unica palestra del paese nell'orario
più frequentato non è automatico, oppure farlo scendere al volo così intanto fa un po' di riscaldamento e
si allena a cascare bene);

f) a questo punto il cronometro si resetta e inizia la
fase due: tornare a casa e mettere su cena, tenendo conto che si hanno a disposizione 45 minuti a partire da
adesso;

g) allo scoccare del quarantacinquesimo, invece di tirare su le mani e sperare di andare in balconata, montare in auto e fiondarsi a prendere il figliolo sudato come un kebab, che siccome a fare la doccia in palestra
si vergogna va involtolato nel giaccone e riportato immediatamente a casa prima che si prenda la pleurite;
il tutto considerando che se prima il parcheggio era affol-
lato a quel punto è pieno zipillo, e che mollarlo al volo è fattibile, ma farlo montare passando rasente alla
palestra e tenendo la portiera aperta tipo Bruce Willis
anche no.

La tensione è la stessa, l'unica differenza è che nessuno paga il biglietto. Al massimo, ogni tanto, qualche multa. Tipo quando ho piantato l'auto in mezzo alla strada con le doppie frecce e, esattamente al momento in cui sono entrata in palestra, è arrivato l'autobus.

Lo so, lo so. Ce li avete anche voi, gli stessi esatti problemi, e, come i miei, prevedono meno responsabilità di un trapianto cuore-polmoni. Il chirurgo avrà altri casini, certo, ma anche altre meritatissime soddisfazioni. Noi invece non riceviamo nessun premio quando risolviamo la grana del giorno, che sia quell'imprevisto che nasce all'improvviso come un mulinello d'acqua, oppure l'inghippo che si profila da lontano, come una cascatella, e che va affrontato oggi, esattamente oggi, perché lo sai da un mese e lo eviti da trenta giorni. Sono tutti inganni, problemini che appena risolti lasciano spazio ad altri problemini analoghi che ti tolgono tempo, un tempo da cui non ti liberi mai grazie al suo ciclico sadismo, in un eterno ritorno fatto di orari scolastici, vacanze estive o il calendario della differenziata, cioè l'unica cosa per cui sono in grado di ricordare che domani sarà di nuovo martedì.

Ma perdonatemi la tirata: volevo essere certa che capiste che sono una di voi, una di quelle che si svegliano di malumore quando inizia la settimana. Anche io il lunedì mattina apro gli occhi e, già in situazione standard, mi viene il fiatone.

Figuriamoci se Virgilio invece di collaborare si fa i cavoli suoi.

– Virgiiii...

– Quaaa... – dice una voce dalla camera da letto.

– Se mi dici cosa stai cercando magari te lo trovo io.

Lo so, forse è un tantinello supponente, ma immaginatevi la scena: io che entro in camera e trovo Virgilio col nasone nel cassetto che fruga fra le magliette come se stesse cercando i tartufi.

– Tranquilla, la trovo io – mi dice mentre continua a scavare, con le maglie che si accumulano in cima al cassetto e cominciano a debordare fuori. Per risolvere, Virgilio le prende delicatamente fra due dita e le lancia con eleganza sul letto, facendo finta di non sapere che durante la traiettoria gli oggetti di tessuto tendono a perdere la forma.

– Che tu la trovi non ne dubito. Solo vorrei evitare di passare i prossimi venti minuti a ripiegare roba che ho già piegato ieri.

– Tranquilla, metto a posto io – dice indicando col pollice alle sue spalle, mentre il letto inizia a somigliare a un'opera di Neil, il grande artista di *Art Attack*.

– Qui invece mi permetto di dubitare. Dai, ti do una mano – dico, mettendomi accanto a lui e tirando fuori la roba. – Cosa cerchi?

– La maglietta di Akira.

Mi si fermano le mani.

– Scusa, a cosa ti serve la maglietta di Akira?

– Vedi? Ecco perché non ti chiedevo nulla.

Uno dei miei incubi ricorrenti è la maglietta di Akira. È una maglietta con il personaggio di un cartone animato che Virgilio ha comprato vicino a un tempio di Asakusa, il quartiere antico di Tokyo. Era il suo primo congresso internazionale, e chiaramente l'ho accompagnato. L'ultimo giorno prima di partire siamo andati a visitare un tempio nel quartiere antico e Virgilio, da persona sensibile all'arte giapponese del secolo scorso, ha comprato questa maglietta in una bancarella di quelle che circondano il tempio. O meglio, gliel'ho regalata io.

Solo che nel frattempo è successo qualcosa. Tipo, sono passati quindici anni. Quando se l'è comprata i capelli gli arrivavano alle spalle, adesso gli partono dalla nuca, e anche se circondano la pelata è abbastanza chiaro che sta vincendo lei. Ciò nonostante, la maglietta di Akira è irrinunciabile. Ora, che se la metta per andare al mare passi, mi sono adeguata da tempo al fatto che i cartoni giapponesi stanno ai nerd come i cineforum ai nostalgici del '77. Serve per riconoscersi fuori dal lavoro, tante volte a qualcuno venisse il dubbio che uno che a luglio, sulla spiaggia più bella dell'Elba, sta leggendo un libro che si intitola *Physics for Game Developers* non sia uno dei tuoi.

Ma per andare a un esame di laurea anche no.

– Senti, non puoi presentarti a una sessione di laurea con la maglietta di Akira. Pensa a quei poveri genitori che dovranno mostrare le foto. Mio figlio si è laureato col professor Rossi. Ah, ma proprio quel professor Rossi? Sissì, quello lì. Ecco, guardi, è quello con la maglietta di Akira.

– È vero. Dovremmo fare come in Olanda, che si mettono i mantelli per discutere le tesi.

– Dovremmo fare come in Italia, che ogni tanto ci compriamo dei vestiti nuovi e quelli vecchi li buttiamo nell'inceneritore. Me la ricordo la tesi di dottorato del Garbe a Groningen. C'era il presidente di commissione, tutto togato, col collo nudo completamente tatuato. Sembrava un rapper dal parrucchiere. Senti, non è che ti metteresti una camicia?

– Guarda che me l'ha chiesto il laureando di mettermi la maglietta di Akira. Dice che è fichissima.

– Va bene. Invece la madre dei tuoi figli ti sta chiedendo di vestirti come se tu fossi sposato a una che sa lavare e stirare le camicie.

Virgilio si bloccò con la bocca aperta, a mezz'aria. Cioè, con le mani a mezz'aria, non vi immaginate un uomo grosso e vagamente sovrappeso sospeso nel vuoto tipo Hulk Hogan.

– Cioè, mi stai dicendo che non vuoi che mi metta la maglietta di Akira perché sennò la gente pensa: «ma tu guarda come lo manda in giro sua moglie»?

– Sì, un po' sì. Mettila così: tieni di più a me o al tuo laureando?

Virgilio si voltò e prese una camicia dall'armadio.

– Va bene, guarda, ho capito. Mi metto questa. Le magliette non vorrei rovinarle, magari le spiegazzo tutte. Meglio che tu le metta a posto te.

E andò in bagno, con la camicia ancora appesa alla gruccia. Di lì a poco, cominciai a sentire i cassetti che sbattevano. Virgilio è così, la rabbia gli monta lentamente. E tutto per una cavolata come una maglietta.

Adesso sarebbe uscito di casa col giramento di scatole, magari il laureando gli avrebbe chiesto: «prof, ma la maglietta di Akira non te la sei messa allora...» e lui si sarebbe sentito ancora più sotto pressione. Di conseguenza avrebbe litigato con tutta la commissione e come risultato il suo adorato laureando non avrebbe ottenuto la lode. Senza lode, fra qualche mese si sarebbe presentato al concorso di dottorato e non sarebbe rientrato in graduatoria per via del voto, nonostante l'ottima prova d'esame. Così invece di vincere il dottorato, diventare professore e sviluppare un sofisticatissimo sistema di intelligenza artificiale medicale in grado di anticipare l'insorgere dell'infarto sulla base dell'uso del cellulare, sarebbe finito con una laurea in informatica a lavorare in un call center, e di lì al terrorismo il passo è breve. Insomma, il genere umano avrebbe perso una meravigliosa occasione per progredire. Tutto per colpa mia.

Uscii di camera scuotendo la testa. Per riprendere il controllo, niente di meglio che compulsare la mia adorata listina. Le persone normali si addormentano leggendo un libro, io invece mi sveglio leggendo la Lista delle Cose da Fare. Che oggi include anche il livello bonus: i colloqui con gli insegnanti.

– Boia, che palle 'sti colloqui.

Detti colloqui, in barba al ventunesimo secolo – come d'altronde vari altri aspetti della vita quotidiana – presso la Scuola Paritaria della Casa di Procura Missionaria del Grande Fiume si svolgono rigorosamente in presenza. I genitori vengono convocati a un orario assolutamente casuale rispetto a quello in cui effettivamente avverrà il colloquio, e attendono il loro turno seduti da bravi in un atrio grigio, mortificato dalle luci al neon che rendono tristi anche i disegni dei bimbi attaccati alle pareti.

– Speriamo che faccino una cosina di giorno che io l'altra volta sono stata qui du' ore per sentimmi di' che il mi' figliolo è duro come le pine verdi. Quello lo sapevo da me.

L'unica cosa da fare per passare il tempo, siccome i muri sono di pietra dura come la testa del figliolo di cui sopra e quindi non prende nemmeno il telefonino, è fare quattro chiacchiere. Il problema è che ci sono due segnali che sovrastano qualsiasi tentativo di passare il tempo serenamente. Il primo è, per l'appunto, la voce di Lucia, che sta parlando dall'altra parte della stanza ma l'effetto è quello di quando passa l'arrotino col megafono.

– Ciò anche da dinni che domani Roni non viene a scuola perché va a fa' il provino a Firenze. Oh, questa settimana ce n'ha due, figuriamoci. Uno colla Fiorentina e uno coll'Empoli.

Roni sarebbe il diminutivo di Ronaldo, il primogenito di Lucia. L'altro figlio si chiama Raian, mi hanno detto che anche questo è il nome di un calciatore famoso, ma non so chi sia. Forse la poliziotta alta lo conosce. Io invece conosco il marito di Lucia, un inglese di Manchester, un allegrone che è venuto a Pisa per aprire un pub e si è trovato talmente bene che ne ha aperti altri due e si è sposato la Lucia Busdraghi. Il risultato è Ronaldo detto Roni, un marmocchio di dieci anni che pare sia bravissimo a giocare a pallone ma in compenso è palesemente inabile a articolare parole. Non esagero, 'sto figliolo parla a grugniti. Sa dire «gòoo...» (gol), «ozzaPisaaa» (forza Pisa) e altri due o tre lessemi correlati. Fra noi, fortunati genitori di ragazzi che ci illudiamo siano normali, è noto come «il bambino di Cro-Magnon».

– Vorrà di' che mi faccio manda' la lezione e gliela faccio fa' mentre si va in la'... certo potrebbero danniene anche un po' meno, in questi casi...

– Eeeh, il problema della scuola italiana... – sentii dire a bassa voce, proprio accanto a me. – Facciamo di tutto per gli alunni problematici, ma ce ne freghiamo di quelli eccezionali.

Oh, meno male. Almeno un essere umano con cui è possibile fare conversazione.

Forse vi ricordate che parlando con la poliziotta avevo detto di avere un amico cacciatore ma anche vegetariano. Non era una balla, si era appena seduto accanto a me.

– Bravi o bestie, facciamo ogni sforzo possibile per portare tutti allo stesso livello – continuò Cosimo, mentre si sedeva vicino con un sorriso triste. – È un problemone.

– E te ci fai rima, con problemone. Smettila.

– Dovremmo smetterla ma di mandare i figlioli a scuola. Tanto non serve a niente. Lo sai chi avrà successo nella vita? – Cosimo indicò con un cenno verso Lucia,

che continuava a berciare. – Coso, lì, il cucciolo di ye-
ti. Abbiamo così tanta cultura che non sappiamo più
cosa farcene.

Cosimo scosse la testa.

Cosimo Scuderi Tarabini, per certi versi, era un uomo
di altri tempi. Visto che così a occhio mi sembrate persone di una certa qual cultura, avete presente i patriarchi
dei romanzi di Don Camillo? Tipo il vecchio Filotti o Ci-
ro della Bruciata? Uomini che a trent'anni avevano un podere, una moglie, sei figli e due modi di fare le cose: come le faccio io, oppure sbagliate. Solo che l'attività di famiglia non era un podere, ma una liuteria. Esatto, Cosimo faceva il liutaio, come suo padre e suo nonno prima
di lui. E invece di avere sei figli ne aveva due, Artemisia
e Gabriele. La moglie era morta dieci anni prima, e lui
aveva cresciuto i figli praticamente da solo.

E Gabriele era veramente un ragazzino eccezionale.
Gli avevano messo in mano il violino quando aveva quattro anni, come a ogni rampollo di casa Scuderi Tarabini. Aveva fatto il suo primo concerto a otto. Adesso ne aveva dodici e suonava Paganini. Va detto che
Cosimo, contrariamente a Lucia, aveva preso la cosa
con un profilo decisamente basso. Tu studia, vai a
scuola, fai il tuo e poi vediamo. Ma che il ragazzo avesse un avvenire era molto, molto probabile. La settimana precedente, dietro consiglio proprio del professor Caroselli, aveva fatto l'esame d'ammissione a una scuola
prestigiosissima in Svizzera.

– E quei pochi che potrebbero insegnargli qualcosa,
a questi bimbi, gli sparano.

Appunto.

Guardai meglio Cosimo. Al di là della tristezza simulata per il destino di Ronaldo, c'era una tristezza vera. Aveva due occhiaie che gli arrivavano in terra.

– Gabriele come l'ha presa? – chiesi. Non era difficile capire.

– Eh, fino a stamani non sapeva niente. Poi mentre lo portavo a scuola gliel'ho dovuto dire. Ora alle quattro e mezzo esce e andiamo a casa. Vediamo.

– Ma sa tutto? Cioè, anche che...

– No, quello no. A piccole dosi –. Cosimo mise le mani in tasca e allungò i piedi. – Che poi chissà se è vero.

– Cosa, che gli hanno sparato? Quello tranquillo che lo so bene.

– Come lo sai bene?

– Eh, l'ho trovato io...

Avete presente quando siete immersi in una stanza piena di brusii e rumori, e dite una frase, e precisamente nel momento in cui aprite bocca cala il silenzio? Ecco, proprio quello. La stanza si riempì per un attimo delle mie parole, e sei o sette paia d'occhi mi puntarono senza possibilità di errore.

– L'hai trovato te?

– Eh, sì...

– E dove l'hai trovato? – Questo non era Cosimo, era la mamma di Giulio, ignoro come si chiami.

– Nel boschetto del Fornace, vicino alla strada. Quella dove vado a camminare.

– E gli avevano sparato per davvero? – Questo era Cosimo.

– Aveva il petto pieno di sangue, io questo so.

– Ma è stato un incidente? – Questa era Lucia, la mamma di Roni&Raian.

– Ma che cazzo ne deve sapere lei? – Questo era ancora Cosimo. – Ora secondo te è arrivata lì e c'era il cartello con la spiegazione?

– Io secondo me tutti questi cacciatori il fucile se lo dovrebbero un attimino cacciare lo so io dove. Vedrai se invece d'anda' a caccia restassero a letto colla su' moglie ne succederebbe di meno.

Vidi Cosimo prendere un respiro profondo. Va bene tutto, ma farsi mettere i piedi in testa dalla Lucia in pubblico non rientrava nel programma della sua giornata ideale.

– Ascolta, bella, prima di tutto mi devi spiegare cosa ci fa un cacciatore vicino al boschetto del Fornace. A meno che a uno non gli garbi sparare ai ciclisti, lì vicino di questa stagione non c'è una sega da prendere.

C'era del vero in quello che stava dicendo Cosimo. Anche se i figli di Lucia giocavano a calcio, erano degli eretici. La maggior parte dei ragazzini del paese, infatti, seguiva la religione ufficiale: il ciclismo. Come Alessio, il figlio di Giulia, la mia compagna di passeggiate mattutine. Il problema poi è che i ragazzi crescono, ma non sempre rimangono sulla buona strada.

Non so se vi ricordate, ma vi avevo già parlato del gruppo di ciclisti che incontravamo ogni domenica mattina, intruppati a velocità smodata. Da noi sono noti come «quelli della questura». C'è poi un secondo gruppo che si ritrova ogni domenica, e sono «quelli della farmacia».

Contrariamente a quanto si potrebbe pensare, conoscendo i ciclisti e la loro fama di habitué della chimica farmaceutica, quelli veramente pericolosi sono della questura. Perché, mentre il gruppo della farmacia è costituito da ragazzi e uomini tra i quindici e i quaranta che cercano di fare massa critica per andare a fare una sgambata verso le colline, cambiando itinerario tutte le volte, con intento a metà fra la preparazione atletica e la gita turistica, quella della questura è una vera e propria gara clandestina, alla quale partecipano principalmente ciclisti semidilettanti o ex professionisti, quasi tutti squalificati e allontanati da qualsiasi competizione ufficiale, inclusi non pochi nomi di tutto rispetto, fra cui vincitori di tappe del Tour o del Giro e anche un campione olimpico.

Essendo una gara, lo scopo è di arrivare primi, in completo spregio di qualsiasi divieto, che provenga dal codice della strada o dal medico curante. Esatto: se all'arrivo a un semaforo questo sta per diventare rosso, e il primo del gruppo passa, a quel punto tutto il resto del gruppo deve passare. Se il gruppetto di testa taglia una rotonda per guadagnare qualche secondo, a quel punto tutto il resto del gruppo deve tagliare la rotonda. Se qualche automobilista ignaro della situazione in quel momento dovesse passare, la corsa il giorno dopo finisce sul giornale. È già capitato, e ricapiterà. Non che questo scoraggi minimamente i partecipanti: come si diceva poco fa, ci sono persone che per arrivare non dico prime, ma nella volata finale della questura, sono disposte a prendersi dei rischi che per curarsi un cancro probabilmente non correrebbero.

Alessio, il figlio maggiore di Giulia, una volta aveva detto ai suoi genitori che era andato a fare il giro della questura, che gli era piaciuto un casino e che la prossima volta era sicuro di fare meglio. Gli avevano tolto la bici per due settimane e Giacomo, il marito di Giulia, era stato chiaro: con quella gente non ti ci voglio vedere più. Se vuoi un motivo valido per drogarti, forma un gruppo progressive rock. Male che vada, magari trombi.

– Secondo, non è che uno debba essere un cacciatore per sparare – continuò intanto Cosimo. – A Ponte c'è cinquemila abitanti e diecimila fucili.

– Vorresti di' che non è stato un incidente?

– Vorrei dire che...

– Scudeeeeriii... Scudeeeeriii...

Ci voltammo. In fondo alla stanza, con in mano il simbolo del potere scolastico, ovvero un mazzo di chiavi, c'era Bernardo, il bidello-custode-tuttofare assunto nel pieno rispetto della legge Basaglia. Lo so, adesso state pensando di nuovo che sono cattiva, ma se conosceste Bernardo mi dareste ragione.

Bernardo, il cognome non lo conosco, ha sempre un'espressione stupita in faccia, a metà fra il deluso e il disperato. Già il viso basterebbe a sospettare che l'uomo non batta perfettamente pari; comunque, se vi rimanessero dei dubbi, si darebbero alla fuga da soli davanti agli stivali di gomma e ai paraorecchi. Estate e inverno, pioggia o sole, dentro o fuori che sia, Bernardo sta con stivali di gomma e paraorecchi. La prima volta che l'ho visto era completamente ricoperto di fango, e camminava sul bordo della strada con la faccia stravolta. Ho pensato che fosse un contadino caduto nel fosso e che stesse tornando a casa. Poi ho cominciato a incrociarlo sempre sulla stessa strada, con la stessa faccia e lo stesso abbigliamento. Poi ho scoperto che era il bidello della scuola dove avevo iscritto il mio primogenito. Capisco che tutti hanno il diritto di lavorare, ma uno così proprio in una scuola me lo devi mettere?

– Via, io vado dalla santa inquisizione – disse Cosimo alzandosi. – Se hai bisogno di fare due parole chiama, mi raccomando.

– Grazie Cosimo. Anche te, eh, non ti peritare.

Mentre Cosimo si avviava verso la sala professori, la mamma di Roni&Raian iniziò:

– Oh, comunque, dicevo, domani sera ci si vede anche con le altre mamme della scuola al Vecchio Forno per discutere un attimino della cosa.

– Della cosa? Di quale cosa?

– Mah, fai te. Hanno sparato a un professore, con questi bimbi la cosa va affrontata. Sia che sia stato un incidente, sia che insomma, via, ci siamo capiti. Ci si trova alle otto direttamente al Vecchio Forno.

Feci una smorfia, mossi un attimo gli occhi verso l'alto e poi a destra e a sinistra, e mentre mi dimenavo così iniziai a scuotere la testa piano piano, come sempre quando fingevo di capire se c'era modo di incastrare quella allettantissima offerta fra gli altri dodici impegni inderogabili.

– Domani sera proprio non ce la posso fare. Mi aggiornate voi su cosa avete deciso.

Nemmeno le altre sere, in realtà. In primis, il Vecchio Forno fa una pizza che ricorda vagamente un copertone d'auto, sia nell'elasticità che nel sapore. In secundis, non capivo cosa ci fosse da discutere. Ma passare la serata a descrivere il Macabro Ritrovamento con intervista esclusiva alla testimone oculare – Serena, quarantasei anni, abitante del luogo – anche no.

Mi alzai e mi diressi verso la finestra, tirando fuori il cellulare dalla borsa, come per cercare campo. In realtà volevo capire che ore erano, e anche se il cellulare non prende l'ora giusta la segna lo stesso, e perlomeno mi toglievo un attimo di lì. Mentre tracciavo delle croci a caso per aria con il telefonino, sentii una voce accanto a me.

– Signora Rossi, mi permette una parola?

Solo una persona mi chiama signora Rossi. Che sarebbe il cognome di Virgilio. Quindi, già questo particolare mi avrebbe dovuto avvisare che quello che stava per posizionarsi accanto a me era il temibilissimo nonno di Zeno.

– Prego – dissi, aprendo la finestra per far vedere che tentavo di prendere meglio il segnale. E anche per un'altra ragione.

Avevo accennato prima al fatto che ci sono due motivi che impediscono di trovare gradevole il tempo passato nell'atrio della Scuola Paritaria della Casa di Procura Missionaria Eccetera Eccetera, ma avevo esplicitato solo il primo. Il secondo... be', diciamo che io ho un naso molto sensibile. Sensibile e ben educato. Un po' è predisposizione, un po' è allenamento. Ho iniziato a coltivarlo da chimica, poi l'ho sviluppato per conto mio. E una volta che un senso lo sviluppi non è che lo puoi riporre nella fondina, è sempre lì.

Insomma, per me stare chiusa in un luogo maleodorante in compagnia di altre persone è una tortura. Certe persone più di altre. E il nonno di Zeno è in cima alla lista.

Il nonno di Zeno, al secolo Zandegù Aurelio, maresciallo in pensione della Guardia di Finanza, è un signore magrolino di una settantina d'anni, pelato come un uovo sodo e con dei baffoni tipo scopettone che gli coprono interamente la bocca, ma non abbastanza. Perché il signor Aurelio è un uomo gentile, premuroso ed educatissimo, ma ha un fiato che potrebbe stendere un bue. È imbarazzante, ma al tempo stesso inesorabile: il nonno di Zeno inizia a parlare ed è subito conceria.

– Ho inavvertitamente ascoltato quello che stava dicendo poc'anzi – iniziò. – Anzi mi scuso per essermi intromesso in una conversazione privata, ma non ho potuto fare a meno di sentire.

– Non si preoccupi, capisco – dissi. Era vero. Certe cose non si può fare a meno di sentirle.

– Mi scusi nuovamente l'ardire, ma renderei veramente un cattivo servizio alla divisa che ho indossato per decenni se non le dicessi quanto sto per dirle.

Il buon signor Aurelio si avvicinò, come per parlarmi sottovento, volevo dire sottovoce.

– Non credo – disse, piano, e fece una pausa, forse per farmi apprezzare meglio la densità delle sue parole – non credo che sia il caso di parlare di quanto lei ha visto con le persone che incontra, o di ripetere quanto lei ha già detto agli inquirenti.

Mi guardai intorno. Vidi varie facce, sia di maschi che di femmine, immerse nei propri inutili cellulari. Non era chiaro se avessero sentito, o cosa avessero sentito, ma la presenza del nonno di Zeno era un valido deterrente per qualsiasi tentativo di intromissione o pettegolezzo.

– Sì, certo, ha ragione.

– Mi scusi ancora se mi sono permesso, so che lei è una persona coscienziosa, ma ho ritenuto opportuno essere esplicito. In fondo la vittima era un professore di questa scuola. Non possiamo escludere che qualcuno interno a questa istituzione sia coinvolto.

Mentre il nonno di Zeno diceva questo, vidi passare in cortile suor Chuck Norris che confabulava con suor Jackie Chan. Improbabile che fosse stata una di quelle due. Nel caso, non lo avrebbero certo ucciso con una scarica di pallettoni. Casomai con un calcio volante.

– Ha fatto benissimo, anzi, e la ringrazio. Ora, le potrei chiedere un favore?

– Ma sicuro, volentieri.

– Dovrei assentarmi un attimo. Se mi dovessero chiamare, per il colloquio, potrebbe dire che arrivo subito?

– Assolutamente. Non c'è problema, ci penso io.

– Grazie.

Mi sistemai la giacca, presi la borsa e mi diressi verso il bagno. Non che ne avessi bisogno, quello di cui avevo necessità era di allontanarmi da quel tombino semovente. E l'unico posto dove trovare un po' d'aria fresca, paradossalmente, era il bagno.

– Rossi ii... Rossi ii... – disse in quel momento la voce di Bernardo.

Vabbè. Va bene lo stesso. Franza o Spagna, purché se respiri. Allo scopo anche la stanza dei colloqui andava benissimo. Che, in realtà, era la stessa aula dove facevano lezione i bimbi. Avendone due, ogni volta dovevo chiedere se dovevo andare a destra o a sinistra, cioè verso le elementari o verso le medie.

– Destra o sinistra?

– No, no... in alto... – disse Bernardo, indicando con un dito verso il piano superiore. – Dalla madre.

Alzai un sopracciglio, credo. Essere convocati dalla reverenda madre non era necessariamente una cattiva notizia. Suor Fuentes era contemporaneamente madre superiora, preside della scuola e amministratore delegato delle finanze del complesso; insomma, era una e trina, e a seconda di quale manifestazione trovavi l'incontro poteva essere piacevole, neutro o raggelante.

Bussai. La porta si aprì da sola, e vidi suor Fuentes seduta dietro la scrivania.

– Grazie, padre – disse la suora, e mi resi conto che non ero finita sul set dei Blues Brothers, ma che ad aprirmi la porta era stato padre Gonzalo. – Buongiorno, Serena. Come va?

– Bene, grazie. Cioè, compatibilmente. Lei?

– Il Signore ci darà la forza per superare anche questo – disse, con un sorriso lieve. – Si sieda, prego.

Mentre mi sedevo, padre Gonzalo si era messo a fianco della suora, tipo guardia del corpo.

– L'ho fatta chiamare perché volevo sapere se potevamo confermare la data di mercoledì prossimo per la lezione aperta di ecologia.

Rimasi un attimo interdetta.

Due giorni dopo, io e una mia amica avremmo dovuto fare lezione per un'ora a tutta la scuola su temi di ecologia. Era una iniziativa del professor Bartalini, quello di scienze, un brav'uomo colmo di entusiasmo, che nei modi e nell'aspetto ricordava vagamente un golden retriever. Devo dire che non sono fanatica di queste cose, e ho l'impressione che non servano a nulla, ma devo riconoscere che questo probabilmente è un problema mio.

Saremmo state in due, io e una mia amica fisica. Io avrei parlato di quello che sapevo, cioè dei metalli pesanti, dove si trovano e che effetti hanno sull'ambiente, e di come smaltirli con la differenziata. La mia amica avrebbe parlato della sua start-up, con la quale ha messo su un progetto oggettivamente ganzissimo: un dispositivo in grado di generare energia dall'onda di risacca del mare. È ancora all'inizio, ma funziona.

– Be', se lei crede che sia opportuno...

– La vita continua, Serena. Anche nel ricordo del nostro fratello Luigi. Sono sicura che lui avrebbe voluto così.

– Sì, in effetti forse ha ragione...

– Avrebbe pensato prima di tutto ai suoi allievi – continuò suor Fuentes. – E in fondo, è il modo migliore per ricordarlo, e per rassicurare i ragazzi. La loro scuola, il loro mondo, non c'entrano niente con questa brutta storia.

Mentre la madre superiora parlava, padre Gonzalo annuì due o tre volte, lentamente, come per sottolineare. Certo, il buon nome prima di tutto.

– Allora, se per voi va bene anche per noi è tutto confermato. Mercoledì mattina da mezzogiorno all'una.

– Ottimo allora. Grazie mille Serena, e che il Signore vi accompagni.

Per il momento, dovetti accontentarmi di essere accompagnata da un dipendente. Padre Gonzalo mi fece strada e mi aprì la porta, senza dire una parola.

Mentre scendevo le scale, mi trovai a riflettere proprio su quello. Padre Gonzalo non aveva aperto bocca. Era vero che di solito, in presenza di suor Fuentes, il sacerdote non diceva un gran che, e questo era uno dei motivi per cui rispettavo quella suora; ma al tempo stesso mi era sembrato un silenzio strano. Quasi preordinato.

Arrivata al mezzanino, vidi le scarpe e i pantaloni del nonno di Zeno in agguato, e mi ricordai che fortunatamente avevo lasciato un impegno in sospeso.

– Ha fatto presto – disse l'uomo.

– Per ora sì. Ma non ho ancora finito. Con permesso...

Aprii la porta, entrai nell'antibagno, aprii di nuovo e mi ritrovai in compagnia di un water e di un muro di piastrelle bianche. E di uno sciacquone guasto. Succedeva una volta su due.

Io mi chiedo: ma come è possibile che, siano pubbliche o private, quasi tutte le scuole elementari e medie che ho visto in vita mia abbiano dei cessi che si meritano il loro nome a pieno titolo? Vasi sporchi e rotti, carta igienica mancante, odori allucinanti. In tre o quattro casi ho visto persino le turche. Un tempo il grado minimo dei servizi igienici erano i cessi della stazione, oggi sono quelli delle scuole. Credo sia sintomatico di quanta importanza diamo all'istruzione. Non consideriamo 'sti ragazzi in base ai loro bisogni.

Mi guardai intorno, cercando di capire cosa non andava. L'odore, ovvio. Ma non per quello che potreste pensare. Era un odore sottile, ma netto e penetrante.

Certo, di solito nei bagni non c'è un buon odore, ma quello era diverso. Le persone comunemente lo descrivono come odore di piedi sudati, o di formaggio stagionato. Per me chimica quell'odore si chiama acido isovalerico. E non è una sostanza che dovrebbe trovarsi nell'urina umana.

Sottile, netto e penetrante. Se ci fate caso, sono le stesse tre parole che mi erano venute in mente il giorno prima. Perché era esattamente lo stesso odore che avevo sentito nel boschetto, un attimo prima di trovare il cadavere del professor Caroselli.

Non possiamo escludere che qualcuno interno a questa istituzione sia coinvolto.

Mi guardai intorno.

Altro che bagno, se incominciavo a prendere sul serio il nonno di Zeno avevo bisogno di un po' di riposo. O di uno psichiatra.

– Mamma, ho fatto. Mi vieni a asciugare la testa?

– Arrivo, tesoro.

Arrivo, tesoro. Quando Martino ha deciso di farsi crescere i capelli lunghi non lo ha fatto per una questione estetica, ma perché odiava talmente tanto andare dal parrucchiere che piuttosto si è convinto che voleva i capelli lunghi come babbo quando era giovane. E io, che uscivo sfiancata dalle discussioni, visto che ogni volta che dovevo portarlo dal parrucchiere era un'impresa, ho lasciato andare, pensando che almeno mi sarei risparmiata un pomeriggio di stress una volta al mese. Così adesso ogni lunedì e giovedì Marti torna da judo sudato che sembra lo abbiano preso a secchiate e si deve lavare i capelli, e indovina chi gli deve reggere il phon mentre lui se li pettina? Esatto, la solita scema. O Virgilio, se non ha ancora iniziato a cucinare. Il patto è: chi prima arriva a casa, inizia.

– Che si mangia stasera, mamma?

Bella domanda. Non ho fatto in tempo a passare dal supermercato, avrei dovuto comprare gli hamburger.

– Virgi, mi guardi in frigorifero cosa abbiamo? – urlo, spegnendo il phon.

– Allora... Due confezioni di tofu, prosciutto crudo, prosciutto cotto, mozzarella.

Eccoci. Per noi due il tofu può anche andare bene, per Virgilio benissimo. Per i bimbi, si prospetta una cena da vittime di sequestro.

– E di verdure? – chiedo, e riaccendo il phon. In sottofondo, sento che abbiamo un mazzo di qualcosa.

– Di cosa? Bietole?

– Cosa?

Spengo il phon.

– Hai detto «un bel mazzo di bietole»?

– Veramente ho detto «Un beato cazzo di niente».

Martino si mette a ridere, talmente forte che picchia una testata nel phon e inizia a lamentarsi. Nel frattempo, Pietro che stava passando col cellulare in mano alza la testa e fa:

– Mamma, ci fai le patate fritte?

– Dai, mamma, ci fai le patate fritte? Daiii...

Guardo l'ora. Le patate fritte sono una procedura lunga e brigosa, ma anche una delle cose più soddisfacenti che esistano al mondo. E in fondo se metto i bimbi a tavola con prosciutto e mozzarella rischio una denuncia per maltrattamenti. No, non da parte dei servizi sociali, da parte di Augusta Pino.

– Ragazzi, è tardi – urla Virgilio dal piano di sotto. – Se andassi a prendere la pizza, e le patatine ve le fa nonna dopodomani?

– No, le patatine di nonna sono mosce.

Amore di mamma. E come fai a dirgli di no?

– Virgi, se vieni te a rosolare Marti arrivo giù e le faccio.

– Arrivooo...

L'algoritmo per ottenere le Patatine Fritte di Mamma consta di numerosi passaggi, tutti necessari per giungere alla Perfetta Patatina Fritta, quella che partecipi dell'essenza platonica della stessa, la Patatità.

Numero uno, lavare le patate e tagliarle a bastoncini, poi asciugarle bene. Mai lavarle quando sono già tagliate, leverebbe l'amido superficiale che è esattamente quello che diventa croccante nella patata fritta.

Numero due, cuocere le patate a vapore per 15 minuti dopo averle pennellate con poca acqua in cui avete sciolto un cucchiaino di bicarbonato. Questo alza il pH della superficie e facilita lo scioglimento della pectina, la sostanza che tiene insieme le cellule delle patate. Così saranno ammorbidite e un po' ruvide, in pratica aumenta la superficie disponibile a diventare croccante. Nel frattempo, accendete il forno. È importante, ve lo spiego dopo.

– Hai finito col phon? Posso accendere il forno?

– Finitooo... vaii...

Numero tre, dividete le patate in porzioni da uno, in apposite coppette o direttamente sul bancone, se siete dei troiai come Virgilio che è uno che mangia la roba anche quando è caduta per terra, tanto poi le friggete e ammazzate qualsiasi cosa. Questa ultima notazione è sua, sappiate che io la disapprovo totalmente.

– Virgiii, io comincio... puoi apparecchiare te?

– Vengo giù subitoooo...

Numero quattro, nel frattempo portare l'olio di arachidi a 175°. Sì, con il termometro. È importante che l'olio resti caldo, è per quello che si dividono le patate in piccoli mucchietti, se ce le mettete tutte insieme come fa Augusta Pino per fare prima l'olio si raffredda e viene un troiaio. Ho provato a spiegarglielo ma la suocera è razionale solo quando torna a lei.

– No, non mi dire che... no, vedrai che da qualche parte ci dev'essere...

Numero cinque, friggete le patate a 175° per tre minuti tre e quando dico tre minuti intendo centottanta secondi.

– Extra vergine di oliva... di mais... ma porca puttana...

Numero sei, nei tre minuti tra una frittura e l'altra prendete le patate appena scolate dall'olio, appoggiatele su un piatto con carta da cucina e mettetele immediatamente nel forno a 180°. Se le lasciate scolare mentre raffreddano, il vapore acqueo presente nelle cavità delle patate improvvisamente condensa ad acqua liquida e crea il vuoto, nel quale l'olio superficiale viene risucchiato. Invece, con la procedura testé descritta, scolando e asciugando le patatine calde, la maggior parte dell'olio superficiale viene via.

– Che succede? Tutto bene?

Ho imparato questa procedura a mie spese, facendo errori ogni volta diversi.

A volte comprando patate della varietà sbagliata, con poco amido, e a volte usando patate giovani, che a loro volta hanno poco amido. A volte cuocendo le patate prima di tagliarle – un disastro – e a volte lasciandole nel forno – un incendio.

Questo era un errore nuovo di zecca.

– Tutto bene un corno. Non abbiamo l'olio per friggere.

– Ma non potevi usare quello di oliva?

Mentre Martino chiede, Pietro assaggia una patata lessa e aggiunge un altro po' di sale. Di solito gli dico di non esagerare, ma stasera forse non è il caso.

In tavola ci sono una mozzarella, due parallelepipedi di tofu tagliati a cubetti e marinati in un avanzo di salsa di soia recuperato torturando la bottiglietta, un piatto di prosciutto cotto e uno di prosciutto crudo. E le patate lesse, appunto. Avrei dovuto fare la spesa tornando dalla scuola delle suore, ma avevo la testa da un'altra parte. In realtà ce l'ho ancora da un'altra parte. Non esattamente in cucina, ecco. Mi riscuoto e gli rispondo:

– No, tesorino, non va bene. Si degrada. Quando lo scaldi ci sono delle molecole che si rompono e quando sono rotte fanno male.

– Come i vetri?

– Sì, un po' come i vetri.

– Mia nonna quando ero piccolo me le faceva, le cose fritte nell'olio di oliva – dice Virgilio, infilzando un pezzetto di tofu. – Cioè, mia nonna quando ero piccolo friggeva qualsiasi cosa.

– E infatti eravate tutti obesi.

– Mamma, ma come mai...

Squilla il telefono di Virgilio, che si alza.

– ... dicevo, quando friggi le cose diventano croccanti?

Che tesorini. Hanno paura che ci sia rimasta male. Lo sanno, che quando mi girano le scatole il modo migliore per distrarmi è chiedermi di spiegare qualcosa di scientifico.

– Sì, pronto? – chiede intanto Virgilio.

Invece di processarmi per il reato di Omissione di Frittura, hanno anche avuto il coraggio di dire che le patate lesse a loro piacciono.

– Perché tutte le cose contengono acqua. E l'acqua a cento gradi bolle, diventa vapore, gas.

– No, guardi, non sono il proprietario del cellulare – dice la voce di Virgilio dalla cucina. – Come dice? No, non sono il signor Virgilio Rossi.

– Quando le metti nell'olio, che è a centottanta gradi, l'acqua diventa vapore, diventa gas, e fuoriesce dalle patate facendo le bolle. E quelle bolle fanno scoppiare le pareti delle patate che così diventano croccanti.

– Posso passarle il signor Virgilio Rossi? – si sente intanto in sottofondo. – No, mi dispiace, l'ho appena ucciso. Sì, esatto, per rubargli il cellulare. Sa, è un momento di crisi. Anzi, se la sua azienda assume manderei il curriculum. Si figuri.

Virgilio posa il cellulare e torna a tavola.

– Cosa volevano venderci stavolta?

– Boh. Una nuova tariffa, credo.

Lo guardo, mentre intorno i bimbi stanno ancora ridendo. Quando a me arriva una telefonata da una qualsiasi compagnia, che sia telefonica, del gas o della luce, sto a sentire. Di solito ho paura che sia una bolletta scaduta. Se fosse così richiamerebbero, risponde Virgilio, che invece quando riceve questo genere di telefonate si esibisce in risposte sempre diverse. A volte risponde la ditta Ba. Gon. Ghi. – Battelli Gonfiabili in Ghisa – altre volte la Carratori&Del Pecchia sciacallaggi in zone terremotate, dica.

– Ma perché rispondi così, babbo? – dice Pietro, mentre Martino ancora emette piccoli sbuffi di risate trattenute.

– Perché questi ragazzi stanno lavorando, però a me non interessa. Cioè, rompono i coglioni, ma mica posso trattarli male. Così se faccio il cretino loro mi prendono per matto e non telefonano più. Ci si guadagna tutti e due.

– Ma davvero babbo da piccolo era obeso?

– Ho le foto, se vuoi te le faccio vedere. Se ti fidi che era lui. Manco si vedono gli occhi, da quanto lardo c'è intorno.

– Ora invece è magro.

– Sì, insomma, diciamo che si mantiene.

– Se mi facevi mettere la maglietta di Akira lo vedevi bene come mi mantengo – dice Virgilio, prendendo un altro pezzetto di tofu.

Se vuoi metterti la maglietta di Akira per andare in dipartimento dovrai veramente uccidere qualcuno, dovrei rispondergli. Invece gli chiedo:

– Com'è andata oggi?

– Bah, diciamo bene – risponde Virgilio, prendendo l'ultimo pezzetto di pane. – Avevamo questi due progetti, quello nostro sull'apprendimento basato sul movimento oculare, e quello di Raspanti sui funghi elettronici che a tutti sembrava una stronzata, Raspanti incluso, che lo aveva scritto solo perché aveva il progetto analogo di dieci anni prima sulle piante elettroniche. Ha cambiato solo la parola «piante» con la parola «funghi». Indovina quale ci hanno finanziato?

– Vabbè, almeno arrivano i finanziamenti...

– Sissì. Per i prossimi tre anni scriverò dei bellissimi codici per fare in modo che un fungo artificiale mimetizzato sotto un albero analizzi i cambiamenti ambientali, dopo averlo addestrato con appositi algoritmi a distinguere la pioggia dal cane che gli piscia sopra. Si preannunciano giornate entusiasmanti. Faccio il caffè?

Il che significa: «la cena è finita, andate in guerra». Pietro e Martino si alzano come un sol bambino e si dirigono verso la Nintendo. Da un po' di tempo, dopo cena, scatta il torneo di Fortnite.

Mentre i bimbi accendono e connettono, mi alzo e inizio a sparecchiare. Non che ci voglia tutta questa fatica, in tavola non c'è niente.

– Ce li vuoi mica due biscottini col caffè?

– Eh, stasera ci vogliono...

Articolo 55
Funzioni della polizia giudiziaria

1. *La polizia giudiziaria deve, anche di propria iniziativa, prendere notizia dei reati, impedire che vengano portati a conseguenze ulteriori, ricercarne gli autori, compiere gli atti necessari per assicurare le fonti di prova e raccogliere quant'altro possa servire per l'applicazione della legge penale.*

Il segreto di un buon poliziotto è di non trascurare nulla.

Nei gialli, questo significa che l'investigatore nota un particolare apparentemente insignificante – dei ninnoli in disordine sopra una mensola, il mancato abbaiare di un cane di notte, un camino acceso in un giorno caldo – e a partire da quello ricostruisce una catena consequenziale di avvenimenti che porta con inesorabile precisione all'identità dell'assassino.

Nella vita reale, invece, non trascurare nulla significa prendere il computer e il cellulare della vittima e andarsi a leggere a ritroso nel tempo tutte le mail e i messaggi spediti e ricevuti finché non trovi qualcosa di interessante. Un po' come cercare un gatto nero in una stanza buia, senza nemmeno essere certi che il gatto ci sia davvero.

Al momento, il sovrintendente Corinna Stelea stava leggendo le mail del professor Luigi Caroselli, e stava facendo il proprio dovere di bravo poliziotto.

Purtroppo, aveva la fondata convinzione che non tutti stessero facendo altrettanto.

Incidente di caccia, aveva ipotizzato il Pubblico Ministero. Succede spesso, da queste parti.

Incidente di caccia un cazzo, aveva pensato senza dirlo il sovrintendente Ana Corinna Stelea, a cui era stato ufficialmente affidato il caso direttamente dal medesimo Pubblico Ministero dottoressa Gianfranca Pistocchi – tale dispiego di maiuscole, pur obbligatorie a termini di regolamento, sarebbe stato senza alcun dubbio gradito dalla dottoressa – la quale, il giorno precedente, aveva convocato il sovrintendente Stelea e le aveva detto di occuparsene lei. Cosa che Corinna stava effettivamente facendo, al contrario del Pubblico Ministero dottoressa Pistocchi la quale, duole dirlo, al momento che descriviamo era impegnata a sincerarsi dello stato della spedizione di un paio di guanti da sci appena acquistati su Amazon.

La prima conclusione che il sovrintendente aveva istintivamente raggiunto, come si narrava poco prima, era stata che la morte del Caroselli non fosse da attribuire a un incidente. Primo, per avere un incidente di caccia ci deve essere qualcuno che caccia. Cioè un luogo adatto alla pratica venatoria, e nel luogo in cui era stato trovato il corpo non le risultava che fosse normale cacciare. Inoltre, di solito gli incidenti di caccia avvengono fra cacciatori. E qui il sovrintendente Stelea ravvisava ulteriori problemi.

Era pur vero che Gigliotti aveva collocato l'ora del decesso intorno alle sei di domenica mattina, cioè un orario plausibile per un seguace di Diana ma indecente per le persone normali, ma la scena del crimine presentava numerose incoerenze con l'ipotesi di un incidente. L'usuale dinamica degli eventi, nell'incidente venatorio, è la seguente: il cacciatore X ode uno stormir di fronde, pensa «cinghiale», spara, sente una o più urla e capisce che invece era «geometra». Succede spesso, come triste conseguenza del fatto che, oltre a non essere soli al mondo, tendiamo inconsapevolmente ad assomigliare a chi ha le nostre stesse passioni; per cui se un luogo di appostamento è apprezzato dal cacciatore X, questa opinione verrà condivisa da tanti altri come lui, smaniosi di poter narrare le proprie imprese di caccia ma ignari di poter passare da soggetto a complemento oggetto nel breve arco di un racconto.

E qui arrivava il secondo problema. Ovvero che la vittima era cacciatore lui stesso, come testimoniato dal tesserino venatorio, dalla polizza assicurativa e dalla licenza in porto di fucile regolarmente rilasciata dalla questura: pur tuttavia, al momento in cui era stato trovato cadavere il Caroselli Luigi non aveva con sé né detto fucile, né munizioni, né carniere o altra attrezzatura varia.

Per cui, incidente di caccia anche no.

Sei novembre. Allora.
Newsletter festival di Nepi. Spunta. Improbabile che una newsletter di un festival contenga indizi utili.
Riordina le tue lenti a contatto in un clic. Appunto. Con un clic, Corinna spuntò la mail e passò oltre.
Link per webinar di mercoledì. Questa è il caso di aprirla:

Buongiorno, questa mia per il link zoom per partecipare al webinar «Il temperamento inequabile e sua prassi esecutiva al clavicembalo» con il M.o Eberhard Schöll. Spunta. Va bene non trascurare nulla ma qui si esagera.

Adidas runtastic. Il tuo fitness report settimanale. Questo segniamolo. Potrebbe essere utile sapere quando faceva ginnastica il Caroselli.

Academia. L. Caroselli, «Le Sonate per Rosario di Biber» è stato citato... Spunta.

Celiberti, Ottaviano. Corsi&ricorsi. Apri:

Ciao Luigi, è una vita che non ci si sente... Ti volevo solo dire che sarò io il tutor del tuo povero studente qui a Basel. Non preoccuparti, lo riempirò di nocchini a dovere. Se poi vieni per Natale facciamo qualcosa tutti insieme, sarebbe ganzo... Ciao, un abbraccio, 8viass. Ecco, è una vita che non vi sentite. Anche te mi servi meno di zero.

Mentre leggeva, Corinna si appuntava a penna su un foglio le cose importanti, in stampatello maiuscolo. Quando era fuori usava il telefonino, ma se aveva sottomano un piano di appoggio la carta era sempre meglio. La costringeva a selezionare solo le cose importanti, a una prima filtratura. Se poi non funzionava, si ricominciava da capo. Ma spesso, come le avevano insegnato anni prima al corso di allievo agente, per fare un buon lavoro si parte proprio cercando di non scrivere quello che non serve. E in generale di non fare quello che è inutile fare.

È il contrario di quello che si dovrebbe fare quando si ripulisce una cantina, diceva sempre il suo istruttore. Lì bisogna buttare via qualsiasi cosa non sia indispensabile, qui bisogna tenere qualsiasi cosa potrebbe tornare utile. E buttare via solo quello che è palesemente inutile, o inutilizzabile. Sul come distinguere i due casi, l'utile dall'inutile, non avendo ancora risolto il caso e quindi non sapendo cosa effettivamente si sta cercando, l'istruttore non si era dilungato. Ma su un particolare, invece, aveva insistito.

Un poliziotto, aveva detto, deve essere in grado di fornire un'adeguata risposta alle esigenze di sicurezza della collettività, previste e tutelate dalla costituzione; se il poliziotto impiega sei ore a scrivere un rapporto che ne richiederebbe mezza mentre nelle proprie aree di competenza dilaga la delinquenza non si comporta da bravo poliziotto, e qui l'istruttore aveva sorriso mentre abbassava la voce, ma da coglione. O, peggio ancora, da codardo.

Quindi, carta e penna, e vediamo di perdere meno tempo possibile.

Suor Fuentes Maradiaga. Re: A proposito del consiglio del 3 novembre. Apri:

Caro professore, leggo con stupore la sua proposta che non posso in alcun modo condividere. Credo che Lei abbia scambiato la mia cortesia per condiscendenza. Se ne vorrà parlare di persona, sono pronta a spiegarle le ragioni per cui quello che Lei propone è inopportuno. Quanto alla leggerezza con cui Lei allude al comportamento degli ospiti del convento, la invito a fare molta attenzione a quello che Lei scrive. Le sue parole potrebbero avere gravi conseguenze. E però. Che avrà proposto l'integerrimo professor Caroselli? Ecco: *Gentile madre reverendissima, vorrei tornare su quanto accaduto durante il consiglio del 3 scorso, durante il quale...*

Corinna, leggendo, si avvicinò gradualmente allo schermo, per poi rimanere immobile.

Oh cavolo.

Questo invece è interessante.

Parecchio interessante.

Toc toc.

E chi è adesso?

– Avanti.

La porta si aprì ed entrò una... ragazza? Signora? Nessuna delle due. Una tipa sui quaranta, dai capelli lunghi, vestita bene, con una borsa gigantesca. Sorrise, mostrando due incisivi da coniglietto che svelarono il mistero. Certo, adesso ti riconosco. Quando ti ho visto avevi i capelli legati ed eri messa un po' peggio.

– Ah, buongiorno. È qui per firmare la deposizione?

– Sì, esatto.

– Mi ricorda il suo nome, gentilmente?

– Martini. Serena Martini.

– Allora, ecco qua –. Corinna prese un piccolo plico dal cassetto e lo appoggiò sulla scrivania. – Può rileggere e firmare. Le devo chiedere se nel frattempo è venuta a conoscenza di altre informazioni che potrebbero essere utili, sulla vittima o sul suo ambiente. O se le è tornato in mente qualcosa che potrebbe esserci d'aiuto.

La ragazza guardò un attimo verso il pavimento, come se potesse trovarci scritto qualcosa da dire.

– Una cosa ci sarebbe. Ma probabilmente è una coincidenza.

Bene. Noi investigatori adoriamo le coincidenze. Nei gialli ci fanno sempre beccare l'assassino. Purtroppo qui siamo nella vita reale. Tutto questo, ovviamente, Corinna lo pensò senza lasciare trapelare nulla.

Secondo il *Vademecum per l'allievo agente*, così come emanato dal Ministero dell'Interno nel gennaio 2021, la seconda caratteristica del poliziotto è di essere consapevole. Consapevole delle proprie capacità di analisi e di decisione, delle proprie doti morali e civiche e del proprio potenziale umano. Il che implicava che non era opportuno denigrare in pubblico i poveri commissari dei libri gialli, come invece si faceva comunemente fra colleghi. Sarebbe stato come manifestare delle pulsioni di invidia, e quindi sminuirsi.

– Qualsiasi cosa ci può essere d'aiuto – rispose, con aria professionale.

– Sì, è che non so quanto possa essere utile. È un odore che ho sentito.

Corinna alzò lievemente le sopracciglia.

– Un odore che ha sentito?

– Sì. Praticamente, quando sono arrivata sulla scena, cioè sul luogo del delitto, insomma, dove ho trovato il corpo del professore, ho sentito un odore sottile, ma caratteristico. Era urina.

La ragazza/signora guardò Corinna, che non disse nulla. Dopo qualche secondo, il sovrintendente interloquì:

– Continui.

Continui, certo.

Sempre in accordo col *Vademecum*, la successiva caratteristica del poliziotto è di essere sicuro. Sicuro nell'utilizzo degli strumenti legislativi e operativi, nel pieno rispetto dei diritti del cittadino e cosciente delle problematiche del tempo in cui vive e del contesto sociale in cui opera. Il che, sempre più spesso, nella mente di Corinna si traduceva in sicurezza nelle proprie convinzioni.

Donna, quaranta-cinquanta, agiata? Benzodiazepine. O comunque, un disagio mentale che ne richiederebbe l'uso. Almeno in questo caso. Per cui ottimizzare il tempo che si dedica a determinate persone. Ascoltare, annuire, ringraziare. Un ringraziamento che sorgeva sincero, per il contributo fornito alla giustizia nell'esatto momento in cui si alzavano dalla sedia e si levavano dalle palle.

– Urina, le dicevo, ma con una nota acida. Un acido particolare. Si chiama acido isovalerico, ricorda l'odore dei piedi sudati.

Corinna respirò.

La quarta caratteristica del poliziotto è di essere interessato. Interessato alle funzioni affidategli. E questa era la caratteristica che Corinna trovava più difficoltosa da coltivare. Finora, nella sua carriera da sovrintendente, si era occupata di furtarelli, violazioni di domicilio, falsificazione di documenti e altre miriadi di casi di entità minima, sempre meno coinvolgenti man mano che il tempo passava. Per cui, dato che al momento aveva una cosa veramente interessante a cui dare priorità, non poteva perdere tempo dietro a una tipa che tentava di dilatare l'importanza dell'unico evento significativo degli ultimi lustri della sua esistenza.

– Dei piedi sudati...

La donna si passò le mani sui pantaloni, come per pulirsele.

– Ho capito. Guardi, facciamo finta che non abbia detto niente.

– Signora Martini, non si inalberi. Il fatto è che gli odori sono un po' difficili da presentare come prove in tribunale, o anche da passare come indizi significativi. Guardi, ho visto testimoni oculari prendere fischi per fiaschi, scambiare uomini per donne o roba del genere. Già con quello che le persone vedono o credono di vedere, bisogna andarci con i piedi di piombo. Figurarsi se...

– Lei è vegetariana, vero?

– Scusi?

– Lei è vegetariana –. La donna si accarezzò il naso con l'indice, lievemente. – I vegetariani hanno un odore diverso da quello dei carnivori. È una questione di traspirazione. Alcuni prodotti di decomposizione della carne traspirano attraverso la pelle, non ci si può fare nulla. Ed hanno un tempo di latenza notevole, si solubilizzano nei grassi sottocutanei e ci mettono molto tempo a passare la barriera. Mi scusi per la violazione della sua privacy, non avevo altro modo per mostrarle che il mio naso funziona piuttosto bene.

Corinna, istintivamente, si annusò la punta delle dita. Se fosse stata sola, si sarebbe sniffata sotto l'ascella, tipo Kevin Kline in *Un pesce di nome Wanda*.

Guardò la tipa. La signora Serena Martini non sembrava aspettare una conferma o una smentita. Sapeva chiaramente di aver ragione.

Ed aveva ragione. Corinna non mangiava carne da dieci anni.

Abbiamo ricordato, finora, la seconda, terza e quarta caratteristica di un poliziotto. Ma la prima, e più importante, è di essere capace. Capace, in un qualsivoglia momento, di scegliere le tecniche operative più appropriate e di deciderne l'utilizzazione.

Una caratteristica che Corinna non aveva alcun bisogno di sentirsi rammentare, semplicemente perché l'aveva sempre avuta.

Il sovrintendente prese il monitor e lo scostò di lato, in modo da poter vedere per intero la persona seduta di fronte a lei.

– Allora, mi racconti. Io non la interrompo.

– Dunque, è successo questo. Come le dicevo, ho sentito questo odore particolare, di acido isovalerico, come nota persistente dell'urina. Non ho cominciato a ragionarci subito, anche se forse avrei dovuto, perché è una presenza insolita. Ma sa com'è, subito dopo ho visto il professore steso in terra e...

La ragazza guardò Corinna, che non diceva niente, e sembrava in attesa. Avanti, sembrava scritto sulla faccia della poliziotta. Io ho detto che non ti interrompo.

– Come dicevo, è un odore che non dovrebbe trovarsi lì, insomma. Anche perché è una spia di una patologia non troppo simpatica. Quindi, non è frequente. Non è come altri odori, ecco. Però ho sentito lo stesso odore in un altro posto, esattamente ieri.

La poliziotta alzò la testa e prese quasi fiato, come

121

se volesse dire qualcosa, ma non andò oltre lo iato. Con un cenno, fece capire alla tipa di continuare.

– Ero al ricevimento scolastico dei miei figli, ieri. Alla scuola delle suore, la stessa dove insegnava il professore, non so se si ricorda...

Dovendo scommettere (pratica peraltro assolutamente proibita all'interno di una stazione di polizia) sarebbe stato opportuno puntare sul fatto che Corinna se ne ricordasse eccome. Alla parola «suore» la pupilla del sovrintendente si era allargata, come se avesse constatato detta suora transitare sulla provinciale in scooter, contromano e su una ruota. Per il resto, però, era rimasta immobile. Perfettamente immobile. Non si muoveva nemmeno la cassa toracica, anche se quello non era facile intuirlo dall'esterno.

– Insomma, a un certo punto sono andata in bagno perché... ecco, perché...

Corinna ruppe il voto del silenzio e andò incontro alla testimone.

– Signora, va bene che noi poliziotti vogliamo sapere più particolari possibile, ma sono sicura che avesse un motivo per andare in bagno.

– Più d'uno, mi creda. Cioè, no, mi è uscita male, volevo... insomma, in pratica, ho sentito esattamente lo stesso odore.

Corinna continuava a guardare la tizia. Poi aprì bocca.

– Esattamente lo stesso odore?

– Odore di urina con una nota persistente di acido isovalerico.

– Mi scusi, vorrei capire meglio. Lei prima ha detto che questa cosa non è comune?

– No, per niente.

– Non comune cosa significa?

– Significa circa una persona su centomila.

– Aspetti, scusi ma voglio essere sicura. Non è un qualcosa che può capitare dopo aver mangiato della roba particolare, tipo asparagi o...

– No, no. È un disordine metabolico. È una malattia genetica, si chiama acidemia isovalerica.

– Una malattia genetica. Mi scusi, ma...

Si sentì uno squillo, e la mano di Corinna andò in automatico verso la cornetta.

– Stelea.

– Ciao Corinna – disse la voce di Gigliotti, il capo del laboratorio scientifico. – Ho trovato una cosa piuttosto interessante, dovresti venire a vedere.

– Sì, però adesso sto parlando con una persona.

– Ne hai per molto?

Corinna guardò l'orologio. Gesto assolutamente inutile, perché quello che in realtà doveva capire era se aveva altre cose urgenti da chiedere alla signora Martini Serena.

– No, direi di no.

– Ti aspetto allora. A fra peu.

Corinna posò la cornetta con delicatezza, e prese in mano la penna.

– Mi scusi, signora Martini. Mi ripete come si chiama questa sostanza di cui mi ha parlato?

– Acido isovalerico.

Corinna spostò la tastiera per prendere il foglio che ci aveva messo sotto quando era entrata la tipa. Allarmata da quell'intrusione, la tastiera avvertì prontamente il computer che forse c'era bisogno di loro, e il monitor (che nel frattempo era andato a dormire) obbedì e si riaccese, solerte.

Sul monitor tornò la schermata che Corinna stava guardando quando era entrata la signora Martini. Il sovrintendente non poté trattenersi dal puntare lo sguardo in basso, verso la fine della mail del professor Caroselli, come a controllare che ci fosse ancora quella frase. La fine della lettera del professore, che era il motivo per cui, poco prima, a sentir nominare la scuola delle suore le era mancato il fiato.

Ancora una volta, vorrei rimarcare la assoluta sincerità delle mie intenzioni, volte in primo luogo agli alunni, e alla loro formazione. E, reverenda madre, mi perdoni ma devo notare che all'interno di questo convento questa attenzione e questa sincerità non sono condivise da tutti. Detto in estrema chiarezza, perché non mi piace essere preso per fesso: facciamo entrare le prostitute, vogliamo fare uno strappo al regolamento anche per gli studenti?

Cinque

Non vorrei che pensaste che queste cose sull'acidemia isovalerica le sapessi prima di andare alla polizia. Io sono una chimica, non un dottore né tantomeno una biologa. Le persone spesso tendono a confondere le due cose. Te che hai fatto chimica, mi spieghi come fanno le cellule a riprodursi? So un tubo io. La biologia non mi è mai piaciuta. E se una cosa non mi piace, non mi interessa.

Dopo essere uscita dal bagno della scuola, mentre aspettavo di essere convocata dai professori, mi ero messa a cercare sul telefonino se esistesse un qualche cibo che facesse passare nell'urina l'acido isovalerico. Chiaramente, questo aveva richiesto di uscire all'aperto, nel cortile, un miracolo di geotermia dove si verificano dei fenomeni al limite del paranormale. Non so come sia possibile ma vi giuro che è così: qualunque sia la condizione atmosferica intorno, nel cortile della Casa di Procura Missionaria c'è sempre vento. E un freddo pinguino.

Dicevo, quello che cercavo non lo sapevo bene nemmeno io. Avevo scritto «urina acido isovalerico» e avevo trovato questa cosa qui:

*Disturbi del metabolismo degli aminoacidi a catena ra-
mificata – acidosi isovalerica.*

*Nel corso del metabolismo della leucina la mancata deidro-
genazione dell'isovaleril CoA provoca un accumulo di acido
isovalerico nel sangue e di conseguenza nei fluidi corporei.*

Ok, e questo lo capivo. Mancava un enzima. Gli en-
zimi sono come forbici molecolari, in grado di accogliere al loro interno solo la molecola della forma giusta,
che si adatta alla loro cavità, e di farla rimbalzare fuori una volta che l'hanno modificata, visto che dopo la
modifica non ci si incastra più bene.

*Le manifestazioni cliniche si presentano nei primi gior-
ni di vita con scarsa nutrizione e distress respiratorio nella forma acuta, mentre una forma cronica intermittente può
non manifestarsi per mesi o anni. Nella forma acuta si verifica una acidosi metabolica con gap anionico dalle conseguenze importanti, tra cui molto frequente è la mielosoppressione con conseguente ritardo nello sviluppo mentale e delle facoltà motorie.*

Da qui in poi si andava nel mistero. Quando succedeva così, sarebbe stato saggio attenersi alla sacra re-
gola di Jerome Klapka Jerome, quella che scrive il medico nella ricetta al paziente ipocondriaco: *non ti riempire la testa di cose che non puoi capire.* Consiglio saggio, essenziale per vivere una vita serena, e che non riesco a seguire quasi mai. Di solito continuo a leggere,
rimbalzando a colpi di pollice da un sito all'altro in ma-

niera assolutamente random, fino al momento in cui devo fare qualcosa di più importante, oppure non mi chiamano ad alta voce.

– Rossi... Rossiiii... – aveva detto la voce di Bernardo, da dentro all'edificio.

Appunto.

Non avevo più pensato a quella coincidenza per tutto il resto del pomeriggio e della sera. C'erano state cose più urgenti da fare – ascoltare maestre e professori, correre a casa, dimenticare la spesa, scarrozzare i figlioli, rovinare una cena, fare il mazzo a Pietro che si era portato il cellulare in classe, come del resto mi aveva riferito anche la professoressa Bernabè – e la dinamica Lista Delle Cose Da Fare E Soprattutto Di Quelle Da Procrastinare Ma Che Ti Restano Fisse In Testa si era man mano allungata, invece di accorciarsi.

Poi, al momento di andare a letto, mi ero messa a leggere, ma le parole mi nuotavano davanti. Avevo spento la luce, sperando di non doverla riaccendere dopo poco, ma sapendo che sarebbe successo. Come infatti fu.

– Virgi...

– Hrmhm – aveva detto Virgilio. Virgilio è in grado di addormentarsi a comando, come tutti i giusti e come gran parte dei maschi: è sull'operazione inversa che è deficitario. A volte l'ho visto fare colazione dormendo. È in grado anche di fare conversazione dormendo: cioè, di ascoltare e capire, ma non di parlare.

– Domani devo andare alla polizia a firmare il verbale.

– M-hròm?

– E allora non so se dirgli una cosa o meno.

– Chm?

– Eh, praticamente, quando ho trovato il povero Caroselli... posso spiegarti?

– Mh... ph-mr?

– Eh, proprio ora? Quando te ne dovevo parlare, a cena coi bimbi? Ascoltate ragazzi, mamma ha trovato un professore della vostra scuola dilaniato a fucilate, se adesso mangiate tutto il polpettone mamma vi racconta i particolari più schifosi. Poi se arrivano i servizi sociali non è che ci possiamo lamentare.

– Vhbm... rhccmt...

Avevo raccontato. Virgilio russicchiava e annuiva, come un'anima soddisfatta.

La mattina, mentre tornavo dal portare i bimbi a scuola, Virgilio mi aveva telefonato.

– Senti, secondo me dovresti parlargliene.

– Di cosa? – avevo risposto io, che in quel momento stavo mettendo in fila le Cose Da Fare per la giornata in procinto di crollarmi addosso.

– Degli odori che hai sentito. In fondo era il tuo lavoro, è una capacità oggettiva che hai. A volte ti picchi su cose che non sai fare, e non dai importanza a quelle che invece sai davvero.

– Sì, è che mi immagino che dai poliziotti in questo momento ci sarà la fila di mitomani che dicono di aver visto e sentito questo e quell'altro, non vorrei mettermici anch'io a fargli perdere del tempo...

– Sere, sei sicura di quello che hai sentito?

– Eh, sì. Sì, sono sicura.

– Allora per loro sarebbe una perdita di tempo se tu non ci andassi. Nel senso, magari così gli eviti tante ricerche inutili.

Non so se Virgilio lo faccia apposta. Se tu non ci andassi. Modo ipotetico.

Come a dire «se tu non ci andassi, ma tanto lo so benissimo che ci andrai». Ed era vero, avevo già deciso di andarci, cercavo solo conforto in questa decisione.

Per lo stesso motivo, lo avevo chiesto anche a Giulia e Debora, mentre camminavamo.

– Io glielo direi – aveva detto Debora.

– Anch'io glielo direi – si era accodata Giulia.

– Allora mi tocca seguire la volontà del popolo e dirglielo – risposi. Avevo raccontato loro tutta la faccenda, anche perché ero abbastanza sicura che nessuna delle due potesse essere coinvolta, visto che nessuna delle due sapeva usare un fucile. – Allora, vediamo. Oggi ho appuntamento alla questura alle tre e mezzo. Avevo calcolato massimo una mezz'oretta, ventotto minuti di anticamera e due per fare le firme, dovendo anche raccontare questa cosa mi ci vorrà un'oretta aggiuntiva.

Sbuffai.

– Al solito, domani mattina non ho niente da fare. Invece oggi pomeriggio ne ho troppe. Così domattina...

– Oimmèi che palle – mi trebbiò il discorso Debora. – Te l'ho detto, devi ricominciare a lavorare.

– Io ricomincerei anche domani. Ma chi vuoi che mi pigli?

– Qualche ristorante nelle vicinanze?

– Ce ne devono essere due o tre che non sono ancora falliti...

Tranquilli, dalle nostre parti non ci sono ristoranti con il chimico in cucina che sintetizza capesante artificiali. Il fatto è che quando mi ero licenziata dalla CGN avevo trovato un altro lavoro quasi per caso. Non ve l'ho detto prima perché non c'era stata occasione, ma io sono sommelier. Ho vari diplomi, tutti rigorosamente in un cassetto, ma non avevo mai pensato di poterne fare una professione. Per me era stato solo un hobby.

Ognuno di noi, nella vita, secondo me sogna di avere un superpotere. Be', durante l'università mi ero resa conto che io un superpotere ce l'avevo. Qualcosa che mi distingueva dagli altri. Ne ero orgogliosa, e avevo deciso di coltivarmelo.

La cosa ganza è che, quando mi ero iscritta al corso di primo livello, ero praticamente astemia. Però le persone intorno a me ripetevano che avevo un olfatto eccezionale, ed era il periodo in cui il vino stava diventando di moda, proprio all'inizio, ed era bellissimo poter essere io quella che veniva ascoltata e interpellata quando andavamo a cena fuori. I primi tempi non nego di aver esagerato anche un pochino, e due o tre volte temo di aver rotto le scatole ai miei commensali in modo imperdonabile. Parlavo con competenza e facondia di vini di cui avevo visto a malapena l'etichetta nelle riviste specializzate. Insomma, c'era chi si vantava con la bellezza o con le scarpe, io mi vantavo con il vino.

Poi le cose erano cambiate. Avevo iniziato a riconoscere molti vitigni dall'odore, a classificare correttamente le annate, a sentire veramente gli aromi secondari e terziari di cui fino a quel momento avevo letto solo nelle recensioni – e a capire che a volte esistevano solo nelle recensioni.

Detesto le recensioni esagerate. Quelle piene di aggettivi: elegante, raffinato, un po' blasé. Oppure quelle esageratamente descrittive: nel descrivere il sapore di un vino mi parli di «accenti ruvidi di arenaria e di basalto». Ma che, mi vuoi far credere che hai mai leccato il basalto?

Eppure, anche queste assurdità che talvolta leggete potrebbero avere una spiegazione.

Sapete come si allena l'olfatto? È una cosa curiosa, lo si fa sfruttando il vero superpotere del cervello umano: la capacità di astrazione. Di immaginarti cose che non ci sono.

Ti mettono davanti un aroma sconosciuto, che so, il cumino, e la prima cosa che ti viene in mente è quando hai assaggiato il chili con carne in vacanza studio in Inghilterra. Ecco, questo è quello che devi ricordare: «Chili con carne». Devi associare quell'odore con una situazione che te lo ricorda, e visualizzarlo. Magari anche dirlo a voce alta, ma l'importante è visualizzarlo.

Poi ti mettono davanti una banana, e tu la riconosci immediatamente come una banana. Però magari ti vengono in mente altre cose, che so, che tua madre te la dava sempre già a fette quando andavi all'asilo, così diventava bella nera e immangiabile in tempo per merenda. Ecco, per te la banana è anche «asilo». (Magari per qualcun altro è «basalto», perché la prima volta che l'hai mangiata eri seduto sul basalto. Ma io non descriverei mai una banana ad un altro essere umano dicendo che sa di asilo. Quello serve per te).

Poi ti mettono davanti al naso una ciotola con tre o quattro aromi mischiati, e improvvisamente ti immagini una situazione in cui mangi il chili con carne prendendolo con una banana, circondata da bambini dell'asilo. Schifoso, ma efficace. Ecco, in quella ciotola ci sono cumino e banane, come minimo.

Poi, un altro giorno, quando sei diventata grande, alcuni tuoi amici scienziati e malfidati ti bendano e ti mettono davanti un vino senza averti detto cos'è. Tu annusi ed eccola lì, la sensazione della banana pucciata nel chili con carne. Quindi, tradotto in aromi singoli, cumino e banana. Banana, quindi è uno Chardonnay, è un vino bianco. E quello è clamoroso, non ti puoi sbagliare. Però il cumino di solito è un aroma tipico dei vini rossi. Cosa si fa?

A questo punto bisogna far andare d'accordo i propri sensi con i propri studi. Il cumino nei vini bianchi, a quanto ne so, può venire fuori solo dal contatto con le bucce. La fermentazione prolungata dà un colore aranciato, per cui questi vini sono detti «orange wines». Indi, l'immagine della banana intinta nel chili mi dice due cose: primo, che questo è uno Chardonnay vinificato con una tecnica particolare che gli conferisce un colore arancione. Due, che i miei amici sono dei bastardi, perché la prima cosa che mi chiedono è «bianco o rosso?» e sperano che io mi faccia fregare. Arancione, dico. Uno a zero, penso.

È per questo che ognuno di noi in un vino sente spesso aromi diversi: avverti quelli legati alle tue emozioni. Più è emozionante il ricordo, più forte è la tua capacità di riconoscere quell'odore tra mille. Non necessariamente è una emozione piacevole, a volte causa veri e propri shock post traumatici. È successo a parecchi veterani del Vietnam e di altre guerre che, dopo, hanno studiato medicina. Durante le esercitazioni di chirurgia l'odore del sangue bruciato, causato dal cauterizzatore termico, li ha riportati immediatamente alla prima situazione in cui avevano sentito quello stesso odore. Sotto le bombe al napalm. Molti hanno dovuto interrompere gli studi.

Letteralmente, gli odori ti raccontano una storia. Basta dare loro attenzione. E a volte se la pigliano da soli.

Ma scusate, mi sono fatta trascinare dalla mia passione e ho divagato. Vi stavo raccontando la mia, di storia.

Quello scherzetto simpatico della bottiglia i miei amici me lo avevano fatto al ristorante La Corte Aperta, sul lago qui vicino. Il posto dove mi avevano assunta qualche tempo dopo aver smesso di fare il chimico. Un gran bel locale, cucina veramente di livello, pa-

sticceria da urlo, e una cantina che si stava formando. Nell'autunno di qualche anno fa, ci eravamo convinti che a novembre sarebbe arrivata la stella Miche-
lin. Che però, in realtà, non ci è toccata. L'unico foglio ufficiale a pervenire, verso la metà dello stesso
mese, fu quello dell'Agenzia delle Entrate. Il proprietario scoprì che il commercialista non versava i nostri
contributi da anni.

Quell'anno abbiamo mangiato il panettone ognuno
a casa propria. Il ristorante era chiuso da una settimana. A quanto ne so, non ha più riaperto. E io, a casa,
ho finito per rimanerci, in fondo avevo due figli piccoli. Di cercare un altro lavoro non s'è più parlato. In
compenso, ho letto un casino, e ho fatto altre cose di
nessuna utilità. Per esempio quando ho compiuto quarant'anni – Martino aveva appena cominciato ad andare a scuola – mi ero messa in testa di imparare a fare la verticale, e adesso riesco a stare in equilibrio sulle mani per più di un minuto. A cosa serve, dite? Non
saprei.

Mi piace migliorare, mi è sempre piaciuto. Imparare
a fare cose che non so, ma non per il gusto di stupire gli
altri – va bene, forse a volte anche per stupire gli altri.
Ma soprattutto per stupire me stessa. Per quell'attimo
esaltante in cui capisci di esserci riuscita per la prima volta, e da quel momento in poi ci riuscirai.

E poi, anche se non ce ne rendiamo conto, imparare qualcosa non ha effetti solo in quel campo lì. Imparare a riconoscere e ad associare gli odori, per esempio,
facilita tantissimo a memorizzare: spesso siamo in gra-

do di far riemergere i ricordi in maniera più completa se avvertiamo l'odore che avevamo sotto il naso mentre facevamo una data sintesi in laboratorio. Per studiare chimica aiuta moltissimo.

Anche saper leggere al contrario pare che rinforzi la memoria, e renda più facile ricordarsi quello che si legge. Non so se sia vero, perché non è una cosa che ho dovuto imparare: come molte persone che leggono tanto, mi riesce abbastanza facile leggere al contrario.

Per cui, quando la poliziotta aveva spostato la tastiera, non mi era riuscito difficile leggere cosa c'era scritto sul foglio. Oltretutto era scritto in stampatello.

MAIL CAROSELLI
6/11 LETTERA MADRE SUPERIORA
«FACCIAMO ENTRARE PROSTITUTE»???

Articolo 58
DISPONIBILITÀ DELLA POLIZIA GIUDIZIARIA

2. L'autorità giudiziaria si avvale direttamente del personale delle sezioni a norma dei commi 1 e 2 e può altresì avvalersi di ogni servizio o altro organo di polizia giudiziaria.

Un aspetto fondamentale della vita del buon poliziotto è andare d'accordo con i colleghi.

Nelle opere di fantasia a carattere poliziesco o investigativo, i disaccordi nascono quasi sempre per questioni sostanziali sulla natura del proprio lavoro: il garantista si scontra con l'interventista, l'estroverso indisciplinato con il burocrate puntiglioso, e così via. I due solitamente si conoscono all'inizio del film, si detestano in maniera comicamente efficace per una buona metà della trama e, verso i tre quarti, una volta compreso che l'obiettivo comune è l'interesse della società, agiscono in maniera coordinata, assicurano i colpevoli alla giustizia e diventano anche amici.

Nella vita reale, invece, i litigi nascono quasi esclusivamente con il beota che parcheggia di traverso prendendo due posti con una macchina sola, e talvolta gran parte della concentrazione nel corso del diverbio viene assorbita dal tentativo di dimenticarsi che possiedi un'arma d'ordinanza. E quel collega lì, inutile specificarlo, ti sta sui coglioni da vent'anni e continuerà a starti sui coglioni anche fra altri venti.

Cosicché, piano piano, si formano dei gruppi, delle preferenze, delle conventicole; il poliziotto avveduto evita i colleghi molesti e tende a frequentare quelli che gli vanno a genio. Ma, poiché è molto più facile notare un'offesa che un favore, spesso va a finire che frequenti sempre meno persone. Nel caso del sovrintendente Stelea, c'era un'unica persona con la quale poteva permettersi di essere Corinna.

– Ma cosa fai?
– Mi stiro un gocciolino – disse Gigliotti, lasciando la porta aperta per fare entrare Corinna con la mano sinistra, mentre con la destra si teneva la caviglia con il piede all'altezza del gluteo. – Sono rimasto seduto un'ora, adesso mi ci vorrebbe un'ora ma di fisioterapia. Troppo scomode 'ste poltrone – concluse, mentre si incamminava verso il corridoio.

Per te forse sì, pensò Corinna guardando il palestratissimo tecnico della scientifica che percorreva il corridoio dandole la schiena. Mentre le camminava davanti, i muscoli dorsali di Gigliotti formavano un rombo che tendeva la tela di una povera camicia costretta a sopportare tutta quell'ipertrofia; sotto, invece, i jeans ondeggiavano liberi intorno a due gambe lunghe e secche. Più che un uomo, da dietro, sembrava un aquilone di carne.

– Allora, allora, andiamo alle cose serie – disse Gigliotti entrando in laboratorio. – Ho messo i vestiti della vittima addosso a Sebastiano, e ho visto che i fori di entrata non collimavano.

Corinna si avvicinò al manichino di legno con le braccia snodabili che da anni veniva vestito con gli indumenti delle vittime e crivellato con ogni sorta di strumenti per verificare la traiettoria delle pallottole, e che da subito si era beccato il nomignolo di Sebastiano – il nome completo sarebbe stato San Sebastiano, ma in presenza di taluni colleghi era opportuno evitare qualsiasi allusione che potesse suonare anche solo lontanamente blasfema. In quel momento, Sebastiano era stato infilzato da tre stecche di plastica rigide ma sottili come lenze, simili a raggi di bicicletta, che gli uscivano dalla pancia e andavano verso il basso, incrociandosi a circa mezzo metro da terra.

– Vedi, messe così sembrerebbe che gli abbia sparato un tizio alto un metro.

– Be', la vittima era un professore delle medie. Magari è stato un allievo. Scherzi a parte, potrebbero avergli sparato mentre era sdraiato.

– Ah, certo. Ci son tanti motivi per sdraiarsi di schiena accanto al ruscello Diacciomarmato, nella ridente campagna pontigiana. Magari un incontro amoroso, di prima mattina, con sei gradi sottozero. Ce li vedo, questi due, a rotolarsi nell'erbetta mentre tentano di trombare nonostante i quattro strati di maglioni, pettinati dal romantico sfrecciare dei ciclisti.

– Stavo facendo un esempio. Cretino. Dai, per favore, che ho tanto da fare.

– Agli ordini. Insomma, mi son reso conto che il conto dei fori non tornava, perdona la ripetizione. Nel giaccone c'erano più fori che nella maglia e sul torace. Dalla rosa si vede che lo sparo è avvenuto da vicino, due tre metri al massimo, per cui è improbabile che i pallini si siano fermati tra giacca e maglia. Secondo me è successo questo.

Gigliotti estrasse una stecchetta da Sebastiano e mostrò a Corinna il foro sul giaccone. Con il dito le fece vedere altri due fori, sempre sul giaccone, vicini al primo.

– Guarda. Tutti i colpi arrivati in questa zona fanno 'sta cosa qui. Uno qui, uno qualche centimetro più in alto, e un terzo appena più sopra. E cosa vuol dire?

Gigliotti prese la fascia centrale del giaccone e la voltò verso l'alto, formando una piega all'altezza del petto, con il tessuto che si dispose a tre strati come in una pasta sfoglia. Tenendo il tessuto con la destra, prese una stecca con la sinistra e la infilò, centrando tutti e tre i fori senza sforzo.

– Vuol dire che il giaccone era piegato, aveva fatto una borsa. E cosa vuol dire questo?

Corinna alzò un sopracciglio, poi prese le braccia di Sebastiano che pendevano lignee lungo i fianchi e le alzò, gli avambracci verso l'alto e i gomiti all'altezza delle ascelle. Il giaccone si piegò, formando una tasca a livello del petto. Corinna, presa una stecca anche lei, la infilò senza sforzo nel foro centrale e nei due fori successivi, fino a toccare il legno del pupazzo.

– Vuol dire che era con le mani alzate.

Gigliotti guardò la collega con aria vagamente risentita, e Corinna si concesse un sorriso a mezza bocca.

Pur con tutta la confidenza che si era instaurata nel corso degli anni, il sovrintendente Stelea non era tipo da condividere con il collega la propria esperienza di vestiario, accumulata nel corso di anni nei quali aveva dovuto conciliare le esigenze dello Stato (abbigliarsi e acconciarsi con particolare cura, in maniera compatibile con la dignità della funzione ed evitando ogni forma di appariscenza) con quelle di Corinna (cercare di sembrare una donna e non un manichino di un grande magazzino della Germania Est).

In particolare, Corinna era una delle creature più freddolose dell'universo, e ogni singolo giorno si trovava a lottare contro collant e top che si arrotolavano in punti topologicamente impossibili da raggiungere, e sapeva bene cosa succedeva a mutande, reggiseni o canottiere quando si alzano le braccia, ci si alza o ci si siede. Insomma, potremmo dire che Corinna era in grado di assumere qualunque posizione al fine di provare il massimo benessere nel proprio intimo. Con i vestiti addosso, intendiamoci. Siamo pur sempre in una stazione di polizia, che diamine.

– Certo che sei scortese – disse Gigliotti, infilzando l'impotente manufatto con una terza stecca, come se fosse colpa sua. – Potevi farmi finire la spiegazione, sono due ore che mi pregusto il momento.

– Mi hai fatto una domanda, ti ho dato una risposta – disse Corinna, con gli occhi che le ridevano. – Bravo Gigliotti. Altro che incidente di caccia. Questo tizio era a mani in alto. Il fucile ce lo aveva puntato davanti.

– Certo, che persone orribili che siamo – disse Gigliotti. – Tutti contenti che un tizio sia stato ucciso...

– È il nostro lavoro. Abbiamo studiato per questo.

– Io veramente ho fatto chimica. Volevo fare il ricercatore, non dare la caccia ai ricercati.

– Ma dove l'hai fatta? Qui a Pisa?

– Eh, oh – disse Gigliotti. – Io sono di Pisa. Di Colignola.

E non ti è venuto in mente di farla da qualche altra parte? Libri e buoi dei paesi tuoi, proprio. D'altronde, si sapeva che Gigliotti amava le comodità.

Stando al documento d'identità in corso, Carlo Gigliotti era nato a Pisa il quindici novembre del 1982 ed era residente a Colignola (PI), in via Tito Schipa 15. Particolare che sembrerebbe privo d'importanza, fin quando non si veniva a sapere che (sempre secondo i documenti) anche la madre, Zaide Contrucci vedova Gigliotti, era residente in via Tito Schipa 15. Consultando i fogli catastali, si sarebbe facilmente potuto constatare che a detto indirizzo corrispondeva non un condominio, il che sarebbe stato già curioso, bensì una villetta singola, il che, dato che il Gigliotti aveva quarant'anni, era oggettivamente preoccupante.

– Allora forse conosci una certa Serena Martini?

– Serena Martini, come no. Aveva qualche anno più di me, era bravissima. Anche una discreta figliola.

– Perché era? Mica è morta.

– No, non credo.

– Ti rassicuro. Era nel mio ufficio nemmeno un'ora fa. Fra l'altro, è lei quella che ha trovato il corpo.

141

– Nooo, era lei? Ti giuro, non l'avevo riconosciuta.

– Se riconosci le prove come riconosci le persone siamo del gatto...

– Sai, ero impegnato a farmi rimbalzare dal sovrintendente. Che saresti te, mi sembra.

– Bravissima, quindi.

– Boia, era un mostro. Sai, chimica è una facoltà piccina, ci si conosce tutti. Lei era il Naso.

– Il Naso?

– Guarda, aveva un olfatto micidiale. Ogni tanto si faceva le scommesse. Distingueva le olefine terminali da quelle...

– Non sprecare fiato per questa povera ignorante, Gigliotti. Ho capito quanto basta, mi fido di te.

– Onoratissimo, signor Primo Ministro.

Corinna non rispose. Un po' perché le piaceva quando riconoscevano la sua autorità e si chetavano, certo. Ma soprattutto perché le stava venendo un'idea. Quel tipo di idee alle quali il sovrintendente Stelea non avrebbe mai dato voce di fronte a un pubblico ministero. Ma con Gigliotti era possibile. E poi a chiedere non si fa danno.

– Senti, Gigliotti, non è che potresti provare a fare la pipì?

Gigliotti si mise a ridacchiare.

– Corinna, questo mi sembra inopportuno. Giusto un gocciolino, tanto per restare in tema...

– Hai capito benissimo, brodo.

– Un attimo, chiedo la conferma del notaio – disse Gigliotti facendo la voce di Mike Bongiorno. – No, confermo, non ho capito.

– Allora, se io ti chiedessi di farmi una roba che assomigli alla pipì, mescolando le sostanze che ci sono, e mettendoci una sostanza che ti dico io per darle un odore particolare?

– Guarda, Corinna, ormai l'urinoterapia non va più di moda. Casomai diventa no vax. È da idioti lo stesso ma almeno è cool.

– Cretino. Voglio farla annusare ai cani e vedere se vanno nel posto che dico io.

– Continuo a non capire.

– Mentre andiamo te lo spiego. Intanto, lo sapresti fare?

– Ci posso provare. Urea, creatinina, ammoniaca... vuoi usare i cani quindi ti servono i composti volatili. Che poi funzioni, è un altro paio di maniche. Ma si può provare. Qual è l'additivo speciale del dottor Quiller?

– Eh?

– Quale sostanza vuoi aggiungerci?

– Ah. Si chiama... – Corinna si guardò il palmo della mano. – Si chiama acido isovalerico. Ce l'hai?

– Dio bòno.

– Allora, la testimone sostiene di aver sentito l'odore di acido isovalerico nel boschetto, accanto al cadavere – ripassò Bernazzani, il conduttore della cinofila, guardandosi intorno. – Ora come minimo scopriremo che era solo il morto che non si era lavato i piedi.

– No, dice che veniva da un albero e che qualcuno ci aveva orinato sopra.

Bernazzani annuì, come se trovasse la cosa perfettamente logica. All'interno della questura non di rado si notava come, a forza di lavorare coi cani, probabilmente Bernazzani si fosse riparametrizzato su di loro, tanto da pensare e agire come un cane. L'analogia aveva assunto un significato ancora più profondo l'anno precedente, quando – durante la cena per festeggiare la promozione a ispettore del sovrintendente Galvani – aveva ordinato tartare di manzo come antipasto e bistecca di secondo. Il dessert non lo aveva ordinato – qualche maligno sostenne che in realtà lo avesse chiesto, ma il cameriere aveva detto che la bresaola era finita.

– Quale albero?

– Non te lo dico, non vorrei influenzarti.

– A me mi puoi influenzare, a lui... – disse Bernazzani accennando con il mento al cane, che era seduto in attesa di ordini e molecole. Del resto, in questo caso era palese chi dei due fosse il sottoposto. Tra Corinna e Gigliotti, per esempio, la cosa non era così ovvia. A norma di legge (art. 15, DPR n. 782 del 28/10/1985) il personale tecnico-scientifico è subordinato al personale di polizia di qualifica superiore o corrispondente; ma, sempre a norma di legge (art. 15, DPR n. 782 del 28/10/1985, sarebbe lo stesso di prima ma siamo in burocrazia, quindi guai a perdere l'occasione di essere inutilmente prolissi), il personale di polizia è subordinato al personale tecnico-scientifico di qualifica superiore o corrispondente. Essendo ambedue sovrintendenti, e quindi di pari qualifica, ne conseguiva che Stelea doveva obbedire agli ordini di Gigliotti e che Gigliotti doveva obbedire agli ordini di Stelea. Se il lettore pensasse che questo possa creare delle ambiguità, siamo sinceramente dispiaciuti: vuol dire che non abbiamo descritto a dovere il sovrintendente Stelea.

– Vieni, Brixton, vieni –. Il cane, come da canone, cominciò a scodinzolare e alzò un muso che ardeva dalla voglia di rendersi utile verso il proprio padrone.

– Vieni, Giglio, vieni –. Il tecnico, indifferente a essere chiamato come il cane, tirò fuori di tasca un panno e una bottiglietta piena a metà di liquido. Bernazzani la prese in mano e la guardò.

– Sei sicura che è pipì? È trasparente.

– Ci ho messo solo le molecole odorose. Quelle che danno colore, la bilirubina e altre, non hanno odore.

– E te che ne sai? Hai anche te un superolfatto?

– No, ho un cervello. Le molecole che danno il colore sono ad alto peso molecolare, sono troppo grosse per essere volatili.

Bernazzani scosse la testa e dette la bottiglietta a Corinna. – Ecco, apri un attimo il tappo e appoggiaci il panno sopra. Non lo faccio io perché devo tenerlo al guinzaglio, mi rimarrebbe sulle mani e interferirebbe. Grazie. Ecco, Brixton, ecco.

L'agente mise il panno davanti al naso del canide. Brixton accostò le narici al tessuto e iniziò ad aspirare, come se volesse portare via l'odore dal panno.

– Ecco, adesso possiamo andare. Vieni, Brixton, vieni. Voi restate qui, per favore, altrimenti...

– Ho capito, ho capito. Interferisco.

Il cane nel frattempo aveva iniziato a camminare, dirigendosi senza alcun dubbio verso il boschetto dove era stato trovato il corpo. Dopo qualche passo, Brixton aveva accelerato e aveva puntato verso una direzione ben precisa. Corinna li vide entrare nel boschetto, Bernazzani che si chinava per passare sotto il nastro bianco e rosso, poi dopo qualche secondo sentì il cane abbaiare, seguito dalla voce stentorea di Bernazzani che ululava.

– Ci siamooo... Stelea, l'ha trovatooo...

Corinna si diresse verso il boschetto, seguita da Gigliotti, sperando di vedere esattamente la scena che vide scostando le frasche: Brixton che girava intorno al tiglio storto, abbaiando giulivo&fiero di aver fatto ancora una volta il proprio dovere.

Restando seria solo in faccia, mentre in realtà dentro di sé si sentiva il cuore che cercava di uscirle dalla cassa toracica passando direttamente dalla gola, Corinna guardò Gigliotti, che si chinò accanto all'albero e tirò fuori una busta e un bisturi. Con calma, dopo aver tolto il bisturi dalla confezione, iniziò a grattare la corteccia dell'albero.

Le urine, come ben sa ogni poliziotto che guardi CSI, contengono una piccola quantità di DNA grazie alle cellule epiteliali. Se il cane non si era sbagliato, si poteva ragionevolmente sperare di reperirne una quantità adeguata da analizzare. Poi, laddove si reperisca effettivamente del DNA di essere umano – diverso dalla vittima – sulla scena di un omicidio, si può provare a vedere se corrisponde a qualcuno dei sospetti. In una metropoli da milioni di abitanti, sarebbe un delirio. In un paese da poche migliaia di anime, è una possibilità.

Mentre Gigliotti grattava l'albero e Bernazzani grattava sotto il muso del cane, Corinna incrociò le braccia, come faceva tutte le volte che finiva di montare un mobile e si fermava a guardarlo, godendosi tutti quei pezzi che era riuscita a mettere al loro posto.

Caro il mio ignoto ricercato, chiunque tu sia, stavolta l'hai veramente fatta fuori dal vaso.

Sei

Uscii dall'edificio della polizia in uno stato d'animo un po' difficile da identificare. La confusione intorno non aiutava. Ero sbucata da un posto che sembrava deserto e mi ero ritrovata in mezzo alla movida eterna di Pisa.

Quando facevo l'università, si parla degli anni Novanta, Pisa era viva più o meno come una pozzanghera. Adesso, dove ti giri ti giri c'è un ristorante, una bruschetteria, un fusion giappolibanese. Dovunque ci sia un marciapiede ci sono tavolini e sedie, e gente che mangia e beve. Virgilio dice che è tutta colpa del cosiddetto nuovo ordinamento: quando studiavamo noi per passare gli esami dovevi studiare, non collezionare bollini. Poi è arrivato il nuovo ordinamento, il tre più due, i crediti. I corsi, da formativi, sono diventati informativi. Il diritto allo studio è diventato diritto alla laurea. E gli studenti da lì in poi avevano tempo e voglia di uscire tutte le sere, non solo il venerdì.

Insomma, mi sono iscritta all'università qualche decennio troppo presto.

Ed ero lì, in Borgo Stretto, che cercavo di capire se dovevo pensare a quella scritta sulla scrivania della poliziotta oppure se era il caso di fregarsene e lasciar fare ai professionisti, quando sentii:

– Serena!

Mi voltai. Seduta a un tavolino, una tipa mi stava salutando. Alzai una mano.

– Oh, France!

Era passato un anno dall'ultima volta che l'avevo vista, e me la ricordavo vagamente più magra, ma Francesca Bianchi era una delle persone che eri sempre felice di incontrare. Quando eravamo all'università abbiamo passato anni gomito a gomito. Poi lei dopo la laurea ha trovato lavoro all'azienda delle acque e ci eravamo un po' perse. Non ci sentivamo quasi mai, ma quando ci incontravamo era festa.

– Ciao bella. Come va?

– Eh, così – disse Francesca, indicandosi con una mano, e vidi che l'aumento di peso era più che giustificato. Appoggiata fra le ginocchia e il petto c'era una rotondità tesa e orgogliosa.

– Noooo... ma che bellezza. Di quanto sei?

– Sei mesi a dicembre – disse. – Te?

– Ah, io sempre quarantasei.

– Sì, è un po' tardino, lo so – rispose, con un sorriso che andava da un orecchio a un altro. – Oh, d'altronde è andata così.

– Maschio o femmina? – chiesi. Francesca aggiunse altri quattro denti al sorriso, arrivando così a trentasei.

– Uno e una. Come quando chiedi l'acqua al ristorante.

– Gemelli? Mamma mia, non ci credo...

– Vieni, vieni, siediti – disse, togliendo da una poltroncina due o tre sacchettoni pieni di roba premaman. – E te, come stai? Cosa giri per la metropoli?

Mi sedetti, pensando che il supermercato non sarebbe scappato in quella mezz'ora.

– Ero alla polizia.

Francesca si mise le mani sul pancione.

– Alò. Problemi?

– Io no. Cioè, non quelli gravi. L'hai sentito di quel professore che è morto a Ponte, dove sto io?

– Sissì, hai voglia. Ne parlavano anche ora ora, quelle tizie lì... niente, non ci sono più. Caroselli, si chiamava. Era della tua scuola?

– Esatto. Ma non è per quello... Insomma, sì, l'ho trovato io.

Scossi la testa. Francesca mi guardò, e capì al volo che lì in mezzo alla gente non avevo troppa voglia di parlarne.

– Dai dai, di morti ne hai già parlato abbastanza. Hai deciso cosa fare da grande? La chimica o il sommelier?

– Come lavoro, dici? Guarda, al momento faccio il domatore –. Accennai alla pancia di Francesca. – Anche te, mi sa che fra un po' te ne accorgi. Uno più uno fa undici, coi figlioli. Nomi? Ci avete già pensato?

– Il maschio, Ettore. Per la femmina siamo indecisi. Mauri vorrebbe chiamarla Berenice. Io Miranda.

– Dai, Berenice... – dissi, pensando che Miranda invece sembrava un nome da attrice porno.

– Lo so. Lui dice che Miranda sembra un nome da attrice hard.

– Eh, non ha tutti i torti... – risi.

– Lo so. È la maledizione del cognome.

Ammiccai, sorridendo. Il marito di Francesca si chiama Maurizio Verdi, e ha un fratello di nome Giuseppe. Non che quegli altri siano messi meglio. Francesca Bianchi, Maurizio Verdi e Virgilio Rossi. C'eravamo conosciuti proprio così, a mensa, quando facevamo l'università. I fratelli bandiera. E poi c'ero io, Martini. Mancava un Ferrari e poi l'Italia da esportazione era servita.

– Te l'immagini chiamarla Maria Verdi? O Anna Verdi? Quante ce ne saranno?

– Lo so, però poi questi figlioli, se gli dai un nome del cavolo, se lo ritrovano tutta la vita. Anche io e Virgilio ci si era pensato, e lui ha detto testualmente: io mi chiamo Virgilio, sono figlio di Socrate e nipote di Pindaro. Anche basta coi nomi altisonanti.

– Sì, però se hai un cognome comune dargli anche un nome comune è una condanna all'anonimato. O alla confusione. Te pensa se ti fosse piaciuto il nome Paolo. Paolo Rossi. Come il calciatore? Come l'attore? Come il filosofo? E comunque anche Martino non è un nome tanto originale. A scuola dove vanno i tuoi bimbi quanti Martino ci sono?

– A scuola mia nessuno. Cioè, il mio Martino è l'unico.

– Ah. Ma sei sicura?

– È una notizia così sconvolgente?

– No, mi sembra strano...

Francesca prese il cellulare, anche se non aveva suonato né si era illuminato, e iniziò a dare dei colpi di pollice un po' a caso. Sapete, come si fa quando devi guardare da qualche altra parte ma non sai dove. In questo il cellulare è un grande aiuto, anch'io lo uso spesso in questo modo.

– Scusa, non capisco cosa ti sembri strano – insistei.

– Ma niente, è un discorso...

– Quale discorso, scusa?

– Il professore, no, quello di scuola tua che è morto, se ne parlava prima...

Altro indizio che Francesca era in imbarazzo per qualcosa. Di solito, è una che padroneggia l'italiano e lo usa in modo molto diretto. Soggetto, verbo, predicato. Non quella sfilza di anacoluti in cui si stava inviluppando.

– Insomma, prima mentre ti aspettavo c'erano due tipe che parlavano di questo Caroselli. Era, insomma, se ho capito bene, dicevano che non fosse una persona troppo malleabile...

– Tutt'altro. Era un grandissimo rompicoglioni. E una persona parecchio spocchiosa.

– Esatto. Hanno usato proprio questo termine qui.

– Assolutamente proprio. Pace all'anima sua, ma lo era. Però non capisco cosa c'entri con Marti.

– No, è che hanno detto...

– Francesca, me lo dici?

– Hanno detto: «Bravo, eh, ma quant'era spocchioso?». E un'altra: «Spocchioso e supponente, con noi comuni mortali non si mescolava. Quasi peggio della mamma di Martino. Quella tipa tronfia che si sente superiore a tutti solo perché è laureata».

Non me la sento di descrivervi il mio viaggio di ritorno da Pisa a Ponte San Giacomo. Forse, il tizio alla guida del furgoncino bianco che non mi ha dato la precedenza alla rotonda della stazione potrebbe farlo in maniera più obiettiva. Non credo di aver mai insultato tanto qualcuno in vita mia. Intendiamoci, era già successo, però così mai. E poi, di solito, la rabbia smonta come panna al sole e piano piano mi vergogno di me stessa.

Invece, stavolta, invece di scemare come succede di solito la rabbia si caricava. Era come se qualcuno mi stesse sfregando lo stomaco con i polmoni.

Avevo salutato Francesca dicendo che era tardi e che dovevo fare la spesa, dopo aver fatto elegantemente finta che non me ne importasse nulla. Ma mentre camminavo verso l'auto mi sentivo le gote in fiamme, e dieci minuti nel traffico di Pisa avevano peggiorato la situazione.

Quella tipa tronfia. Al di là di tutto, cioè al di là del fastidio di sentirmi giudicare da delle ignoranti che se avevano letto qualcosa in vita loro era l'etichetta dello smalto per le unghie, era quel giudizio che mi dava fastidio. Quella tipa tronfia. Non si mescola. Non considera. Sai com'è, il nostro tempo su questa terra è limitato, potrei non aver voglia di utilizzare mezz'ora della mia giornata a parlare di tronisti e vestiti. Ma quello che mi dava noia, quello che mi faceva veramente rabbia, è che essere laureata o meno non c'entrava veramente nulla. Anche quando ero ignorante come voi, non ho mai sopportato quelli che di essere ignoranti se ne vantano.

Parcheggiai davanti al supermercato con una manovra esageratamente prudente. Prima di scendere, guardai il cellulare, che aveva appena blippato.

AUTOVIRGILIO
Ciaobella. Che si fa stasera per la cena con i genitori?
Io dico la mia, secondo me meglio esserci che non esserci.
Poi fai te.

Rimisi il cellulare nella borsa.

Quella tipa si sente superiore a tutti solo perché è laureata. E non vado nemmeno alle cene di classe, pensa te. Né oggi né domani né mai.

Andai alla fila dei carrelli e ne sbarbai uno dopo averci messo un euro. Probabilmente sarebbe venuto via anche senza monetina, dalla grazia che ci misi. Mi incamminai, pensando a come reagire se avessi incontrato una delle zotiche che mi accusavano di sentirmi superiore, quando lo vidi:

È improvvisamente mancato all'affetto dei suoi cari
GIOVANNI LUIGI CAROSELLI
di anni 54

Le esequie si terranno mercoledì 10 p.v. alle ore 11,00
presso la Chiesa della Casa di Procura Missionaria
del Grande Fiume

154

Era incollato su un muro, fra un Antenore Giovannini di ottant'anni e una Lucia Lazzari di ottantadue, che sembravano guardarsi e chiedersi cosa ci facesse quell'intruso in mezzo a loro.

Rimasi bloccata. Cioè, il funerale religioso al Caroselli?

Il funerale religioso nella chiesa della scuola, in orario scolastico, all'uomo più laico del pianeta? Magari con tutti i ragazzini costretti a partecipare alle esequie? A vedere la bara del loro professore di musica, quell'altro borioso, esposta mentre lo benedicevano contro la sua volontà?

No, questo era veramente troppo.

Per un attimo mi immaginai la scena dell'acqua santa che evaporava all'istante con un sibilo demoniaco appena arrivata a contatto con il legno della bara. Ma era inutile sperarci, purtroppo la chimica non tiene conto del bene e del male. Dovevo fare qualcosa come essere umano. Per rispetto a lui e anche a me.

Presi il cellulare. I palmi delle mani erano talmente sudati che mi scivolava, ma riuscii a chiamare Virgilio. Era occupato.

Gli mandai un messaggio.

Senti, hai ragione. Stasera andiamo anche noi alla cena dei genitori.

Poi aprii la chat delle mamme. Trentadue messaggi, di cui trentanove inutili. Saltai la sfilza di buongiorni ben sveglie tutte a scuola e andai direttamente al punto.

Salve gente. Aggiungete due, stasera a cena ci siamo anche io e Virgilio.

Tronfia? Può essere. Supponente? A volte. Stasera, di sicuro, vi tocca una rompicoglioni.

Sette

– Ah, a me queste cose non mi mancavano per niente. Ma vuoi mettere come si stava bene durante il lockdown?

Mi guardai intorno, principalmente per capire quante persone avessero sentito Cosimo fare quella affermazione. Ma non c'era pericolo. Eravamo defilati, l'unico accanto a Cosimo era Virgilio che era occupato a smantellare il resto della mia pizza, e dentro la sala più grande dell'Antico Forno c'era un casino tale che per richiamare l'attenzione di qualcuno avresti dovuto usare i bonghi.

L'Antico Forno è l'unica pizzeria del paese in grado di contenere tutti i genitori di una classe di bambini sottoposti al regime della scuola delle suore. È un posto enorme, pieno di cameriere e camerieri che vanno e vengono portando piatti e boccali di birra senza soluzione di continuità. Insomma, roba da grandi numeri, ma il servizio è rapido e raramente sbagliano gli ordini. Le pizze sono quelle classiche e non prevedono variazione di ingredienti, ma in compenso ognuna si può avere con tre basi diverse: base bianca, base rossa e base nera, cioè carbonizzata. Stasera va di gran moda la base nera. Dipende da quanta gente c'è.

– Alloraaaa... – una voce sovrastò le altre, portando il silenzio. Esatto, Lucia. La mamma di Roni&Raian. – C'è la Serena che deve dire una cosa.

– Grazie, Lucia –. Per una volta, la vuvuzela portatile di Lucia era stata utile. – Dunque, stamani mi sono ritrovata davanti il manifesto del professor Caroselli. Avete notato l'orario della cerimonia?

– Mi sembra le undici – disse Wanna.

– Ecco, scusate, non vorrei essere sempre quella che rompe le scatole, ma vi sembra opportuno che i ragazzi siano obbligati a partecipare a un funerale? Al di là del fatto che a quell'ora dovrebbero essere a lezione?

Cosa che, avevo appurato, era prevista. A Martino la mattina in classe avevano detto che il giorno dopo alla quarta ora invece di fare matematica sarebbero andati in chiesa «per pregare per il vostro caro professore». Il particolare che ci sarebbe stata in mezzo alla chiesa una cassa di legno grossa come una bara, a forma di bara e contenente un cadavere non era stato esplicitato. E Marti, che pur di non vedere numeri sulla lavagna sarebbe disposto anche a stare in ginocchio sui ceci, non aveva preso la notizia con grande sgomento.

– Vabbè, ma anche con quello, voglio dire, imparano qualcosa... – giustificò Alice.

– Sì, a fidarsi il giusto dei preti – rispose Cosimo. – A me mi sembra una cosa fuori dal mondo.

– Ho capito, ma ormai l'hanno organizzato... – concluse Tamara.

– Cioè, mi state dicendo che secondo voi è normale?– continuò Cosimo.

– Sì, ma cosa vuoi fare? Ormai l'hanno deciso...

– Senza dire nulla in consiglio di classe? È un bel mondo.

Io e Cosimo cercammo, per una decina di minuti, di dire al resto della congrega che far assistere dei ragazzini di dodici anni a un funerale invece di stare in aula era una cosa fuori dal mondo. E la maggior parte delle persone ci ascoltava, senza parlare, visto che nel frattempo erano arrivati i dessert.

– Ho capito – disse Cosimo, a un certo punto. – Comunque, se è deciso così, io domani il bimbo non lo mando a scuola.

– Beato te che puoi – disse Wanna. – Io domani entro a lavora' all'otto e sorto alle sei, mi tocca lasciacchelo un'ora di più. Meno male c'è la Costamagna che me lo tiene un'oretta e ni fa un po' d'ingrese. Ah, lo sapevate che la Costamagna è stata chiamata dalla polizia?

– Ma 'un è mìa la sola, mi sa... – disse Lucia, guardandosi intorno. Un paio di teste si mossero, anche loro, scrutando. Fu Wanna a rompere il ghiaccio:

– Cioè, qualcun altro è già stato chiamato dalla polizia?

Quattro mani si alzarono. Tre più la mia.

– T'hanno chiamato quando?

– Domenica mattina, signor giudice – disse il liutaio Cosimo Scuderi Tarabini, ovvero il proprietario di una delle quattro mani alzate.

– E come mai?

– Credo stessero chiamando tutti quelli che comparivano nella cronologia del telefono del Caroselli. C'eravamo sentiti per telefono tipo il giorno prima.

– E cosa t'hanno chiesto?

Cosimo girò lo sguardo in direzione di Carlotta e Remo Zandegù, i genitori di Zeno. Cioè il nipote dell'ex maresciallo Aurelio Zandegù, il pensionato con il fiato macerato.

– Prima di rendere spontanea dichiarazione, Remo, tuo babbo sa di questa riunione carbonara?

– Perlamordiddio, spero di no – disse Carlotta, al posto di Remo, cosa che comunque capitava spesso. – Ci massacrava. Se lo viene a sapere mi fa una lezione di diritto penale.

– Allora procedo – continuò Cosimo. Si schiarì la gola, poi dette voce: – Dunque, per prima cosa m'hanno chiesto dove ero tra le sei e le nove di domenica. Quindi, segnatevelo perché è ufficiale, il professore è morto tra le sei e le nove di domenica. Chiunque di voi non abbia un alibi per quell'intervallo di tempo è ufficialmente nella merda.

– E te l'alibi ce l'avevi? – chiese Carlo, il marito di Giulia.

– Ce l'avevo... Non imperfetto, caro lei, ma presente. Ce l'ho. Ero a fare lepri a Rivo Macchione.

– A fare le lepri... a fare rumore, casomai –. Remo scosse la testa, ridacchiando. – Oh, l'anno scorso s'andò a lepri a Rivo, ti si presenta cor un fucile che aveva sparato a Caporetto. Ciaveva sempre il sangue dell'austriaci sulla baionetta.

160

– È la doppietta del mio babbo, ignorante – disse Cosimo risentito, palesando così che non era stato in armeria nel passato recente.

– Che l'aveva ereditato dal su' nonno – rispose Remo.

– È un Bernardelli Sant'Uberto. Son tutti buoni a fare come te, col sovrapposto. È da barbari.

Una delle diatribe infinite fra i cacciatori è il tipo di fucile. Ci sono quelli della doppietta, difficile da usare ma leale, e quelli del fucile a canne sovrapposte. Una roba tipo lord contro marines. In effetti, una volta Cosimo mi aveva raccontato che un suo cliente, un violoncellista spagnolo, era stato invitato a una battuta di caccia alla volpe con la regina d'Inghilterra. Nella lettera di protocollo allegata all'invito c'era una specificazione: si richiedeva di presentarsi esclusivamente con una doppietta. Mi ero immaginata il biglietto, con scritto nell'angolo «white tie/side-by-side shotgun». Anche sparare alle volpi richiede un certo stile.

– Sarà da grezzi ma io intanto a casa riporto la ciccia. Te per coglie' quarcosa devi spara' all'arberi.

Cosimo fece il numero quattro con la mano, guardando la figlia con aria maliziosa. Accanto a lei, Gabriele giocava con quello che rimaneva della sua pizza, cioè più della metà.

– Amore di babbo, diglielo un po' all'uomo brutto e cattivo lì davanti quante lepri ha portato a casa babbo.

Artemisia annuì con un risolino nervoso, tipico dei figli che si vergognano dei padri. A sedici anni, è anche normale. Magari, avere sedici anni e andare in pizzeria con tuo fratello e i genitori della scuola un po' meno. In effetti, erano gli unici due figli in mezzo al branco di adulti assetati di Sangue e Notizie, freschi entrambi.

– O bravo. Figurati se ciavevi un fucile di questo millennio qui...

– Sì, sì – troncò Lucia, dall'altra parte del tavolo. – Maaaa... al telefono, cosa voleva da te il Caroselli?

Cosimo Scuderi portò la testa indietro, come se volesse guardare meglio l'interlocutore e al contempo scansare uno schiaffo. Quando rispose, era rigido.

– Questi, se permetti, sarebbero un attimino fatti miei.

– Dai, babbo, tanto prima o poi viene fuori – disse Gabriele, il figlio, che in tutta la serata non aveva detto mezza parola. Poveretto, già doveva stare parecchio male per conto suo, con quello che era capitato al suo professore preferito, e trovarsi in mezzo a tutti quegli adulti che ragionavano di alibi e pallettoni forse non era proprio opportuno. D'altra parte Cosimo era vedovo, a chi li lasciava? In casa da soli, forse, in quel periodo era anche peggio. Certo, era una decisionaccia. In casa rischiavano la depressione, in quella pizzeria l'avvelenamento.

L'uomo sospirò.

– Sì, hai ragione, bello. Nulla, Gabriele non l'hanno preso.

Non l'hanno preso dove? chiese una voce sommessa da qualche parte. In Svizzera, al conservatorio, rispose qualcuno con tono ancora più discreto.

– Ho telefonato al Caroselli per dirglielo. Per correttezza –. Si strinse nelle spalle, probabilmente cercando di capire come accorciare l'inevitabile silenzio che ne era seguito, e carezzò la testa del figlio con quella dolcezza che riservava solo a lui. – Ci saranno altre occasioni.

– A voi per cosa v'hanno telefonato? – chiese Lucia, tanto per togliersi dall'imbarazzo.

– A noi nulla – disse Carlotta, la mamma di Zeno. – È il su' babbo che è andato a parlarci.

– E cosa volevano da lui?

– Eh, è questo il bello. Non l'ha mica chiamato nessuno, è andato per conto suo.

D'improvviso, il silenzio sparì com'era arrivato.

– Come per conto suo?

– Oh, lo sai com'è fatto il su' babbo. «Come persona informata sui fatti devo rendere dichiarazioni che potrebbero essere inerenti all'indagine». Sembra di ascoltare il podcast di *Un giorno in pretura*.

– E che fatti deve dichiarare?

– Ah, lo sai te? Ha preso il cappello, le chiavi della macchina e via. Non ci ho nemmeno provato a chiederglielo, tanto mica me lo dice.

– Nemmeno a te t'ha detto nulla? – chiese Lucia a Remo.

– A me? – retorizzò Remo. – Ma meglio. Lasciamo stare, vai. E voi? V'hanno chiamato o avete chiesto udienza?

– Ci hanno... chiamato, mmsì – disse Mario Rigattieri, con una certa difficoltà.

– E voi, dico, voi, il professore vi aveva telefonato in questi giorni?

– A noi? Telefonato, sì. Quattro... volte.

Non fatevi ingannare dalle apparenze. Mario è quasi completamente sordo, parla lentamente e in modo discontinuo, e quando parla ci sarebbe bisogno di silenzio. Però, anche in presenza del rumore di fondo, ero abbastanza certa di aver interpretato correttamente le sue parole. Laddove Cosimo aveva ricevuto una telefonata, e il nonno di Zeno manco quella, tra i genitori di Pierluigi e il professor Caroselli la linea doveva essere stata rovente.

Non so se ve lo ricordate, ma il figlio di Mario è quel Pierluigi Rigattieri di cui si parlava qualche pagina fa. Il classico bulletto di paese. Quello che prende per il culo i bimbi più bassi, le bimbe bruttine, che frega le biciclette e i soldi per la merenda. Situazione fomentata in casa da una mamma assente, da un babbo imbelle e da un nonno stronzo almeno quanto il nipote. Solo che il nipote ha dodici anni, e probabilmente è salvabile, mentre il nonno sarebbe da tirare nell'indifferenziato.

– E cosa vi siete detti?

– Quest'anno... l'haa-preso di... punta – rispose Mario, scuotendo la testa. E raccontò.

Il dialogo che ne seguì fu faticoso per vari motivi, fra domande e ammissioni parziali, un po' per afasia e un po' per comprensibile vergogna. In pratica, l'anno per Pierluigi Rigattieri era cominciato subito in salita. Si era già beccato una sospensione, e una seconda volta proprio il Caroselli lo aveva messo alla lavagna di fronte alla classe e gli aveva fatto scrivere cinquanta volte: *Prendere in giro i compagni è da vigliacchi senza palle*. Ne erano seguite lamentele di fuoco, con la famiglia da una parte a chiedere alla scuola di allontanare quel pazzo integralista e il Caroselli dall'altra a dire che per quelli come loro ci volevano i servizi sociali. Il tutto si era risolto in un nulla di fatto, ma nessuna delle due controparti aveva dimenticato. Probabilmente, c'erano stati altri episodi nel passato recente di cui non ero a conoscenza.

– Ma l'ha chiamati davvero i servizi sociali?

– Nooo... ma cosa vòi... lui dice dice...

– Ma davvero, Mario? – continuò Lucia, con la delicatezza da carrista russo che la contraddistingueva. – Oh, Mario, a noi lo puoi dire, eh. Siamo fra noi.

Il poveruomo si guardò intorno. Noi chi? Noi «amici di Mario Rigattieri» o noi «intera popolazione di Ponte San Giacomo»?

Mi aveva sempre fatto un po' pena, Mario Rigattieri. A parlare con i professori, alle cene di classe, a prendere il figliolo c'era sempre lui. O il nonno di cui sopra. La moglie non l'avevo mai vista, so che era magistrato o qualcosa del genere. Evidentemente era troppo occupata per stare dietro anche a un figliolo. Però, se continuava così, rischiava seriamente di ritrovarsi il lavoro in casa.

– Eeh... – disse Mario, sempre dondolando la testa. – Come va a finire, con quel figliolo...

– E te, Serena? – berciò Lucia. – Te sei il nostro uomo all'Avana, eh. Hai accesso privilegiato.

– Ma quale accesso privilegiato... – dissi. Non sono sicura di quale colore avessi, ma probabilmente non era troppo diverso da quello della pizza, come avrebbe dovuto essere. Rossa coi bordi bianchi.

– To', sei quella che ha scoperto il corpo. Hai scoperto anche qualcos'altro?

– C'è una cosa che si è lasciata sfuggire la poliziotta, non so se è importante... – dissi con candore. – Non so quanto c'entri, però visto che me l'ha chiesto...

– E cosa t'ha chiesto?

– Ma niente, lei sapeva che i bimbi vanno a scuola dalle suore, e mi ha chiesto: ma in quella scuola insegna anche tale padre Gonzalo? Eh sì, le ho detto io. A quel punto mi ha chiesto: ma a lei risulta mica che padre Gonzalo, sì, insomma, andasse con le prostitute...

A Virgilio andò di traverso la pizza – quella avanzata da Cosimo, i resti della mia li aveva già finiti da un pezzo e d'altronde il dolce non lo aveva preso perché sennò ingrassa. E tornò il silenzio. Mi guardai intorno. Anche il cameriere che si era avvicinato per sapere quanti caffè si era congelato e mi fissava come se avessi chiesto se per caso, al posto del caffè, non si poteva avere una striscia di coca.

Non prendetemi per scema, o per bugiarda. Era tutta la sera che pensavo a cosa avrei dovuto dire.

Da una parte, non potevo rendere pubblica la cosa dell'acido isovalerico. Era una informazione riservata, e probabilmente era importante. Non mi era sfuggito che, quando avevo accennato alla scuola, la poliziotta si era immobilizzata tipo contadino indiano davanti al cobra. Non sarebbe stato furbo condividerla proprio in quella sede.

Ma d'altra parte non potevo farla passare liscia. Alle suore, che avevano deciso di testa loro di organizzare il funerale del Caroselli in chiesa, con tanto di bimbi obbligati a partecipare. E a quelle rintronate delle mamme che erano convinte che lasciar fare fosse la cosa migliore, e chi provava a cambiare le cose era un rompicoglioni. Uno di quei superbi che quando muoiono non si meritano nemmeno un telegramma di condoglianze, anzi, si sta tutti un po' più tranquilli.

Non possiamo escludere che qualcuno di questa istituzione sia coinvolto, aveva detto il nonno di Zeno.

La sicurezza dei nostri ragazzi. La loro scuola, il loro mondo, non c'entrano niente con questa brutta storia, aveva detto suor Fuentes.

Be', adesso avevo la possibilità di instillare nelle anime fiduciose e tutte uguali delle mamme che la scuola invece c'era dentro fino al collo.

Raccontai, circondata da un'attenzione che non avevo mai avuto in tutta la mia vita, una elaborata panzana su come Corinna sarebbe arrivata a chiedermi di questa cosa. E descrissi nei minimi dettagli, stavolta senza inventarmi niente, anche la scenetta a cui avevo assistito, con suor Fuentes che mi diceva che la scuola non era coinvolta mentre padre Gonzalo annuiva e, soprattutto, taceva.

– Padre Gonzalo stava zitto – disse Cosimo. – Però.

– Eh, ma ci sono altre circostanze dove sta zitto, dai retta a babbo... – disse qualcun altro ridacchiando.

– Anch'io l'ho sempre pensato che quel prete lì ogni tanto sguaina – disse Carlo, dall'altro lato della tavola. Carlo è il babbo del bambino Giacomo, è un signore di una cinquantina d'anni portati bene ed è stato un ginnasta di livello mondiale. Nonostante la statura non sia il massimo, vi assicuro che in costume da bagno fa ancora la sua discreta figura.

– O Carlo, ma cosa dici?

– Cosa dico? Mah, io più che altro osservo. Vi ricordo sempre di suor Blanca.

Alzai un sopracciglio. Suor Blanca, detta suor Warren Baffett sia per via della peluria incipiente sul labbro superiore – appena accennata, alla Clark Gable – sia in quanto responsabile dell'economato, era una donna di età indefinibile, ma senza alcun dubbio ancora in grado di procreare. Il fatto è che l'anno prima suor Blanca era misteriosamente tornata in Ecuador per sei mesi, con una settimana di preavviso. Quando era andata via, alcuni sostenevano che avesse incominciato a diventare un po' rotondetta; quando era tornata, un mese prima, era decisamente ingrassata. Da lì a inferire che i sei mesi sabbatici le fossero serviti per scodellare un figlio del peccato, oltre che del prete, il passo era stato breve.

– Ho capito, ma qui si parla di far entrare le prostitute – disse Lucia.

– E vedrai, in assenza di suor Blanca il tubo della stufa lo doveva tener caldo in qualche modo, no? Sennò si sciupa. Fra l'altro, comunque l'abbia scelta, c'ha guadagnato. Tanto era poco un roito, suor Blanca.

– Se la voleva bellina allora poteva sentire quella nuova, se gli dava una mano...

– Chìe, quella nuova?

– Quella colombiana, alta. Suor Remedios, mi sembra che si chiami.

– Io 'un l'ho mai vista.

– Eh, se la vedevi ci facevi caso – disse Remo guardando Carlo, mentre la moglie guardava male tutti e due.

– Ma chi, la colombiana? Eh, oddio...

Questa suor Remedios l'avevo vista un paio di volte anch'io. Alta, con due gote color cioccolato al latte e occhi quasi a mandorla che risaltavano nel bianco della cuffia. Timidissima, passava a mani giunte e non parlava quasi con nessuno. Non si vedeva molto oltre al viso, ma di sicuro in un improbabile concorso Miss Ionaria Sexy sarebbe stata l'unica candidata eleggibile per la Casa di Procura di Ponte San Giacomo.

– Eh, ma mi sa che lei era già prenotata – disse Carlo, alzando un sopracciglio.

– Ma lo sai che ci avevo fatto caso anch'io? – disse Cosimo. – Era un pochino che gliene volevo parlare, fra l'altro. Un po' di confidenza ce l'avevo, però sai...

– Ma di cosa state ciacciando voi due?

– Eh, del Caroselli e di suor Remedios.

– Dio bòno, ma ce l'avete fissa nel capo anche voi.

– Io ormai ho raggiunto la pace dei sensi – disse Carlo alzando le mani – ma gli occhi per guardare ce l'ho ancora. E non sono il solo. Ora dimmi te perché il Caroselli, che era l'essere più laico e scorbutico dell'universo, che trattava male suore, preti e chiunque vada a giro vestito coi lenzuoli, l'unica che trattava bene era suor Remedios.

– E non è che la trattava bene rispetto alle suore – si inserì Cosimo. – La trattava bene rispetto al resto del genere umano. Era educato, era gentile, era...

– Era quasi premuroso.

– Esatto. Proprio, m'hai tolto le parole di bocca. Quasi premuroso.

– E te sei stata quasi inopportuna.

– Te l'ho detto, Virgi. Al di là di tutto, a me queste amebe m'hanno veramente rotto le scatole. Vedrai che ora hanno qualcosa su cui spettegolare per davvero –. Restai un momento in silenzio. – La cosa dell'acido isovalerico me la sono tenuta per me.

– E infatti ho specificato «quasi inopportuna» – ribatté Virgilio con calma. – Poi lo sai, in queste cose io non ci vorrei entrare, e con il codice penale ho già dato.

Non dissi nulla. Virgilio, dopo un secondo, ripartì con aria allegra:

– Comunque, la prossima volta avvertimi. Magari evito di strangolarmi con la pizza.

– È la giusta punizione per avermi obbligato a venire – risposi, ridacchiando, senza precisare che in realtà l'avevo deciso indipendentemente da lui. – Così la prossima volta ci pensi due volte prima di insistere che dobbiamo esserci anche noi.

– Sempre meglio esserci che non esserci, in questi casi.

Stavamo tornando a casa, dopo la pizzata. Io stavo pensando alle condizioni in cui avrei trovato la cucina, dopo aver lasciato tutto pronto in tavola avevo detto a Pietro di mettermi almeno i piatti nell'acquaio e stavo cercando di convincermi che c'erano delle ragionevoli probabilità che lo avesse fatto davvero. Virgilio, guidando, rimuginava ancora sulla cena.

– Ma secondo te il professore era davvero innamorato della suora?

Visto che non rispondevo, Virgilio cercò di interpretare ad alta voce il mio pensiero. Lo fa, spesso, quando non dico niente, cioè di rado.

– Lo so, mi dirai te, il Caroselli non ce lo vedi a innamorarsi proprio di una suora...

– No – precisai – a dire la verità, il Caroselli non ce lo vedo a innamorarsi proprio. Certo, però, chissà come doveva essere, averlo come professore.

– Ne parlavano tutti bene.

– Anche di tua madre ne parlavano tutti bene –. Ridacchiai. – Prova un po' a fare il contrario. Incuteva terrore anche alla preside.

– Ah sì. Incuteva terrore a tutti – confermò Virgilio, guardandomi. – Tranne a una.

– No, anche a quella. Lo so, ogni volta che ci penso sto male...

Ed era vero. Io ero sempre stata una studentessa rispettabile. Voti buoni senza essere ottimi, comportamento nella norma. Mai rimandata a settembre, mai indicata come esempio, al contrario di mia sorella Alessandra. Sì, avete ragione, non vi ho mai parlato di mia sorella. Tranquilli, potete chiedere a qualsiasi professoressa che abbia mai avuto l'onore di avere come allieva Alessandra Martini, la studentessa perfetta, il sommo esemplare, la Studentessa Campione, da conservare a Sèvres, al Bureau International des Poids&Mesures, accanto al metro e al chilo in una teca di vetro. Il che, detto tra noi, sarebbe stata una pessima idea: un acquario sarebbe stato molto più adatto. Sì, perché mia sorella Alessandra è più simile a una seppia che a un essere umano. Diafana, viscida e sempre silenziosa. A meno di non essere interrogata, certo. Il che aveva le sue conseguenze: una media che rasentava la perfezione, sfociata in una maturità da 60/60 con lode (l'unica nella trentennale storia del Liceo Tommaseo). Insomma, come si diceva, un esempio. Io, invece, se vi ricordate, dignitosa.

L'unica pecca nella mia carriera scolastica era stata un rapporto, in quinta liceo. Nella mia testa di adolescente di allora, un provvedimento disciplinare di gravità paragonabile a una scomunica medievale. A comminarmelo, proprio Augusta Pino.

La cara suoceranda aveva la fissa dell'orologio, come si diceva qualche pagina fa, ma la declinava in vari modi: per esempio, guardarlo mentre faceva lezione era un errore clamoroso, quasi paragonabile a sbadigliare (con la mano davanti alla bocca, eh). Non ho idea di cosa avrebbe fatto Augusta se qualcuno avesse spalancato le fauci senza coprirsele, perché nessuno si è mai azzardato anche solo a pensarlo; ma se sbadigliavi o guardavi l'orologio, intorno a te cadeva un silenzio gelido, rotto sempre dalla stessa frase:

– Si annoia, Martini?

O Pucci, o Soldani, o Burgalassi. Però Martini era uno dei più gettonati. Di solito, all'osservazione seguiva l'immancabile «Visto che si annoia, vuol dire che l'argomento lo conosce già bene. Vuole venire a parlarcene alla lavagna, per cortesia?».

Però, quella volta, Augusta scelse diversamente, anche perché mi aveva interrogato due giorni prima. Mi guardò con aria lievemente sconsolata e disse:

– Lo sa, Martini, che io non ho mai dovuto riprendere sua sorella?

E come ti sbagliavi. Eccola lì, mia sorella, sempre pronta all'uso senza nemmeno doverla scongelare. Augusta Pino scosse la testa con finta mestizia, poi sorrise, avvertendo il mondo che stava per fare una delle sue celebri battute di spirito:

– A volte mi chiedo se lei sia stata allevata dalla stessa famiglia.

Dietro a me, sentii due risatine soffocate, ma sincere. Di gusto, come ridono gli studenti adolescenti per il sollievo di non essere il bersaglio. Mentre il sangue mi andava alla testa, sentii la mia voce dire:

– Questa è una osservazione veramente meschina.

Augusta Pino si bloccò, e io esagerai:

– Il suo lavoro non è chiedersi da dove vengo, ma chiedersi dove posso arrivare.

Si può elevare il silenzio al cubo? Evidentemente, pareva di sì. Se prima, quando avevo guardato l'orologio, sulla classe era andato via il suono, adesso sembrava che nella stanza non ci fosse più nemmeno l'aria. Stavolta furono le guance di Augusta Pino a diventare rosse, e non ebbi nemmeno il tempo di chiedermi cosa stesse per succedere.

– Lei non si deve permettere di dirmi in cosa consiste il mio lavoro. E non si azzardi mai più a definirmi meschina. Vada immediatamente fuori!

Ma mentre la guardavo, dopo un attimo, fu lei ad alzarsi, con la voce che tremava.

– Anzi, me ne vado io.

Si voltò verso la porta, girò la maniglia e uscì, lasciando aperto.

– Oh, si incazzò talmente tanto che non me lo disse nemmeno, di avermi fatto rapporto. Me lo comunicò direttamente la preside a fine mattinata.

– Roba di venticinque anni fa – minimizzò Virgilio. – Ormai se n'è scordata.

– Grazie di avermi ricordato che sono vecchia. Anch'io ti voglio tanto bene.

– Oh, stasera come apro bocca sbaglio...

Articolo 59

SUBORDINAZIONE DELLA POLIZIA GIUDIZIARIA

1. Le sezioni di polizia giudiziaria dipendono dai magistrati che dirigono gli uffici presso i quali sono istituite.

Una dote necessaria per essere un buon poliziotto è conoscere bene la legge.

Nel codice di procedura penale che Corinna aveva studiato per passare gli esami all'università c'era scritto chiaramente che l'agente o l'ufficiale di Polizia Giudiziaria (o PG) era subordinato all'autorità del Pubblico Ministero (o PM). Quello che non c'era scritto nel manuale era come comportarsi quando la PG si trovava a essere sottoposta a un PM che era una vera e propria TC.

O, se preferite, Testa di Cazzo.

Quando era entrata nell'ufficio di Gianfranca Pistocchi, sostituto procuratore della Repubblica, come scritto a chiare lettere sulla targa d'ottone che gli uscieri dovevano tenere perfettamente lucida su precise disposizioni della medesima (la dottoressa Pistocchi, non la targa), la suddetta dottoressa Pistocchi era al telefono con chissà chi.

– No, non ti avevo detto questo. No, il logo della procura va a sinistra e quello dell'associazione a destra. E certo. Quello più importante va a sinistra. Sì, caro, sì. Lo so che è la seconda volta che lo rifai. Finché non va bene, quel dépliant lo rifai. No, lo so benissimo cosa ti avevo detto. E qualsiasi cosa avessi detto, procura a sinistra e associazione a destra. Va bene? Bravo.

Corinna, nel frattempo, si sforzava di mantenersi composta. Aveva capito da tempo che essere irrazionali sui particolari inutili è il modo in cui gli idioti mostrano il proprio potere, ma non si capacitava di come fosse possibile che Gianfranca Pistocchi avesse così tanto potere.

– Stelea, eccola – esordì la pm. – Allora, mi dica.

– Buongiorno dottoressa –. Almeno, che uno dei due saluti l'altro. A termini di regolamento, ognuno dei due avrebbe dovuto salutare, ma dobbiamo notare con rincrescimento che anche in questa sezione, come in molte altre parti del mondo non necessariamente legate alla giustizia, il senso del dovere spesso incombe dall'alto su chi è più in basso, mentre invece dovrebbe essere orizzontale. – Ho appena finito una perlustrazione con l'unità cinofila di Bernazzani, a seguito di una segnalazione di persona informata.

– Ah. Mi aggiorni, allora. Via, su.

– Innanzitutto, possiamo escludere che sia un incidente di caccia. È stata usata una munizione spezzata, di grana piccola, che è risultata letale solo a causa della breve distanza dello sparo. A più di qualche metro, non sarebbe successo niente di così grave.

La dottoressa ascoltava, senza dire nulla.

– In secondo luogo, la vittima aveva le mani alzate quando è arrivato il colpo. Come se si stesse arrendendo.

– Non potrebbe aver alzato le mani in un gesto di spavento? Si è accorto che lo sparatore stava per sparare, e ha alzato le mani per avvertirlo della sua presenza?

– A due metri di distanza? Come faceva a non vederlo?

– Magari lo sparatore ha sentito un rumore alle sue spalle, si è voltato d'improvviso pensando che fosse una preda e ha esploso il colpo.

Siamo piuttosto sicuri che anche il lettore meno esperto possa constatare un vizio nella ricostruzione della dottoressa Pistocchi. In pratica, secondo l'ipotesi, a) lo sparatore si era voltato pensando di avere alle spalle una preda, b) la vittima aveva alzato le mani, c) il cacciatore aveva visto in luogo della preda un uomo spaventato con le mani alzate e a quel punto d) aveva deciso di sparare lo stesso, senza dare il tempo alla vittima di abbassare le mani o di spiegarsi. Non sono molti, a nostro parere, gli avvocati che riuscirebbero a far passare questa catena di eventi come «incidente di caccia», a meno che non si fossero trovati di fronte come giudice la stessa dottoressa Pistocchi, il che però al momento non è consentito.

– Ad ogni modo, abbiamo evidenze che un'altra persona si è trattenuta sul luogo dello sparo in un intervallo di tempo compatibile.

E Corinna raccontò brevemente la prima parte della descrizione di Serena, e di come grazie al cane Brixton fossero stati in grado di rintracciare quella evidenza così peculiare. La dottoressa Pistocchi ascoltava, con le dita incrociate e i pollici che le reggevano il mento.

– Ho capito, Stelea – disse alla fine. – Avete trovato l'impronta biologica di una persona che potrebbe essere correlata al fatto. Ma la presenza in loco, mi permetta, della impronta non è necessariamente da riferire al, o ai, colpevoli. Potrebbe essere stata la stessa vittima a lasciare, diciamo, la sua impronta.

– Possiamo escluderlo, dottoressa. Il profilo genetico è unico e non corrisponde a quello della vittima.

– Ho capito. E non potrebbe essere stato qualcuno che ci è passato prima? Mi scusi la franchezza, ma certi bisogni prima o poi scappano a tutti.

– Senza dubbio – accordò Corinna. In effetti, un trucco mentale cui la ragazza ricorreva spesso, quando era in presenza di persone che la mettevano in soggezione, era di immaginarsele mentre facevano la cacca. Con la pm Pistocchi non ce n'era mai stato bisogno. Quella donna non la metteva in soggezione, la faceva solo uscire dalla grazia di Dio. – Però mi permetto di ricordarle che la signora Martini ci ha dato una informazione preziosa. La patologia in questione, l'acidemia isovalerica, è piuttosto rara. Un caso su centomila.

La dottoressa Pistocchi sorrise scuotendo la testa.

– Bene, questa è una notizia meravigliosa per la salute pubblica. Ma come la sfruttiamo? Vuole fare un test genetico a tutti gli abitanti della provincia?

– No, in prima battuta avevo pensato che potevamo cominciare dalle farmacie. Farci dare l'elenco delle persone che assumono determinati medicinali. In paese ce n'è una sola, la più vicina esclusa quella è a venti chilometri.

– Eh, ci vorrebbe troppo tempo – obiettò la pm. Mai che le andasse bene una cosa alla prima. Ma in questo caso a Corinna andava bene.

– Infatti. Potremmo sveltire i tempi con il test genetico, come diceva lei – un po' di *captatio benevolentiae* con gli stolti non guasta mai – ... e limitandoci alla Casa di Procura Missionaria del Grande Fiume.

Qui, Corinna aveva già messo in ordine gli elementi che portavano tutti in direzione del Grande Fiume. Come se fossero affluenti.

Affluente numero 1: la persona informata, Serena Martini, sulle cui capacità olfattive sembrava non esserci il minimo dubbio, aveva avvertito quell'odore anche in uno dei servizi igienici della Scuola Paritaria afferente al convento stesso.

Affluente numero 2: nei giorni immediatamente precedenti alla morte, il professor Caroselli aveva avuto uno scambio di mail decisamente acceso con la madre superiora della Casa di Procura, suor Fuentes Maradiaga.

Affluente numero 3: in tale mail, il professor Caroselli diceva che nella Casa di Procura entravano delle prostitute. La mail accennava a questo aspetto in maniera provocatoria, ma non c'era dubbio che l'osservazione avesse notevolmente infastidito suor Fuentes.

A questo punto, Corinna era pressoché certa di poter chiedere alla dottoressa Pistocchi di disporre una perquisizione negli ambienti della C. di P. M., senza però tenere conto che la P. M. (senza C.) spesso si comportava come se fosse completamente P. (senza M.).

– Stelea, sta scherzando? – aveva detto la donna, quasi in modo rabbioso.

– Non mi permetterei mai... – provò Corinna, mentre si chiedeva cosa avesse detto di male.

– Ecco, brava – aveva continuato la pm, alzandosi dalla sedia. – Non si permetta. E non si permetta nemmeno di coinvolgere nelle indagini la Casa Missionaria. Lei ha idea del lavoro che fanno queste persone per la loro comunità?

– Sì, però...

La dottoressa Pistocchi circumnavigò la scrivania per andare direttamente accanto a Corinna, che si chiese se dovesse rimanere in piedi o seduta. Meglio seduta. Anche perché già da seduta era più alta della magistrata di un buon palmo.

– Sono l'unica scuola della cintura ovest che fa il tempo pieno – continuò la donna, battendo l'indice sulla scrivania, come per indicare che anche se si era alzata parlava per conto della sua carica. – E accolgono, accolgono chiunque. Ha presente la parola di Dio? Ecco, loro la mettono davvero in pratica.

Mentre la dottoressa Pistocchi parlava, lo sguardo di Corinna aveva incominciato a vagare per la stanza. Poche foto alle spalle della dottoressa Pistocchi – la dottoressa Pistocchi che tagliava un nastro, la dottoressa Pistocchi che inaugurava una scuola in un posto sperso, la dottoressa Pistocchi che posava la prima (e per quello che la riguardava probabilmente anche l'ultima) pietra di una qualche costruzione pubblica. E soprattutto la dottoressa Pistocchi genuflessa di fronte a Karol Wojtyla, noto alle autorità anche come papa Giovanni Paolo II, secondo alcuni il più grande papa del Medioevo.

– Pensi che hanno preso a lavorare in cucina anche ragazzi down. E hanno dato ospitalità ad un povero minorato del paese.

– Un minorato?

– Bernardo Raspi, un poveretto ritardato che veniva sfruttato dalla famiglia in un modo ignobile, non le sto a dare particolari, guardi, una roba agghiacciante. Lo usavano come se fosse un mulo. Me ne ero occupata io stessa, anni fa. Loro lo hanno accolto, lo hanno rivestito, gli hanno dato un lavoro e una dignità. E lei mi vuole entrare con la scientifica in questo posto? Ma dico, siamo...

Il telefono sulla scrivania della Pistocchi si mise a trillare, e la magistrata tornò letteralmente sui suoi passi, facendo il giro della scrivania di sghimbescio mentre continuava a guardare Corinna con aria da capobranco.

– Pronto? Ah, buongiorno, dottore. Mi dà un attimo? – disse, e poi coprendo il ricevitore: – Di quanto tempo ha ancora bisogno?

Per farti capire quello che stiamo facendo? Non saprei. Quand'è che va in pensione? Giusto per sapere se vale la pena provarci.

– Non molto. Un quarto d'ora.

– Va bene. La chiamo quando ho finito –. E, con tutt'altro tono: – Oh, carissimo, eccomi qua. Come sta?

Anche Corinna, qualche minuto dopo, stava camminando intorno alla propria scrivania. Ma non per mostrare il proprio potere o la propria indignazione a qualche sottoposto presente nella stanza: in quel momento l'unico altro essere vivente nell'ufficio era un cactus, che le avevano regalato a presa di giro i colleghi dicendole che così anche quando non c'era si ricordavano della sua presenza.

No, Corinna camminava per far sbollire la rabbia. Cercare di lavorare con la Pistocchi era come tentare di coltivare un marciapiede. Viene fuori poca roba, diversa da quella che vorresti, e quasi sicuramente non utilizzabile.

Di solito. Tranne in questo caso.

Sì, perché la cosa che faceva stare male Corinna non era tanto che la Pistocchi non capisse una sega: a quello ci era abituata. No, la cosa più fastidiosa era che del tutto involontariamente la magistrata le aveva aperto una diga in direzione della Casa del Grande Fiume.

Bernardo Raspi, un povero ritardato.

Essendo Corinna un essere umano, l'evoluzione le aveva fornito un pollice opponibile, grazie al quale usare lo smartphone: l'utensile che al momento ci distingue più di ogni altro dal resto del mondo animale, pur facendoci spesso comportare da bestie. Erano bastati pochi colpi di pollice per arrivare, probabilmente, allo stesso sito che aveva trovato Serena:

Frequente è la mielosoppressione, con conseguente ritardo nello sviluppo mentale e delle facoltà motorie.

Qualcuno era stato sul luogo del delitto. Qualcuno con una malattia che spesso provoca ritardo mentale. Nella Casa di Procura Missionaria c'era un tizio affetto da un evidente ritardo mentale. La vittima lavorava nella Casa di Procura Missionaria. Quante probabilità ci sono che tutte queste cose siano coincidenze?

Quanto sarebbe bello avere un mandato di perquisizione?

Quanto sarebbe bello avere un altro pm?

Oppure anche un...

Toc toc.

– Avanti.

– Buongiorno capo – disse Corradini, uno degli agenti freschi di nomina. – C'è una persona che vuole rendere spontanee dichiarazioni.

– In merito a?

– L'omicidio del professore.

– Ah. Non è meglio se lo mandi dalla Pistocchi?

– L'avrei fatto, ma la Pistocchi non c'è. Mi hanno detto che è andata via cinque minuti fa.

Ma come, è andata via?

– E quando torna?

– M'hanno detto che è proprio andata a casa. Torna domani.

Corinna prese un respiro profondo.

È interessante, in questo frangente, notare che la stanza nella quale si trovava il sovrintendente Stelea,

183

in accordo con le vigenti norme in termini di abitabilità dei pubblici uffici, possedeva una superficie calpestabile di 29 metri quadri per un'altezza a soffitto di 2,90 metri lineari, per un volume totale di 84,10 metri cubi. Ciò nonostante, non c'era abbastanza aria nella stanza per permetterle un respiro così profondo da farsi passare la voglia di strangolare la Pistocchi.

– Va bene, Corradini, fallo passare da me. Grazie.

Dopo un minuto, la porta si aprì con un «Prego», seguito da un omino magro, pelato e con la testa appuntita, controbilanciata da un bel paio di baffi tipo tricheco.

– Grazie. Buongiorno, signor sovrintendente.

Ah, almeno uno che saluta. Si parte bene.

– Buongiorno. Prego, si accomodi.

– Preferirei stare in piedi, se non le dispiace. Sono stato seduto un po'. Zandegù Aurelio, maresciallo in pensione della Guardia di Finanza.

– Allora, signor Zandegù, mi dica.

– Ecco, sono qui in merito a una possibile notizia di reato.

– Che è in relazione all'omicidio del professor Caroselli, diceva?

– Ecco, in un certo senso, potrebbe.

– Come, potrebbe?

– Allora, lei saprà che il professore ricopriva il ruolo di insegnante di musica presso la scuola privata delle suore di Ponte San Giacomo. Il nome preciso è Casa di Procura Missionaria...

– ... del Grande Fiume, sì, quella. E quindi?

– Ecco, io faccio parte del consiglio di amministrazione del convento. Non è direttamente legato alla scuola, da un punto di vista amministrativo, ma lo è di fatto, essendo la scuola e il convento ubicati nello stesso edificio.

Corinna prese un altro respiro profondo. Ne aveva bisogno. Sia perché l'uomo stava parlando anche lui della scuola delle suore, sia perché il suo turno di servizio aveva termine alle 18:00 del giorno corrente, e se l'uomo avesse continuato con quel ritmo le sarebbe toccato fare gli straordinari.

– Maresciallo, mi scusi, ma di preciso qual è l'informazione che deve darmi?

– Sì, ci stavo arrivando. A volte, in occasione delle riunioni, mi è capitato, senza alcuna malizia, di aprire porte di stanze nelle quali non avevo pieno diritto di accedere, diciamo così. Spero che lei capisca.

Corinna annuì. Capisco. La prostata non ce l'ho, ma so più o meno come funziona.

– Ecco, in tali occasioni ebbi modo di notare, due volte, che in uno sgabuzzino adiacente al locale della reverenda madre era custodito un fucile.

– Un fucile?

– Un fucile. Aggiungo che l'arma non era certo custodita in piena ottemperanza alle norme, anche se disposta con cura, chiusa in una custodia poggiata su una mensola. Ho una certa dimestichezza con le armi da fuoco e ho riconosciuto subito l'oggetto, sia pure al tatto.

Corinna alzò entrambe le sopracciglia. Un fucile in un convento non era esattamente in linea con le direttive del Concilio Vaticano II. Pur vero che il convento in questione, da statuto fondativo, era destinato alle suore missionarie, ma la missione in oggetto solitamente si può riassumere come «diffondi la parola di Cristo» e non come «libera degli ostaggi».

– Lei capirà che, essendo entrato in un luogo nel quale non avevo alcun diritto a stare, non potevo certo denunziare tale oggetto senza trovarmi a mia volta in difetto, e ho ritenuto opportuno lasciar perdere.

– E non si è chiesto che cosa ci facesse un fucile in un convento?

– Certo che sì. Ma lei capirà che non sarebbe stato certo facile andare dalla reverenda madre e chiederle per quale motivo detenesse un'arma da fuoco.

– Bene. E come mai lei ritiene che l'omicidio del professore sia in qualche modo collegato con quest'arma?

– Non so se è collegato, ma devo confessarle che ieri, trovandomi in sede per andare a prendere mio nipote, ed essendo la scuola aperta per i colloqui tra i genitori e il personale docente, ho ceduto alla tentazione di andare a controllare.

– E...? – chiese Corinna, anche se sapeva già quello che stava per dire l'uomo. Altrimenti, non sarebbe stato lì.

Aurelio Zandegù annuì con serietà.

– Sono consapevole di essermi intromesso in ambienti privati senza permesso...

– Questa, signor Zandegù, tutt'al più è maleducazione, ma non è certo un reato. E quindi?

L'ex maresciallo esalò un gran sospiro.

– E quindi, ho potuto constatare che il fucile non era più in loco.

Otto

– È proprio l'atteggiamento che è diverso. Io vengo a camminare se non ho niente di più importante da fare.

Destro, sinistro, destro, sinistro.

– Lui invece no. Lui il weekend deve andare a correre. Deve fare i lunghi. Venti chilometri, cioè due ore. Che ci sia da cambiare una lampadina, o da smontare un mobile. Che ci sia il sole, piova, tiri vento.

Destro, sinistro, destro, sinistro.

– Ma perlomeno quando piove io resto solo stoppinata in casa. Con quattro figlioli da stargli dietro, tanto ci penso io. E quando è bel tempo, se volessimo andare a fare una gitarella? No, amore, domani devo fare i lunghi.

Destro, sinistro, destro, sinistro, sempre più veloce. Anche Giulia stava parlando sempre più veloce, e man mano che si infervorava aumentava il ritmo. Sia del passo che dell'eloquio.

– Però l'ha sempre fatto – disse Debora. – Cioè, non lo sto giustificando, vorrei solo capire se tira tira si è rotta la corda, oppure se...

– Tutt'e due. Già sono anni. E poi... – Giulia ci guardò. Gli occhi azzurri erano istoriati di capillari rossi. – Sono due anni che non andiamo in vacanza per questo cazzo di Covid. L'altro giorno arriva e ti fa: Vi va se andiamo tutti un fine settimana ad Atene? Bah, dico io, perché no. Allora faccio i biglietti? Dai che si sta bene. Quando vorresti partire? chiedo. Si parte il venerdì sera, si dorme lì venerdì 12 e sabato 13 e si viene via domenica sera. Non so cosa m'ha insospettito, sono andata a guardare su Google. Domenica 14 novembre, maratona di Atene. Mi sono incazzata come una bestia.

Destro, sinistro, destro, sinistro. Ormai a passo di marcia, quasi corsa, sembriamo tre bersaglieri in ritardo. Manca solo la banda.

– Cioè, non solo voleva càammi lì con quattro figlioli in una città straniera, con me che parlo inglese come Totò e Peppino, ma aveva anche intenzione di dirmelo solo a fatto compiuto.

– Certo che anche lui, le maratone a cinquant'anni... – dissi, cercando di empatizzare. Era un po' come accarezzare un cane sconosciuto, non sai mai l'effetto che farà. Avevo paura di farla incavolare ancora di più, invece lei si mise a difenderlo.

– Quello lo capisco. Lui dice: ho un lavoro di merda, non ho modo di capire quanto valgo. Ho bisogno di un valore obiettivo. E la corsa è una cosa obiettiva. Hai fatto dieci chilometri a quattro minuti e mezzo al chilometro, l'anno scorso ce ne mettevi cinque, sei migliorato.

– È una cosa obiettiva per lui, non in generale – disse Debora. – Vedrai, se va a fare le maratone con quelli seri, a quattro minuti e mezzo al chilometro arriva quando quegli altri stanno facendo la doccia.

– No, intendo che è una cosa obiettiva in termini di miglioramento.

– Ma anche questo vale per lui – mi inserii. – Per altre persone, passi il tuo tempo libero a correre e, siccome non sei un protone ma un essere umano e quindi non puoi stare in due posti contemporaneamente, nel frattempo trascuri la famiglia. Per soddisfare una tua nevrosi va a finire che divorzi. Per cui, la cosa obiettiva per me è che ti stai comportando come un coglione.

Debora si mise a ridere. Giulia scosse la testa. Capita spesso, di confondere una misura con la realtà. Un peso, un tempo, un volume, e ti sembra di avere a disposizione la realtà. Ma non è così. Devi misurare tutto, non solo quello che vuoi te, o solo quello che riesci a vedere o a sentire.

E se non ci si riesce, la cosa migliore da fare è ammettere la propria ignoranza.

– Ma secondo te che malattia ha Bernardo?

– Mah, così a occhio e croce non sono un medico, quindi non ne ho idea.

Virgilio aveva allungato le mani verso il coppino coi minicornetti. Li prendo piccolini perché così ne puoi mangiare due ed è come se ne mangiassi mezzo. Poi Virgilio se ne mangia sei, ma pace. È grande e vaccinato. Sempre più grande, ad essere sinceri. Credo che ormai sia vicino ai novanta.

La colazione supplementare, nei giorni in cui ce la possiamo permettere, è da anni il momento in cui io e Virgilio abbiamo un po' più di tempo per stare insieme e fare due discorsi da esseri umani. La prima colazione propriamente detta, spesso, è un caffè al volo, tra sveglie e bacini che poi diventano urli per tirare su i figlioli, e si perde in un vortice di zainetti, mascherine, cartelline da disegno e pianole portatili – ci sono giorni in cui fra zaino, cartella, scarpe da ginnastica e pianola più che bimbi delle medie sembrano incursori della marina. Gli manca solo il fucile, ma a Ponte San Giacomo uno che te lo presta lo trovi.

– Potrebbe essere acidemia isovalerica, sai. Ho guardato qualche articolo, corrisponde.

– Potrebbe ma anche no. Quello che io so per certo è che mentre facciamo colazione potresti evitare di squartare quelle bestie.

– Non mi sembra che la cosa ti tolga l'appetito. I pallini vanno tolti prima possibile, lo sai.

In quel momento, mentre Virgilio integrava la colazione, io ero con le mani nell'acquaio, intenta a pulire un fagiano. Me lo aveva portato un'oretta prima il nonno di Zeno, lo aveva preso il padre – di Zeno, non il suo. Ero andata ad accompagnare i bimbi a scuola, e ad aspettarmi avevo trovato il signor Aurelio con un sacchetto in mano, e avevo capito subito. A volte aiutavo la nipote più grande con qualche ripetizione di chimica, senza chiedere nulla, e a volte quando Remo esagerava coi fagiani me ne regalava uno.

– Bisognerà ringraziarlo il vecchio Zande – aveva detto Virgilio mentre ero china sull'acquaio. – Sarà il quarto che ci regala.

– È un bravo omino. E si preoccupa per me – avevo risposto. – Ha paura che tenga la bocca troppo aperta.

– Tu? Lui, casomai. Va bene che a quell'età uno è miope, ma scambiare il dentifricio con la pasta d'acciughe...

– Dai Virgi, che schifo...

Virgilio ridacchiò.

– Disse quella che stava eviscerando una bestia a due metri dal salotto.

Mi guardai le mani, che effettivamente non erano un bello spettacolo.

Quando ero arrivata, con il sacchetto in mano, Virgilio mi aveva detto: «Ah, però. Caccia grossa oggi» e mi aveva indicato il lavandino. A quanto pare, mentre ero via era passata Artemisia, la figlia di Cosimo, con una lepre. A quel punto, forse era meglio se mi davo da fare. Lo so, avevamo programmato di fare colazione insieme, ma ormai dovrei saperlo che la realtà se ne frega delle tue intenzioni. Capita a volte, all'inizio delle settimane di autunno, che più di una persona mi regali un capo. Se la domenica prima è stato bel tempo, il lunedì o il martedì me ne arrivano anche tre o quattro. E quando li portano, vanno puliti subito. Se volevo andare a camminare dovevo sbrigarmi.

Posso quasi vedere qualcuno di voi che fa una smorfia schifata. E scommetto che non siete tutti vegeta-

riani. Anzi, magari mangiate carne di allevamento.
Maiali cresciuti a rifiuti – i maiali mangiano di tutto –
oppure una bella bistecca di manzo, di quelle fatte in
uno di quei begli stabilimenti che consumano più acqua di una centrale nucleare. Oppure, chissà, siete vegetariani, e quindi bevete latte e mangiate formaggio.
Secondo voi, è possibile ottenerli senza uccidere bovi-
ni? Davvero? E quando alla mucca nasce un vitello maschio, secondo voi cosa fanno? Gli insegnano a fare il
latte? Oppure tutte le bestie da latte nascono per pro-
creazione assistita, eliminando gli embrioni maschi?

Ogni nostro comportamento ha delle conseguenze.
E spesso non sono facili da prevedere in prima battuta. Per esempio, i pallini da caccia sono tossici. Se rimangono sul terreno, inquinano. Se rimangono troppo a lungo nella carne, inquinano anche quella. Vanno tolti subito – operazione per cui serve n. 1 pinzet-
ta, n. 1 coppino dove raccoglierli e n. 10 imprecazio-
ni come minimo.

– Però non capisco che motivo avrebbe avuto Bernardo per uccidere il professore.

– Be', se vuoi un motivo te lo do io – aveva detto
Virgilio. – Finanziamenti.

– Non ti seguo.

– Le scuole cattoliche stanno molto attente a seguire le direttive del Papa, di solito. Ora, il caso vuole che
il Papa attualmente in trono non sia uno che vede di
buon occhio gli scandali sessuali. Non credo che sarebbe felicissimo di sapere che nel convento annesso a una
scuola, sotto l'egida di Santa Romana Chiesa, il prete

fa entrare frotte di troie per fare festa. La cosa potrebbe avere delle conseguenze.

Levai quello che speravo essere l'ultimo pallino dal fagiano, e mi dedicai alla lepre. Ne sentii subito uno sotto le dita.

– Scusa, ma cosa c'entra Bernardo? Mica è un prete.

– No, sicuramente. Ma se chiudono il convento, dove va?

Estrassi il pallino. Era brunito e leggero. Ferro dolce. Ci sono ancora molte persone che usano il piombo, ma qualcuno si sta convertendo. Sempre più spesso trovo pallini di lega di rame, o di tombacco. Sono rari quelli in ferro – sono troppo duri, rovinano le canne. Rarissimi quelli in tungsteno – costano un occhio.

– La sai la storia di Bernardo, vero? Era orfano di madre, lo usavano come mulo da traino, il babbo e lo zio li hanno arrestati dieci anni fa.

– Mi sembra una cosa un po' troppo raffinata per uno come Bernardo.

Buttai il pallino nel coppino, insieme con gli altri, con un rumore di metallo e vetro. Poi, quando fosse stato pieno, sarei andata a smaltirli alla discarica, insieme con le pile usate. Essendo metalli pesanti, era la cosa più sensata da fare. Era una delle mie manie, la raccolta differenziata. Avevo contenitori per ogni cosa, e in giardino il fusto per l'olio esausto – c'è gente che lo tira nel lavandino, probabilmente dopo averci fritto una cotoletta di soia.

– Magari non è stato Bernardo a pensarci – disse Virgilio, depredando l'ultimo cornettino. – Magari è stato sobillato da qualcuno.

– Ma perché? Per non far chiudere il convento? È questo che non mi torna –. Scossi la testa. – Mi sembra una reazione un po' spropositata.

– In realtà quello che dice tuo marito ha un senso.

– Cioè, il Papa direttamente in caso di comportamento improprio invoca l'Altissimo e fa incenerire il convento?

– Non esattamente – rispose Debora. – Però è vero che in questo momento c'è molta attenzione al tema. Cioè, in caso di scandalo sessuale questo Papa non perdona. O meglio, magari cristianamente perdona però intanto ti fa un culo così.

Ci mettemmo a ridere tutte e tre, anche Giulia. Dopo mezz'ora all'aria aperta, in compagnia, la rabbia del litigio era stata dimenticata e c'era l'effetto rimbalzo. Poi, tornata a casa, avrebbe ricominciato a rimuginare, ma in quel momento era di nuovo tra noi.

– La scuola non dipende direttamente dal Papa, ma dall'arcivescovo – continuò Debora. – E il nostro arcivescovo è completamente allineato al Papa.

– E in pratica cosa può fare? Davvero togliergli i finanziamenti?

– Di sicuro potrebbe. Potrebbe anche chiudere la scuola, in teoria.

– Ma anche no – disse Giulia, ridendo. – E chi me li tiene i figlioli? Bimbe, ci conviene fare finta di niente e sostenere la tesi del suicidio. Sennò prima o poi mi suicido io.

– Molto improbabile – rispose Debora. – Molto più

probabile che nel caso sospenda il prete a divinis e lo rimandi a casa.

– Cioè dove?

– Cioè in Honduras.

Cioè in un posto dove non torneresti volentieri, dopo aver assaggiato l'Italia. Non sono molto aggiornata sull'Honduras, l'unica cosa che so è che la città più pericolosa del mondo – una roba da dieci omicidi al giorno, per intenderci – si chiama San Pedro Sula e sta per l'appunto in Honduras. Difficile considerarlo un indicatore positivo.

Cioè, se la domanda che mi sto facendo è: «Uccideresti per non essere rimandato in Honduras?», la risposta è: «Io forse no, ma qualcun altro forse sì». Specie se sei un prete messianico che invoca le fiamme dell'inferno di fronte a dei rabacchiotti delle elementari.

– Però, scusa, perché sei convinta che ruoti tutto intorno al convento? – chiese Giulia.

– No, non sono convinta – mentii. – Diciamo che tutti gli elementi che ho indicano da quella parte.

– Tutti quelli che hai te sì.

Io e Giulia guardammo entrambe in direzione Debora.

Chiedo scusa se non ve l'ho ancora descritta per bene. Forse è per distrazione, o più probabilmente per un pizzico di invidia, ma Debora è decisamente la più affascinante del trio. È alta, con i capelli ricci, i denti perfetti e un sedere che sembra progettato in Brasile. Il viso non è bello, ma è vivo, salutare, pieno di entusiasmo. Forse è l'età, perché è anche la più giovane. Forse è avere un figlio solo, e un paio di nonni a disposizione che ti evitano la consunzione.

– Praticamente, hai presente la Antonia, quella mia amica della parrocchia? Ecco, lei fa l'assistente sociale. Oh, mi raccomando, io non v'ho detto niente.

Tranquilla, maffigurati, due tombe.

– Ecco, l'avete presente quel bimbetto molesto, Pierluigi Rigattieri, quello che lo sospendono una settimana sì e una no?

– Sì, ne parlavano anche alla cena, ieri sera.

– Ecco, lui. Praticamente il Caroselli aveva segnalato il caso alla mia amica.

– Cioè, aveva segnalato la famiglia ai servizi sociali per davvero?

– Pare di sì. Sostenendo che non erano in grado di occuparsi della sua educazione. La Antonia ha chiesto anche a me, perché il Caroselli era un professore e la sua segnalazione va tenuta di conto.

– Boia, un esempio di privacy la tua amica Antonia.

– Eh, lo so. Non è un fulmine di guerra. Ma il punto è proprio quello. Lo ha chiesto a me, a quante altre persone lo ha chiesto?

– A me ne viene in mente un'altra – dissi. – La Lucia, l'altro giorno...

– Ma chi, la mamma del bambino di Neanderthal? – chiese Debora.

– Lei, lei. L'altro giorno ha chiesto al babbo di Pierluigi...

– Boia, pover'omo Mario Rigattieri – disse Giulia scuotendo la testa. – Lui secondo me in casa non lo fanno nemmeno sede' a cena, serve in tavola e mangia l'avanzi.

– Allora, mi fate parlare? Dicevo che Lucia ha chiesto proprio a Mario Rigattieri se i servizi sociali l'avevano chiamati per davvero. Sai quando hai l'impressione che uno chieda una cosa che sa già?

– Hai voglia...

– Scusa, Debora... – chiese Giulia, come sperando che l'altra capisse da sola che domanda voleva farle. Poi, visto che quell'altra taceva, provò: – Ma, secondo te...

– Sì.

Facemmo tre o quattro passi in silenzio.

– Secondo me sì.

Altri due o tre passi, un pochino più lenti.

– Almeno, ne sarebbe capace.

Continuammo a camminare, in silenzio. Non c'era bisogno di dire capace di cosa, visto che stavamo passando accanto al boschetto del Fornace.

E piano piano iniziai a sentirmi un pochino a disagio. Non so dire esattamente perché. Forse perché Debora aveva messo in dubbio la mia tesi, o meglio, proposto una tesi alternativa – e visto che uomo ributtante era nonno Rigattieri, non me la sentivo di rigettarla in toto – o forse perché lei aveva condiviso le sue informazioni, così, senza fare troppi calcoli. Cioè, le informazioni che aveva Debora le condivideva. Sia che le avesse da altri, sia che gliele avessi date io.

Come, per esempio, quella dell'acidemia isovalerica.

– Debora... – chiesi, cercando di dare alla mia voce

un tono indifferente. Ne uscì una voce vagamente inquisitoria, da preside con le emorroidi.

– Che c'è?

– Tu, per caso, hai mica detto a qualcun altro dell'acidemia isovalerica?

Il mio disagio aumentò.

Un po' perché Debora mi guardò di traverso.

Un po' perché mi resi conto di aver parlato con lo stesso tono di voce di Augusta Pino.

Ma soprattutto perché dal boschetto del Fornace arrivò una voce che disse:

– Curioso. Avevo intenzione di chiederle esattamente la stessa cosa.

E mezzo secondo dopo ne uscì una poliziotta alta un metro e novanta.

Otto rosso

– Buongiorno, sovrintendente...

– Buongiorno – disse la poliziotta, emergendo dal boschetto. Non era in divisa e aveva i capelli sciolti, ma era ugualmente facile riconoscerla.

– Debora, Giulia, lei è il sovrintendente Stelea – dissi. Ci eravamo fermate tutte e tre, ognuna che guardava in una direzione diversa. Debora verso le nuvole, Giulia verso il paese. Io in terra.

– Buongiooorno... – dissero Debora e Giulia, all'unisono, tipo scolarette.

– Fate una passeggiata? – chiese la poliziotta, camminando verso di noi.

– Eh, sì... – disse Debora.

– L'idea era quella... – dissi io.

– Lo facciamo tutte le mattine... – completò Giulia. In sostanza, eccoci qui. Ma anche Quo e Qua.

La poliziotta ci raggiunse.

– Vi dispiace mica se mi unisco? – disse, con voce non autoritaria come la frase potrebbe far pensare, ma mesta, quasi supplice. La voce di chi sta contemplando la propria sfiga.

– Prego – dissi.

Così ora c'è anche Zio Paperino.

– Cioè, in questo momento non può fare nulla?
– Diamoci del tu, ti prego. Se non è...
– Figuriamoci.

Corinna scosse la testa, continuando a guardare diritto. Ce l'aveva già detto prima. Diamoci del tu, se vi va bene. Io in servizio dovrei dare del lei ma se non vi dà fastidio... Hai voglia, figuriamoci, io il lei lo abolirei. Ana Corinna, ma tutti mi chiamano Corinna.

Mentre lei guardava avanti, io guardavo lei. Di solito le persone molto alte stanno sempre un po' curvette, forse per adeguarsi agli altri, o forse perché la testa gli pesa, non so. Invece lei, pur essendo uno stollo, era diritta come un palo. Di lato non vedevo quasi la faccia, ma solo i capelli biondi che cadevano diritti. Più che una persona, ricordava un pennello.

– No, a tutti gli effetti no. Ai sensi dell'articolo XXX io posso fare perquisizioni solo su disposizione del pm.

– E la pm per ora non dispone – dissi.

– Esatto. Serve la disposizione del pm, e l'autorizzazione del gip.

– Per quello eri tornata nel boschetto? Cercavi qualcos'altro?

– Cercavo di montare qualcosa con quello che ho. Non posso fare molto altro, al momento.

– Però puoi, per esempio, ascoltare dichiarazioni spontanee?

– Quello sempre –. Corinna continuò a camminare, forse rallentando uno zinzino il passo. – È un mio do-

vere. Se un cittadino viene da me e mi dice: sovrintendente Stelea, ho delle informazioni...

– Come il nonno di Zeno – dissi.

– Chi?

– Il nonno di Zeno. Si chiama Aurelio Zandegù. So
che è andato alla polizia...

– Ah, il maresciallo in pensione. Sì, ci ho parlato io.

– Hai delle piante in stanza? – chiese Debora.

– Sì, un cactus. Perché?

– Allora puoi fare a meno di concimarlo per un annetto.

Corinna si voltò con gli occhi spalancati. Aveva degli occhi incredibili, grigi orlati di verde.

– Cavolo, ma allora era lui? Ho telefonato al mio vi-
ce per chiedergli di chiamare qualcuno a stasare le tubature...

– Eh, è famigerato il caro omino, sì... – disse Debora. – Comunque, allora comincio io: sovrintendente Stelea, ho delle informazioni inerenti al caso.

– Se sono inerenti lo lasci decidere a me – disse Corinna sorridendo.

– Inerono, inerono, si fidi. A scuola c'è un bulletto,
si chiama Pierluigi Rigattieri. Il Caroselli ha avuto degli scontri piuttosto aspri con la famiglia, fino a chiedere l'intervento dei servizi sociali.

– Ah. E la famiglia è violenta?

– Il nonno di Rigattieri è un cavernicolo facinoroso.
E stronzo. E odiava il Caroselli anche prima.

Per un attimo ebbi paura che la poliziotta ci avrebbe chiesto se avevamo anche nonni normali, quelli che

portano i nipoti alle giostre invece di fare la spia alle suore o minacciare i professori.

– Lo so, c'è gente strana – anticipò Debora. – Del resto si fa con quello che c'è. In mancanza d'altro, con i figlioli a volte i nonni sono la salvezza. O no?

– Non saprei – disse Corinna, con l'occhio che si velò un attimo. Capii che era meglio cambiare discorso al volo.

– Cosa significa che ha fatto la spia alle suore?

– Eh... oh, anche qui, vi prego. Ve lo dico solo perché la situazione è quella che è, anche condividere una minima informazione potrebbe essere d'aiuto. È affidabile, questo signor Zandegù?

– Affidabilissimo.

– Né rintronato né mitomane.

– Una brava persona. Certo, deve aver visto una cosa parecchio strana...

– Eh, anche sì. Il signor Zandegù dice di aver visto un fucile in un posto dove non dovrebbe stare.

– Un fucile? E dove?

– Questo è meglio se non ve lo dico – disse Corinna, consapevole di avercelo già detto. – Oh, mi raccomando, io non vi ho detto niente.

– Io invece ho qualcosa da dire, signor sovrintendente – dissi.

– La ascolto, cittadina Serena.

– Allora, molto probabilmente il Caroselli aveva una relazione, diciamo così, speciale con una persona.

– Una persona? Interessante. Questo non veniva fuori né dalle mail né dai messaggi. Non abbiamo avuto riscontro che avesse relazioni sentimentali di alcun tipo. E chi sarebbe questa persona?

– Sarebbe una suora. Si chiama suor Remedios.

– Una suora? Ragazze, manco i conventi avete normali, oltre che i nonni, lasciatevelo dire.

E così raccontammo. Di come Caroselli, a detta di molti, fosse particolarmente premuroso e gentile con la suorina color cioccolata, forse sperando di poter scartare la confezione e trovare la sorpresa.

– D'altronde, dicono che non fosse la prima volta che in quel convento capitavano storie di questo tipo. Ci sono voci...

– ... sono voci, eh...

– ... che dicono che il prete avesse messo incinta una suora e che questa sia andata via per partorire.

– Però sono solo voci – reiterò Giulia. – Cioè, non hai idea di quanto sono pettegoli in questo paese. Se tuo marito parcheggia in un dato posto una volta alla settimana è automatico che tu abbia le corna. Che lì ci abiti la tipa che fa ripetizione d'inglese alla tu' figliola non lo prendono nemmeno in considerazione.

– Comunque su questo tema non sarà facilissimo indagare – disse Debora. – Fare un bambino non è reato, credo.

– No, no – disse Corinna. Lo stesso sguardo lievemente assente di prima. Si riscosse. – Come si chiama la suora?

– Suor Warr... suor Blanca.

– Ed è il suo vero nome? O è lo pseudonimo?

– Non siamo così intime, mi spiace. Il prete invece si chiama Gonzalo.

– Gonzalo Helfand – aggiunse Debora. – È honduregno. Almeno un nome ce l'ha.

– Sì, non molto di più...

– Forse un modo però c'è – dissi. – La farmacia.

– Idea luminosa – approvò Debora. – Facciamo fare un test di gravidanza alla suora. Guarda che però dovrebbe aver partorito sei mesi fa, non credo sia ancora valido. O speri che l'assatanatissimo padre Gonzalo abbia rifatto centro?

– Ma no, quanto sei... Dicevo che se hai una malattia come quella, no...

– Intendi il priapismo?

– Intendo l'acidemia isovalerica, scema. Insomma, dovrai assumere dei farmaci particolari –. Guardai verso Corinna. – Tu non potresti andare in farmacia e chiedere che tipo di farmaci ci vogliono per quella malattia, e se c'è qualcuno che li prende regolarmente?

– Ah, domandare è lecito – rispose Corinna. – È rispondere che è proibito. Se vado dal farmacista senza mandato del pm, divisa o non divisa, quello mi sorride e mi dice torni con un mandato.

– Comunque non sarebbe un viaggio a vuoto, eh – disse Giulia. – Il farmacista è tanta roba.

– Bello?

– Bello bello – confermai io.

– E anche bravo – disse Debora.

Sì, altro aspetto che non vi avevo ancora detto di Debora: diciamo che si gode la vita senza far troppo caso a cosa dice la gente. Se chiedeste ai maschi di Ponte San Giacomo se andrebbero a letto con Debora, un certo numero di questi direbbe: di nuovo? Eh, volentieri... Poi c'è una vastissima maggioranza di persone che se fossero sincere direbbero: io ci andrei, è lei che non vuole. Ma sono convinte di essere fra i pochi. Non gli torna.

Devo dire, quando avevo sedici anni anche a me davano fastidio le ragazze come Debora. Poi crescendo ho capito che era un problema mio.

– Eh, a proposito di sorrisi, ma se ci andassi te in farmacia...

Poco prima, ci eravamo salutate con Corinna. Noi le avevamo detto che, se avessimo saputo qualcosa di interessante, l'avremmo chiamata per dirglielo. Lei ci aveva ringraziato e ci aveva invitato a fare attenzione, a non fare domande moleste o che potessero insospettire. Ascoltate, aveva detto, ma non domandate.

– Non se ne parla nemmeno – disse Debora facendo di no con la testa. – Io con Filippo ho un bel rapporto e ci tengo, non lo voglio rovinare andandogli a chiedere cose che non mi può dire. Visto il tipo, è capace di togliermi il saluto.

– Ma nemmeno un accenno?

– Provaci te, scusa.

– A quarant'anni e con quattro figlioli? Be' mi' tempi.

– Potrei provare io – dissi.

– Ooooh, finalmente un po' di iniziativa.

– Vai Martini, siamo tutte con te.

– Ollellè, ollallà...

– No, cretine, cosa avete capito – dissi, mentre diventavo di un bel rosso pompeiano che si intonava perfettamente ai miei fuseaux. – Ho un amico che lavora al magazzino di distribuzione dei farmaci che serve tutta la zona. Posso chiedere se qui alla farmacia arriva questo tipo di prodotti e quanti ne vendono. Sarebbe un inizio.

– Boh, forse...

Guardai entrambe, cercando di capire se la mia iniziativa aveva senso per l'indagine oppure solo per la mia persona.

– Ecco, a proposito di chimica – svicolò Giulia – mi chiedeva il figliolo grande se potevi spiegargli gli orbitali.

– Gli orbitali? – chiesi.

– Eh, domani ha l'interrogazione... – spiegò la mia amica, col tono di chi implicitamente insinua che non ci sono altri motivi per volersi interessare all'argomento. Del resto Alessio, il figliolo grande, era il sogno di ogni insegnante: un ragazzo sano, vispo e intelligente che perdeva tempo in ogni modo possibile e immaginabile pur di non studiare, e che portava a casa la sufficienza necessaria senza avvicinarsi a un libro nemmeno per sbaglio. Il sogno di ogni insegnante, si diceva, perché quando uno ha degli studenti del genere a volte sogna di poterli mettere in fila e prenderc a badilate.

– Ci ha pensato in tempo, via – risposi. – Senti, io oggi pomeriggio sono a scuola per il consiglio d'istituto. Posso fare una scappata prima di cena, se gli va bene.

– Hai voglia. Tanto ha detto che in una mezz'ora ve la cavate.

Ecco, appunto.

Nove

– Allora, bimbi, io fra non molto devo andare. Martino, te devi ancora ripassare geografia. Pietro, appena hai finito i disegni non ti attaccare al cellulare, devi fare un po' di strumento che sono due giorni che non lo tocchi. Virgilio, c'è la lavatrice da mandare e quando ha finito ricordati di spostare la roba in asciugatrice, e mandarla. Domande?

– Quando torni? – chiese Martino, con due occhioni tipo Bambi.

Il mercoledì è il giorno in cui i bimbi che se lo possono permettere passano il pomeriggio a casa. Cioè, quelli che hanno almeno un genitore a domicilio, non è un permesso per buona condotta. Però, proprio quel pomeriggio, era stato programmato un consiglio d'istituto straordinario – da qui la delusione di Martino. Non gli sembrava giusto che, proprio il pomeriggio che lui era a casa, a scuola ci dovessi andare io. La mattina, oltretutto, c'ero già stata, a parlare di raccolta differenziata ai ragazzini di terza media. Se dicessi che la cosa era stata fonte di entusiasmo, ecco, per dirla in termini adeguati alla situazione, peccherei contro l'ottavo comandamento.

– Mamma, ma questa roba non l'avevi già fatta l'an-

209

no scorso? – mi aveva chiesto Pietro mentre andavamo verso scuola.

– Sì, certo.

– E perché te la fanno rifare anche quest'anno?

– Si vede che l'hanno trovata utile. Sai, Pietro, quelli che sono in terza media quest'anno erano in seconda l'anno scorso, mica mi hanno sentito.

– Il Tassinari sì.

– Il Tassinari è un caso disperato. Come questo cadavere verticale qui davanti –. Accennai con il mento al vecchio con il cappello da baseball che evidentemente stava trasportando una pentola senza coperchio piena di brodo fino all'orlo e voleva evitare di sporcare. – Ma dico io, se hai una paresi alla caviglia destra cosa cavolo ti metti a guidare... a dodici all'ora, sta andando...

– Ma l'anno prossimo...

– Eh, se riboccia, l'anno prossimo il Tassinari te lo trovi in classe.

– No, dicevo, l'anno prossimo te questa cosa non la rifai mica, vero?

– Perché no?

Pietro aveva buttato giù la testa e iniziato a scuoterla.

– Dai, mamma, io mi vergogno.

– Perché? Quando babbo è venuto a parlare alle elementari mica ti sei vergognato. Eri tutto contento.

– Ho capito, babbo è venuto a parlare di videogiochi. Te parli di cassonetti.

Bisognava capirlo, in effetti. Non solo ero sua madre, ma avrei parlato di come scegliere la spazzatura.

Il tutto acuito dal fatto che la lezione aperta di ecologia la facevamo in due, e la seconda era Michela Costantini, la mia amica fisica – forse vi ricordate, è quella che ha fondato la start-up per produrre energia dalle onde del mare: per farlo aveva mandato a quel paese l'università (era professore associato) e si era messa in proprio. Insomma, una idea meravigliosa e una persona che lascia la propria vita precedente per realizzarla: c'erano tutti gli ingredienti per appassionare dei ragazzini. In più avrebbe parlato di fisica, quella roba che spiega come sono fatte le stelle e perché brillano, o come convertire la potenza enorme e stupida delle onde in energia elettrica beneducata e pronta all'uso, salvando il pianeta dall'inquinamento causato da quei cattivacci dei chimici.

– Allora, svegli 'sti ragazzini, non è vero? – aveva detto Michela, appoggiando la tazza sul tavolino.
– Ah, anche troppo – avevo concordato, mentre mettevo lo zucchero nel caffè.
In fondo, era stata una bella mattinata. Quando aveva parlato Michela, milioni di domande, come era comprensibile; anche a me ne avevano fatte parecchie, non tutte banali. Però, dovevo ammetterlo, la cosa che faceva Michela era veramente affascinante. Era una specie di vela sottomarina, insabbiata sul fondale, che scorreva su dei binari, mossa avanti e indietro dalla risacca. Un oggetto largo dieci metri e alto due era in grado di produrre l'energia per rendere autosufficiente un condominio.

– Guarda, non credevo. Sono più furbi di noi. Io alla loro età ero lessa.

– Eh, io sono lessa ancora ora.

– Non mi sembra proprio – aveva detto Michela accostando le labbra alla tazza. – Ahio, è rovente. A Greto Thunberg gli hai schiarito le idee.

– Vabbè, avrò studiato qualcosa anch'io... – avevo replicato, sorridendo.

A un certo punto, un ragazzino saccente ma presuntuoso come solo un tredicenne mi aveva detto che secondo lui la plastica andava abolita. Potremo farlo quando sapremo come sostituirla, gli avevo risposto. Basterebbe mangiare solo i prodotti a km zero, aveva risolto lui, ed eliminare le confezioni usa e getta. Se vivi in una caverna, avevo ipotizzato. Saresti disposto a rinunciare anche alla corrente elettrica? Cosa c'entra? Il nostro millennio è basato sulla corrente elettrica, e per trasportarla fino a casa tua è necessario isolarla per non mandarla sprecata nei terreni – guarda te, anche la plastica è necessaria a risparmiare energia – e per fare in modo che arrivi. Per trasportare la corrente è necessario un materiale isolante e facile da lavorare, in tubi e fili, e al momento l'unico che abbiamo si chiama plastica. Se un giorno riuscirai a trovare un materiale alternativo che isoli la corrente elettrica, che sia facile da lavorare, e non costi un patrimonio, a quel punto sarete tu e i tuoi pronipoti fino alla nona generazione che non avrete più bisogno di lavorare.

Se Greto fosse stato un adulto (un Gretone invece che un Gretino) avrei aggiunto, con una voce a temperatura e pH molto bassi, che se nemmeno si conoscono i problemi allora è meglio non cercare di trovare le soluzioni.

Adesso che ci penso, amico lettore, probabilmente anche te sei un adulto, e forse a questo punto potresti cominciare a pensare che io sia parecchio antipatica. Forse pensi che non mi vada bene nulla, che mi appigli ai miei studi per sentirmi superiore, e che mi aggrappi a ogni minima sporgenza dell'esistenza, mia o altrui, e mi piaccia grattarci fino a vedere il sangue, mio o altrui.

Ti propongo un gioco, allora: prova a rileggere i punti che ti hanno dato fastidio pensando che a parlare sia un uomo. Al posto di Serena, metti Massimo. Non è che adesso, che so, il discorso sui vegetariani ti sembra diverso? Invece di essere un delirio autogiustificativo, per caso adesso ti sembra critico? Ficcante? Magari un po' cinico ma tutto sommato un ragionamento, fatto con la testa e non con l'utero?

Se io fossi un maschio, come giudicheresti tutto quello che ho detto finora? Esattamente allo stesso modo?

Bugiardo.

– Comunque ti vedo bene – aveva continuato Michela. – Quanti anni hanno i bimbi?

– Eh, Pietro quasi tredici. E Marti dieci.

– Maremma... Sono grandi. Vittoria ne ha fatti ora due.

– E com'è?

– È un altro lavoro. Ora ha scoperto la parola «no». Le piace tantissimo. Vittoria, vieni qui? No. Vittoria, finisci la pappa? No. Vittoria, giochiamo coi colori? No. Poi passa, vero?

– Sì, nel senso che peggiora. No, scherzo, ora i bimbi si gestiscono.

– Mi fa piacere. E te che fai?

Il telefono aveva iniziato a vibrare, evitandomi così di spiegare a Michela che al momento la mia attività più recente era quella di testimone oculare. E, in realtà, la telefonata era proprio la risposta alla domanda che mi aveva fatto. Sauro Barontini, diceva il display. È il mio amico che lavora nella distribuzione farmaceutica. Forse ve lo ricordate, l'avevo chiamato il giorno prima ma non mi aveva risposto.

– Pronto, Sauro.

– Oh bella, quanto tempo... Come stai?

– Mah, non male. Te?

Erano seguiti cinque minuti di aggiornamenti familiari, tipo convenevoli fra capotribù. Poi avevo spiegato, brevemente, di cosa avevo bisogno. Sauro aveva ascoltato e poi troncato le mie speranze.

– Eh, Sere, non c'è un farmaco di riferimento. La terapia è molto a livello dietetico, pasta aproteica e tutte queste robe qui. E anche se la deficienza che dici è specifica, e molto rara, in realtà questo genere di disturbi si controlla con supplementi proteici. Glicina e carnitina. Non la prendono solo i malati, tipo, la carnitina la usano anche gli atleti. Non occorre per forza un disturbo del metabolismo... Alla farmacia del tuo paese c'è un bel traffico di queste cose.

– Sì, eh?

– Eh, sì. A giudicare da quanta roba mandiamo, solo noi... Non ti posso essere d'aiuto. Insomma, ci fosse un farmaco di riferimento te lo direi, ma non c'è. È più una combinazione di farmaci e integratori alimentari.

Eh certo, nella vita l'importante è combinare bene le cose. Sinergia, la chiamano. Il colore nero porta sfortuna? No. Attraversare la strada porta sfortuna? Nemmeno. I gatti portano sfortuna? Manco. Ma un gatto nero che ti attraversa la strada...

– E poi tieni conto che insomma, per un motivo o per un altro, questa roba la prendono in molti.

Sorrisi. Mi venne in mente una pubblicità di quando ero piccola, una di queste pubblicità di prodotti pseudoprestigiosi che in realtà erano rivolti ai poveracci come noi. Uno spumante, mi sembra. *Per molti, ma non per tutti*. Nella vita spesso è così, certe cose sono per molti, ma non per tutti. Il problema è che a me spesso sembra di ritrovarmi proprio nella fascia fra i «molti» e i «tutti». E di solito non è nemmeno una fascia, è un portauova. Nel senso che sei dei pochi, e quei pochi in realtà sono anche isolati: ognuno nella sua buchetta, fermo sulle proprie posizioni, e ben nascosto al buio nell'anta del frigo.

Vabbè. Ci avevo tentato. Pace.

Ero rientrata e avevo trovato Michela sempre lì, appesa alla sua tazza di tè.

– Scusa Michela, era Sauro, Sauro Barontini. Non so se te lo ricordi...

– Sì, sì, hai voglia. Che fa ora?

– Lavora nella distribuzione dei farmaci. Ha un figliolo di vent'anni.

– Beato lui. E te?

– Eh, ancora qualche annetto...

– No, intendo: te sei ancora a casa?

– Eh, io sì. Lo sai del ristorante, vero?

– Scusami se mi permetto, ma una con la tua testa non ce la vedevo a fare la cameriera.

Sommelier. Ma non importa. Taccio.

– Comunque, noi stiamo crescendo. Abbiamo avuto il riconoscimento di CdP, siamo state selezionate da PortXL come le 8 start-up italiane più innovative nel campo della blue economy. Abbiamo aperto un cantiere a Malta e uno in Portogallo, e per quello in Norvegia abbiamo i permessi. Stiamo crescendo e abbiamo bisogno di persone brave. Brave e di cui potersi fidare.

Continuo a tacere. Però mando giù un sorsino di caffè. Così, tanto per non far vedere che ho la bocca aperta.

– Insomma, ora che i bimbi cominciano ad avere un'età, ti andrebbe di considerarci per fare un giro?

Poso la tazzina. Non mi serve altro caffè, sono già nervosa per conto mio.

– Cavolo – rispondo. – Non me lo aspettavo. Ma di preciso cosa dovrei fare? Io di energia marina non so nulla...

– Quella la so io. No, vorremmo studiare per bene la corrosione. Questi cosi stanno nell'acqua salata, potenzialmente ci potrebbe crescere sopra di tutto. Volevamo intanto capire come proteggerli e poi come farli meglio. Insomma, sarebbe roba tua.

Prendo un respiro profondo.

Nel momento stesso in cui Michela me lo ha chiesto, ho già deciso che non fa per me. Non ho nemmeno deciso. Lo so, che non fa per me. Adesso devo solo trovare il modo di dirglielo.

– Senti, ci penso. Vi vengo a trovare nei prossimi giorni, e mi fai vedere un po' cosa combinate. Sei sempre lì a San Piero?

– Per ora – sorride. – L'anno prossimo come minimo California.

Continua a sorridere, e mi passa una mano sulla spalla.

L'ha già capito anche lei. E non insisterà.

E io le voglio bene anche per questo.

– Quando torni, mamma? – ripeté Martino.

– Già, mamma, quando torni? – chiese Pietro con tutt'altro tono. – Io devo andare da Zeno.

Bei tempi, quando anche lui chiedeva «mamma, quando tonni?» tutto speranzoso. Fra qualche anno smetterà di farlo pure Martino. Oh, intendiamoci: Pietro fa tanto il grande, ma poi quando Martino viene a dormire nel lettone mugugna che non c'è democrazia.

– Ti ci accompagna babbo da Zeno –. Presi un respiro. – Ascoltate, bimbi. Ora devo dire una cosa seria a voi due, quelli piccoli. Ci avete pensato?

– Perché te vuoi che io cambi scuola? Io non voglio cambiare scuola! – disse Martino, guardandomi come se avessi tirato uno dei suoi peluche nella stufa a pellet.

– No, Marti, io non voglio che tu cambi scuola. Ti ho solo detto che, siccome mamma non lavora in questo periodo, se tu e Pietro voleste passare a una scuola che fa solo la mattina potreste avere più tempo per voi il pomeriggio. Te l'ho solo chiesto.

– Sì, però ce l'hai chiesto otto volte al giorno – disse Pietro.

– È solo che, ecco, parecchi dei vostri amici probabilmente l'anno prossimo non saranno più in quella scuola.

Detta così fa un po' apocalisse, ma in realtà il termine che ci si avvicinava di più era «diaspora». Dopo l'ultima cena, tanto per continuare sul biblico, parecchi genitori si erano convinti che la Scuola Paritaria della Procura Quella Lì non fosse il posto più adatto a crescere in serena armonia i loro pargoli. Comprensibile, in fondo nelle ultime 48 ore gli argomenti più gettonati accanto alla parola «scuola» erano stati «prostitute» e «fucilate». Quel pomeriggio, infatti, era previsto un Consiglio di Istituto straordinario con i seguenti punti all'ordine del giorno:

1) Comunicazione dei rappresentanti dei genitori in merito alla sostituzione del professor Caroselli.

2) Comunicazione di importanti informazioni a seguito di esplicite richieste dei genitori sulle attività della Casa di Procura in orario extrascolastico.

3) Discussione.

Quando si dice la propedeutica: per una volta, il punto 2) prometteva molto materiale per il punto 3).

– Vabbè, ne arriveranno altri – disse Pietro, riferendosi agli amici. – Poi, oh, io fra due anni vado al liceo.

Beato senso della prospettiva. Io fra due anni vado al liceo. A me viene l'ansia a pensare di arrivare alla fine della settimana.

– Io invece voglio continuare ad andare lì – disse Martino. – Perché non mi ci vuoi più mandare?

– No, tesorino, non è che non ti ci voglio più mandare. È che abbiamo avuto qualche problema con le suore.

– Ma a me fanno lezione i maestri, non le suore.

– Lo so, tesoro, ma vedi, ultimamente sono successe delle cose un po' brutte a scuola vostra...

– A scuola di Pietro, veramente. Io faccio ancora le elementari e da me sono ancora tutti vivi. E poi mica sono state le suore, è successo fuori dal convento. Le suore mica ci escono mai dal convento.

– Vero, poverine – disse una voce dalle parti della lavatrice. – Bisognerebbe trovar loro qualche altra sistemazione. Ci sono tanti ponti, da queste parti.

– Zitto, sabotatore –. Feci una carezza sulla testa al cucciolo. – Appunto, Marti. Sono le suore che decidono quello che succede a scuola vostra, che scelgono e che organizzano. È per quello che ci chiediamo se sia il caso...

– Scusa mamma, ma te hai sempre detto che i miei insegnanti sono bravi. Visto che sono le suore che decidono e scelgono, vuol dire che li hanno scelti bene, no?

E prova a dirgli qualcosa, a uno che ragiona così.

Sempre nove, ma dopo

Le vie del Signore sono infinite, ma quella che unisce casa mia alla Casa di Procura Missionaria è solo una, sempre la stessa. E se non vuoi arrivare in ritardo a una riunione ti conviene partire comunque con un po' d'anticipo.

La Casa di Procura Missionaria dista da casa mia esattamente 6,25 chilometri. Per farli in auto alla velocità di sessanta chilometri all'ora occorrono teoricamente sei minuti e quindici secondi. In teoria.

In pratica, al primo incrocio un omino con una Punto targata Cartagine mi si immette davanti senza darmi la precedenza e si piazza lì, alla velocità di 27 km/h – sempre precisare le unità di misura. Sono in anticipo di un quarto d'ora, quindi anche andando a questa velocità ci metterei undici minuti, e arriverei ampiamente in orario.

Il mio emisfero sinistro però non fa in tempo a informarmi di questi rapidi calcoli, perché nel frattempo il mio emisfero destro prende il sopravvento e inizio a urlargli dietro.

Lo so, quando prendo l'automobile prima o poi mi arrabbio. Spesso è perché ho fretta, ok. Ho fretta, o proprio sono in ritardo, e allora anche quei 3 secondi che perdo al semaforo mi sembrano fondamentali. Anzi, sono fondamentali, soprattutto se devi andare da Augusta Pino.

Ma oggi non sono in ritardo, sono clamorosamente in anticipo, la giornata è luminosa e non mi corre dietro nessuno. E allora? Cosa mi ha fatto il tizio della Punto?

Si è immesso sulle mie ruote, ok, ovviamente senza la precedenza, a velocità bradipesca. Lenta ma costante, bisogna ammetterlo: non rallenta nemmeno quando vede che sulle strisce sta attraversando una mamma con una carrozzina doppia. Ma a me, oggettivamente, cosa mi cambia se per colpa sua arrivo tre minuti dopo alla scuola delle suore?

In fondo magari ha preso l'auto per qualcosa di improcrastinabile, dovrà andare dal dottore, a trovare un amico morente, a salutare il figlio che parte, sarà la prima volta che guida dopo 17 mesi. E allora?

Sospetto che dietro questa piccolezza si nasconda molto di più.

E non riguarda necessariamente me. Voglio dire, io non mi arrabbio se mi ritrovo davanti un Apino che va a trenta all'ora. Quello è un Apino, magari carico di rottami ferrosi, se anche alla guida ci fosse Verstappen, sempre a trenta andrebbe. Ma l'omino a ventisette all'ora in mezzo alla strada no, è un'altra cosa.

È il comportamento di chi non si rende conto che esistono anche gli altri. Mi viene in mente il vecchio prof di Virgilio, che dopo essere andato in pensione ha brigato per ottenere un contratto di assistenza alla didattica part-time e continuava a presentarsi ogni giorno in dipartimento, nell'ampio e luminoso studio che aveva occupato per centosei anni mentre intanto c'era gente che teneva il computer sulle ginocchia. Insomma, mancano di rispetto ad altri a cui come minimo hanno rubato tempo.

Lo so, sono fissata col tempo. È che il tempo non lo puoi spostare. È veramente l'unica grandezza che è uguale per tutti. Puoi accumulare ricchezze, puoi costruirti una casa enorme, ma non puoi accumulare tempo. Scorre giorno per giorno, quello hai e devi farci entrare tutto ciò che vuoi e che devi fare. E l'inizio di solito è rinunciare a qualcosa. Capire subito che quella cosa che vorresti tanto fare non ci entrerà mai nella tua giornata, è troppo grossa o ha una forma troppo strana, e il resto non ci starebbe mai. Per cui, quando qualcuno si prende il suo tempo con placida calma senza pensare che esistono anche gli altri, per esempio andando a ottanta metri all'ora in automobile, mi incavolo. Lo so che esagero, ma cercate di capirmi: sono praticamente ferma, a parte il piede destro che tremola ho solo il mio cervello con cui giocare, una giustificazione logica al fatto di essermi arrabbiata devo pur trovarla.

Anche perché non voglio ammettere che lo conosco, il motivo per cui sono inquieta. Michela, Michela, ti voglio bene, ma accidenti a te.

Per fortuna, dopo qualche minuto il puntosauro rallentò ulteriormente e parcheggiò, rigorosamente senza mettere la freccia, esattamente davanti al circolino delle bocce, mentre la mia fiducia nel genere umano era scesa di qualche altro angstrom – se non sapete a quanti metri corrisponde è la volta buona che imparate qualcosa anche senza «Settimana Enigmistica». Riuscii ad assumere una velocità adeguata per un veicolo a motore, e nel giro di due minuti ero davanti alla scuola. Vidi Cosimo appoggiato all'automobile, con la sigaretta quasi finita.

– Oh, Cosimo. Com'è?

Cosimo dette un'ultima tirata alla sigaretta e la spense sotto la scarpa, sul marciapiede. Tranquilli, non sono così maniaca da raccattare le cicche per terra. Cioè, lo sarei, ma riesco a trattenermi.

– Di legno. Senti, io posso rimanere solo per la prima parte della discussione, dopo quando iniziano le varie ed eventuali a un certo punto me ne devo andare, ho un tiorbista che viene da Firenze. Te rimani fino in fondo?

– Io pensavo di sì. A una cert'ora vado via anch'io perché poi devo andare dal figliolo di Giulia a fargli un po' di ripetizione, ma fino a quel momento...

Cosimo annuì.

– Eh, se ce la fai è meglio. Qualcuno vivo e verticale che è in grado di reagire.

– L'importante è che ci sia la madre superiora. A volte, lo sai, i consigli spinosi tende a dribblarli un po'...

– C'è, c'è. L'ho vista qualche minuto fa in cortile. Ho visto anche qualcun altro.

– Qualcun altro?

– Eh. Non so chi t'abbia interrogato a te, a me m'ha sentito una tipa alta uno e novanta con una ghigna da arricciolare i picconi.

Presi un bel respirone.

– Sissì, lei. Quella lì. Si chiama Stelea.

Cosimo allargò le braccia.

– Come si chiama si chiama, era qui fino a cinque minuti fa.

– Allora, innanzitutto prima di aprire il consiglio vi porto i saluti di suor Remedios. La nostra consorella era molto affezionata al povero professor Caroselli, e la sua scomparsa è stata un duro colpo per lei. Con il permesso di monsignor Bombelli, abbiamo pensato di destinarla in altra sede. Vi porto i suoi saluti e i suoi migliori auguri, e vi invito a pregare per lei.

Il che era curioso, perché la donna non sembrava avere il tono di voce di chi porta i saluti di qualcuno. A meno che quel qualcuno non fosse un boss della camorra. A volte, come vi dicevo, la donna poteva essere cortese o glaciale. In quel momento era decisamente glaciale.

Però, perlomeno, riuscì a distogliermi dal mio problema principale, che era: come cavolo ha fatto Corinna ad entrare nel convento? Ci è venuta di propria iniziativa? O ha parlato di nuovo col magistrato e l'ha convinta? Magari ci è riuscita proprio grazie a quello che le avevamo detto noi?

Suor Fuentes si sedette e chiuse un attimo gli occhi. La parte più difficile stava ancora per arrivare.

– Come sapete – esordì – questo consiglio è stato convocato per discutere nello specifico di alcuni punti all'ordine del giorno riguardanti gli studenti e non solo. A questo scopo, il primo punto riguarderebbe la sostituzione del professor Caroselli.

Suor Fuentes girò lo sguardo obliquo tutto intorno. Il resto del consiglio di istituto (io, Cosimo, altri quattro genitori, sei docenti, suor Chuck Norris in qualità di personale tecnico-amministrativo) subì quell'esame nel più assoluto silenzio.

– Come sapete, in questa scuola non abbiamo mai considerato gli allievi, i ragazzi, come risorse umane. Abbiamo sempre pensato al loro bene, al loro e a quello delle loro famiglie. Per questo motivo vorrei potermi dedicare ai problemi dei ragazzi e dei loro professori con la mente lucida e sgombra da altre questioni che si sono addensate nei nostri cuori, e ora riempiono la nostra mente di sospetti. Entonce, quindi, vi chiederei se preferite affrontare prima le questioni extrascolastiche e in seguito quelle prettamente didattiche.

Mi sistemai meglio sulla sedia. Come avevo imparato con l'esperienza, quando suor Fuentes si lasciava scappare qualche parola in spagnolo, significava che non cercava di mantenere le distanze, ma stava tentando di trattenersi.

Cosimo si guardò intorno. Io e gli altri annuimmo, brevemente.

– Va bene, noi siamo d'accordo – disse Cosimo. Prese il foglio che aveva davanti a sé, su cui aveva scritto due soli punti. – Allora, a nome dei rappresentanti degli studenti qui presenti...

– Mi perdoni, signor Scuderi – disse suor Fuentes. –
Essendo io facente funzione del dirigente scolastico, è
mia prerogativa di iniziare la discussione.

– Senza dubbio – disse Cosimo. – Ma dato che il punto riguarda le richieste dei genitori...

– Ci arriveremo. Prima di tutto, devo fare una comunicazione. È molto importante avere la fiducia dei
genitori dei nostri ragazzi. Un bambino, una bambina,
dei ragazzi di questa età si devono sentire al sicuro. Se
non si sente al sicuro, il fanciullo non apprende.

Era la prima volta nel corso del millennio che sentivo usare la parola «fanciullo». Ma il discorso di suor
Fuentes sembrava molto più presente delle sue parole.

– Per potersi sentire al sicuro, il bambino si deve fidare. E deve essere inserito in un ambiente in cui ci si fi-
da l'uno dell'altro, reciprocamente. Se viene meno questa fiducia, dei genitori verso gli insegnanti, degli insegnanti nei nostri confronti, di voi nei nostri confronti,
si rompe questa sicurezza. Solo per questo sto per dirvi
quanto sto per dirvi –. La suora giunse le mani con le dita incrociate, ma non aveva alcuna intenzione di pregare per qualcuno, anzi. – Ci sono pervenute delle voci che
sostengono che alcuni di noi abbiano avuto un comportamento inappropriato. E vorrei mettere a tacere queste
voci. Non ho altro modo per farlo che non diffondere
informazioni personali riservate. Con il permesso dei di-
retti interessati, i quali non sono al momento presenti.

Suor Fuentes Maradiaga girò intorno uno sguardo che
per fortuna mi toccò appena. Un secondo, ma un secondo in cui mi sentii parecchio a disagio.

– Ho finito di parlare pochi minuti fa con il sovrintendente Stelea, la quale si occupa del caso, e che con estrema delicatezza mi ha riferito di queste voci che alcuni genitori, con malizia, hanno diffuso, riguardo alla nostra sorella Blanca e al nostro amato coadiutore, padre Gonzalo.

Bene, probabilmente avevo avuto la risposta alla mia domanda. Stelea va da pm, pm ascolta Stelea, pm decide di agire. Il tutto sulla base delle sommarie informazioni riportate dalla ditta Martini&C.

Rimasi immobile, con la mano sulla bocca, mentre mi accarezzavo la guancia con le dita della stessa mano e cercavo di assumere uno sguardo di assoluta disapprovazione mista a una punta di incredulità sul fatto che esistessero persone così meschine.

– Nostra sorella Blanca si è dovuta assentare per sei mesi, nel corso di questo anno, per assistere il padre, malato gravemente. Ho accordato personalmente il permesso e mi sono occupata di organizzare il viaggio per sollevare la nostra consorella da questo ulteriore peso. Chi lo desidera può controllare i documenti in mio possesso riguardo al viaggio e alla permanenza di suor Blanca, compreso l'atto di morte del padre, che ha reso l'anima a Nostro Signore il giorno quattordici di agosto, presso l'ospedale di San Pedro Sula, in Honduras.

La madre superiora stese le dita senza separarle, e poi le aprì verso l'alto, con i mignoli e gli anulari che restarono incastrati fra loro.

– In un altro ospedale, in Versilia, due anni e mezzo fa, il nostro coadiutore padre Gonzalo è stato sottoposto a un intervento chirurgico per la rimozione di un tumore alla prostata. Come spesso disgraziatamente capita, l'intervento è stato molto invasivo, e ha avuto conseguenze. Anche in questo caso, su diretta approvazione dell'interessato, sono in grado di mostrare una esaustiva documentazione.

Ho capito. Padre Gonzalo può essere padre solo per la chiesa. Se di un documento di un ospedale in Honduras posso fidarmi o non fidarmi, sulla parola di un oncologo della Versilia direi che posso mettere la mano sul fuoco.

– La ringrazio per le sue parole, suor Fuentes. Non ho motivo di dubitare delle sue argomentazioni né della sua sincerità – rispose Cosimo, con una serietà che secondo me voleva dire tutto il contrario. – A questo punto, sempre a nome dei rappresentanti degli studenti, mi sento in obbligo di condividere con lei altre voci che circolano in paese riguardo alla vita del convento, e spero che vorrà rispondere con altrettanta sincerità.

– Spero che il Signore mi darà la forza – rispose la madre superiora, col tono di chi si augura che il Signore ci strafulmini tutti. Adesso, veramente, sembrava Charles Bronson. Ma nella scena finale, quella del duello.

Io, intanto, guardavo Cosimo. Ho sempre avuto stima delle persone che riescono a dire sul muso agli altri le cose in maniera così diretta. Se lo avessi dovuto fare io, avrei avuto bisogno di mezza bottiglia di whisky prima e dell'altra mezza dopo. D'altra parte, stavo male per la suora. Anche se sapevo che stava nascondendo qualcosa.

– Ecco, abbiamo fondato motivo di credere che all'interno del convento qualcuno possieda un fucile –. Cosimo alzò lo sguardo dal foglio, come uno che legge il telegiornale e si ferma per fare un commento. – La cosa le risulta?

Suor Fuentes sorrise.

– Certo. È mio.

– Non è facile la vita che ho scelto. Soprattutto, non è facile riuscire sempre a comportarsi come il mio ministero richiede. Ognuno di noi cerca di sfogarsi come meglio può, sempre nei limiti di quello che il nostro ruolo impone. Io non ho un carattere calmo, e non sopporto le ingiustizie. E spesso mi arrabbio.

La madre superiora stava parlando con calma, le mani appoggiate sul grande calendario da scrivania che le faceva da blocco per appunti. Intorno, il silenzio più assoluto.

– Anni fa, poco dopo il mio arrivo in Italia, ho avuto grossi problemi con la mia rabbia. Al mio mentore spirituale, don José Cuarén, l'arcivescovo, che Dio lo riposi nella sua pietà, chiesi come facesse a non arrabbiarsi mai. E lui mi sorrise e mi disse: io mi arrabbio, sorella, Dio solo sa quanto mi arrabbio. Siete voi che non vedete quando succede. E come fa? Allora, sempre sorridendo, chiamò il suo segretario, don Fernando, gli disse di preparare l'automobile e di portarci «nel posto speciale».

La suora strinse lievemente le labbra, come se assaporasse un ricordo agrodolce e si chiedesse se era il caso di condividerlo con altri.

– Salimmo in auto. Don José sorrideva e mi parlava, mi chiedeva del convento, della sua organizzazione. Arrivammo, e scendemmo. Eravamo di fronte a un edificio che io mai ne avevo visto uno così. Sembrava una nave interrata. Dove siamo, padre? chiesi. Siamo al poligono di tiro. Questa è una fossa olimpica. Venga, sorella.

La madre superiora sorrise. Sembrava un bambino, un bambino bruttino ma felice, che ricordava l'estate passata con gli amici a giocare nei campi.

– Non avevo mai preso in mano un fucile in vita mia. Don José lo caricò, me lo mise in braccio, e si mise dietro di me, come un padre col figlio. Mi disse quello che sarebbe successo, di fare attenzione alla spalla, poi disse «pull!», in inglese. Partì un piatto da lì vicino. Don José lo seguì e sparò. Sentii una specie di pugno sulla spalla, e il piatto si sbriciolò in una nuvoletta arancione. Rimase in aria, sospesa, come fumo.

Suor Fuentes mimò il piattello che si disperdeva in aria, con le dita di entrambe le mani che si muovevano.

– Rimanemmo un'ora nella fossa. E tornai al monastero con le guance in fiamme. Non riuscivo a togliermi dalla testa e dal petto le sensazioni di quella giornata. Don José già non stava bene. Sei mesi dopo, tornò alla casa del Padre. E il suo segretario mi portò il suo lascito. Era un fucile, con un biglietto. «Per dare alla rabbia la giusta direzione», c'era scritto.

La suora mi guardò, sorridendo, come se in me avesse trovato una complice. E, sia chiaro, in quel momento lo ero. Anzi, ero quasi ammirata.

Sapevo che tra le suore si possono trovare persone di ogni genere. Da suor Michael Stimson – giuro, il nome da suora era Michael – che sviluppò la tecnica per studiare il DNA con la spettroscopia infrarossa, a Kate Corrigan, una suora cintura nera di karate che gira la Tanzania in moto per distribuire preservativi e farmaci per l'HIV. Però ero convinta che si trovassero soprattutto in prima linea nelle più remote pieghe del mondo, non a Ponte San Giacomo. Oppure la mia convinzione che Ponte San Giacomo fosse nella civiltà era completamente sbagliata. Dovessi dire, gli avvenimenti dell'ultima settimana avrebbero dovuto farmi venire dei dubbi.

– Da allora, tutti i giovedì vado al poligono. Non qui, nella provincia accanto. Sono regolarmente iscritta. Non sono un fenomeno, ma me la cavo. Su cinquanta piattelli, ne faccio sempre più di trenta. E soprattutto, mi sfogo. E quando mi arrabbio, quando mi viene da perdere la pazienza, penso al giovedì che sta arrivando, e mi basta quello per calmarmi.

– Ma non è pericoloso tenere un fucile così, non custodito? – chiese il professor Ceccarelli.

– Solo tengo il fucile – disse la madre superiora, facendo di no con la testa. – Le munizioni le prendo al poligono. Parto con l'arma scarica e torno con l'arma scarica. Non posso tenere le munizioni. La legge non me lo consente.

Io e Cosimo ci guardammo. Altro che Charles Bronson, questa era suor Clint Eastwood.

– Allora, in merito al nuovo maestro di musica, per il momento farà da supplente la professoressa Fumaioli – stava dicendo suor Chuck Norris. – È l'unica soluzione che riusciamo a trovare. Questo...

Allungai la mano verso il cellulare, che aveva blippato. Due messaggi.

AUTOVIRGILIO
Pargolo Pietro recapitato presso dimora Zandegù. Ce lo ridanno alle 8. Vado fare spesa con Martino. Serve altro, oltre a n. 6 latte di olio arachidi?

Cominciai a prendere il cellulare a polliciate.

Affermativo. Uova, carotacipollasedano, finocchi, pomodori. Pciù.

Andai sul secondo messaggio.

CLARISSA

Una mia compagna di università. Ci eravamo scambiate il numero anni prima, non mi ricordavo nemmeno di essermelo segnato.

Mio figlio si è laureato ieri. Mi sembra che tu conosca il presidente di commissione...

Non ebbi il tempo di ragionare sul fatto che una mia coetanea aveva un figlio in età da laurea, e il mio primogenito andava in prima media, perché al messaggio c'era allegata una foto. Un ragazzo alto, orgoglioso e sorridente con in testa una corona d'alloro. Ma la corona d'alloro non era il particolare più fastidioso della foto. No, quello più raccapricciante era il presidente di commissione, un uomo di cinquant'anni quasi completamente pelato ma con i capelli residui raccolti in un codino. E mentre tutti gli altri erano in giacca e cravatta, lui aveva addosso la maglietta di Akira.

Fai i complimenti a tuo figlio. Tu fai le condoglianze a me.
Stasera probabilmente sarò vedova. Nel senso che Virgilio con quella maglietta ce lo strangolo.
Un bacione!

Posai il cellulare, con lo schermo in basso.
– ... adesso, siccome la professoressa Fumaioli ha già altre tre classi, dovremo in qualche modo risistemare l'orario... – disse suor Fuentes, guardandomi speranzosa.
Sospirai, ma nemmeno troppo. Ormai lo sapevano tutti che ero quella degli orari, quella che li spostava come se fossero le caselline del gioco del quindici e li rimetteva a posto. E tutto sommato mi andava bene così. Perlomeno era qualcosa che sapevo fare, su cui potevo giungere a un risultato.
Sì, perché la cosa sulla quale mi grattavo il cervello

da un'ora abbondante non riuscivo a spiegarmela in nessun modo.

Come aveva fatto, Corinna, a farsi dare il permesso dal pubblico ministero?

È venuto fuori qualcos'altro che noi non sappiamo ancora?

Oppure lo aveva sempre avuto, il permesso, e con noi aveva usato solo un truccaccio per farci parlare?

Articolo 248

1. *Se attraverso la perquisizione si ricerca una cosa determinata, l'autorità giudiziaria può invitare a consegnarla. Se la cosa è presentata, non si procede alla perquisizione, salvo che si ritenga utile procedervi per la completezza delle indagini.*

Una dote fondamentale per un buon poliziotto è riuscire a sfruttare l'unica possibilità che hai per agire.

Nei film d'azione questo significa capire che, in una banca dove dei rapinatori tengono sequestrate centosei persone, l'unica via non sorvegliata dai criminali sono le tubature dei bagni, e quindi il solo modo per irrompere nel caveau di sorpresa è travestirsi da fecaloma e risalire le tubature al contrario per poi uscire di nascosto dal cesso e sgominare la banda di canaglie.

Nella realtà, quello che puoi fare è rompere i coglioni al tuo diretto superiore finché non ti fa fare come vuoi, non tanto perché pensa che tu abbia ragione, quanto perché tu per lo meno smetta di assillarlo. Che era esattamente quello che aveva intenzione di fare Corinna.

Per questo motivo, quella stessa mattina di mercoledì, appena arrivata in questura, Corinna si era diretta verso l'ufficio della magistrata e aveva chiesto di essere ricevuta. La dottoressa Pistocchi è impegnata con qualcuno? Capisco. Attenderò qui. No, la ringrazio, preferisco rimanere qui. No, non ha capito, appena qualcuno esce da quella porta entro io. A costo di dormire sul pianerottolo.

La tattica di Corinna era, per prima cosa, di riferirle il colloquio avuto con il caro Zandegù Aurelio, il quale giurava e sottoscriveva di aver visto un fucile nelle stanze della Casa di Procura Missionaria, quindi ricordarle l'esistenza del Decreto Legislativo 8 giugno 1992 n. 306, poi convertito in Legge il dì 7 agosto 1992, n. 356:

Gli ufficiali di polizia giudiziaria possono procedere a perquisizioni locali di interi edifici o blocchi di edifici dove abbiano fondato motivo di ritenere che si trovino armi, munizioni o esplosivi.

A quel punto la pm avrebbe dovuto spiegare a Corinna per quale motivo non voleva che la suddetta entrasse nei locali del convento. Corinna, infatti, non intendeva entrare nei locali della C. P. M. senza il beneplacito del P. M., perché a quel punto avrebbe potuto effettuare la perquisizione ma al tempo stesso avrebbe avuto lei stessa dei P. M. (intesi come «problemi macroscopici») a proseguire l'indagine, visto e considerato che la dottoressa Pistocchi restava pur sempre il magistrato titolare.

Il problema era che entrare in un convento, pur se in teoria consentito, non era facile. In Italia, come anche scritto nella Costituzione, vige il principio di uguale tutela delle confessioni religiose: in teoria, tutte le religioni sono uguali di fronte alla legge. In pratica, Corinna si ricordava ancora del proprio stupore nello scoprire che avrebbe dovuto, da allievo poliziotto, salutare anche il Papa come se fosse un'alta carica dello Stato.

Le cose, negli anni, non erano cambiate di molto.

Opinione della quale Corinna era fermamente convinta, e che si rafforzò ulteriormente quando vide la porta della magistrata aprirsi, e uscirne un prete.

– Allora grazie, don Valerio, e mi saluti Sua Eminenza. Venga, Stelea, venga. Si accomodi.

– Grazie – disse Corinna entrando.

È sicura che può ricevermi? Non ci sono altri rappresentanti del culto da considerare prima di me? Nemmeno un sagrestano?

– Allora, Stelea, innanzitutto lasci che le spieghi che la persona che è appena uscita era don Valerio Salcetti, il segretario dell'arcivescovo.

È venuto a costituirsi? Appropriazione indebita? Del resto, se uno si è fatto prete e svolge la sua missione spirituale aprendo la posta di un altro prete, non vedo quale altra interpretazione dare al suo stipendio, sicuramente maggiore del mio. Ma transeat.

Tutte queste osservazioni sorsero e tramontarono nella mente di Corinna senza avere la minima possibilità di concretizzarsi in parola. Il sovrintendente Stelea non aveva intenzione di iniziare l'incontro con la dottoressa Pistocchi irritandola direttamente.

– Sua Eminenza avrebbe voluto incontrarci personalmente, ma i suoi impegni purtroppo glielo hanno impedito.

Spero che non dobbiamo aspettarlo per incominciare, fu l'ultimo pensiero di Corinna prima di lasciare spa-

zio al sovrintendente Stelea. In effetti, il lavoro inizia-
va ad avere una certa urgenza. Secondo le statistiche
ufficiali, più del 90% dei delitti contro la persona vengono risolti nel giro di 48 ore; se all'interno di questo
lasso di tempo non si riesce a concludere, la probabilità di arrivare a una condanna diminuisce esponenzial-
mente. Dal ritrovamento del cadavere del professor Caroselli erano passate 72 ore e un numero di minuti crescente: quindi, a meno che l'arcivescovo non fosse in
grado di far risuscitare il morto – cosa che estinguereb-
be il reato ai sensi dell'articolo 166 c. p. p. – il sovrintendente Stelea aveva motivi più che validi per esige-
re celerità.

– Ascolti, dottoressa Pistocchi, sono emersi nuovi elementi di indagine che rendono opportuna una valuta-
zione del ruolo della Casa di Procura all'interno della
morte del professor Caroselli.

– Mi dica, Stelea.

– Innanzitutto, il professore aveva avuto una discussione accesa via mail con la madre superiora...

– Suor Fuentes Maradiaga, certo.

Il sovrintendente Stelea annuì, mentre Corinna si trat-
teneva dallo scuotere la testa. Erano anni che la pm chiamava Corelli il commissario Enea Corini, che pure sarebbe stato uno della sua squadra, ma apparentemente sulla formazione del clero locale era preparatissima.

– ... sul fatto che in convento, secondo il professore, erano state introdotte delle prostitute.

E questa cosa non era una novità. Avrei potuto dir-
tela già ieri altro, se tu mi avessi lasciato parlare, testa

di zuba che non sei altro. Ma questo serve solo come approccio, perché ora ti dico anche che ho un testimone oculare che mi ha detto di aver visto un fucile. Sesso e armi da fuoco. Ci manca un po' di cocaina e poi lo stereotipo del colombiano all'estero è bell'è pronto. Ho testimoni sia sul fucile che su quell'altra cosa. Infatti, da buona poliziotta, il sovrintendente aveva cercato i nomi degli abitanti del convento nei sistemi di indagine delle varie forze di polizia, e aveva scoperto una cosa interessante.

Come in parecchi comuni, anche a Ponte San Giacomo la polizia municipale talvolta pattugliava la zona dove stazionavano le prostitute, e aveva incominciato a multare per intralcio al traffico le persone che si fermavano a valutare l'offerta. Andando a vedere i ruolini dei verbali di contestazioni, era emerso che tra i frequentatori più assidui ci fosse tale Helfand Gutierrez Gonzalo, nato a San Pedro Sula (Honduras).

Detto in termini piani, il buon padre Gonzalo era un vero e proprio recordman delle multe in zona a traffico prostituito: ben sei contravvenzioni fra le due e le tre di notte, nei quattro anni precedenti.

Dopo aver tirato fuori l'approccio peripatetico al sacerdozio di padre Gonzalo, il sovrintendente Stelea si aspettava che la pm si arroccasse in difesa, tentando di tenerla lontana con ogni mezzo dall'area, ed era pronta quindi a far entrare in campo le sue due riserve più preziose: l'esperienza dell'ex maresciallo Zandegù e i rapporti della polizia municipale di Ponte San Giacomo.

Invece la dottoressa Pistocchi alzò una mano e la mise in fuorigioco:

– Lo so. È quello di cui stavo parlando con don Valerio.

– Padre Gonzalo va spesso a parlare con queste poverette che esercitano sulla provinciale. Alcune settimane fa ha notato una giovane nuova e molto spaventata. Vanno salvate in quel momento, Stelea, quando sono ancora all'inizio e non si sono fatte la corazza che prima o poi mettono addosso tutte, per non marcire dentro il lerciume in cui si trovano.

La Pistocchi appoggiò il dorso allo schienale della poltrona. Aveva i capelli appena fatti, da parrucchiere, lisci e setosi, che contrastavano con il viso dalla pelle secca e grinzosa. Come se fosse giovane solo fino alla radice dei capelli.

– Una notte, padre Gonzalo è andato lì con un'altra auto e fingendosi un cliente ha caricato la ragazza e ci ha parlato. L'ha convinta a seguirlo in convento e le ha offerto protezione.

La pm, per la prima volta, guardò Corinna negli occhi. Eccoci. Siamo là dove la legge, da sola, non ce la fa quasi mai.

Togliere dalla strada le ragazze straniere costrette a prostituirsi non è facile. In teoria, l'articolo 18 del D. L. 286/98 prevede il rilascio del permesso di soggiorno per motivi di protezione sociale al fine di *consentire allo straniero di sottrarsi alla violenza ed ai condizionamenti dell'organizzazione criminale e di par-*

tecipare ad un programma di assistenza ed integrazione sociale.

Ovvero, non è un permesso premio se denunci i tuoi sfruttatori: non c'è bisogno di denunciare per nome e cognome le persone che ti sfruttano, basterebbe semplicemente ammettere di essere stati soggiogati da una organizzazione criminale. Ma per queste persone, «semplicemente» è solo un avverbio in una riga pensata da qualcuno al sicuro della propria scrivania.

Nella realtà, quasi nessuna di queste ragazze ammette di essere stata venduta a dei trafficanti. Parlano di «amiche», di «opportunità». La ragione, stavolta, è davvero molto semplice: paura. Non di denunciare, ma anche solo semplicemente di ammettere. Quasi sempre vengono sequestrati loro i documenti e viene fatto credere che si vendicheranno sulle famiglie se si ribellano. Queste organizzazioni sono radicate in tutta Europa e nei loro paesi di origine, per cui se una persona si ribella e va via, anche senza denunciare, ne seguono ritorsioni pesantissime. Tua sorella se ne è andata, l'avevo pagata tremila dollari, adesso me li dovete ridare voi. Vedete come.

– Dopo di che, ha telefonato a Sua Eminenza e gli ha raccontato quanto era stato fatto. E Sua Eminenza, subito dopo, ha telefonato a me –. La pm guardò di nuovo Corinna, da sotto in su (del resto era l'unico modo). – Conosco la zona in cui batteva la ragazza, e ultimamente è peggiorata. I protettori sono un gruppo di nigeriani che fanno parte della Eiye.

Corinna annuì. Capiva cosa voleva dire la pm. La Eiye era un nucleo storico della mafia nigeriana.

Avevano iniziato come confraternita universitaria, poi avevano scoperto che c'erano attività più redditizie. In Italia all'inizio gestivano il caporalato, poi avevano fatto il salto di qualità. Organizzatissimi e violenti. E assetati di potere. Mostrarsi deboli era un errore da evitare. Se avessero saputo che una loro protetta era in un convento in cui l'essere umano più minaccioso era un prete col capello impomatato, non era improbabile che potessero decidere di, si fa per dire, liberarla. O di punire il convento. O entrambe le cose.

– Lei capisce, Stelea, che mi trovavo fra l'incudine e il martello. Salvare queste ragazze non è facile. La cosa migliore, la più efficace, è farle sparire. Ma in questo caso la cosa importante era non farla ritrovare, per i giorni sufficienti a trovare una casa famiglia in grado di accoglierla. Facendo entrare lei e i suoi uomini in convento avevo paura di metterla sotto i riflettori.

– Non è la prima volta che il convento ospita ragazze in protezione, vero?

– No. Non lo è. E magari non sarà l'ultima. Per questo ci serve mantenere un basso profilo. Questa organizzazione ha orecchie ovunque. Capisce?

Corinna si guardò i piedi. Sì, per capire capiva. Ma cavolo, lei era un ufficiale di polizia giudiziaria, non una comare della corte. Non avrebbe potuto dirglielo, invece di fare la sceneggiata QuiComandoIoQuestoÈL'UfficioMio?

– La ragazza stamattina è stata portata in una casa famiglia lontano da qui. Questo era venuto a dirmi don

Valerio. Da adesso, lei può entrare nel convento, fare tutte le domande che vuole, perquisire e prelevare campioni alle ospiti della congregazione.

– Però non potrò parlare con questa ragazza – disse Corinna, guardando la dottoressa Pistocchi dritto negli occhi. La pm scosse la testa.

– La ragazza non c'entra niente con questa storiaccia. Si fidi.

Si fidi. Perché dovrei, visto che lei non si è fidata di me?

– Pensavo di prelevare campioni per l'esame genetico a Bernardo Raspi – disse Corinna, facendo cadere le parole sul piano della scrivania come se fossero cubetti di ghiaccio. – Crede di poter disporre il prelievo?

– Telefono subito al gip.

– Si chiamava Ayotunde. Il cognome non lo so. Parlava solo inglese, e io non so l'inglese. Noi la chiamavamo suor Remedios, che in spagnolo significa «cure». È un nome dedicato alla Madonna, Nuestra Señora de los Remedios. Sempre quando ospitiamo una di queste ragazze le diamo questo nome. Così non c'è bisogno di aggiungere altro, e le consorelle capiscono.

– È stata molto qui?

– Quasi un mese. Non è stato facile, dovevamo trovare una casa famiglia adatta che potesse ospitarla, ma ora come ora, con le nuove norme, è difficilissimo trovare spazio.

Corinna e suor Fuentes erano nel cortile, e parlavano camminando, mentre un vento ostile sembrava volerle convincere a tornare dentro. Ma a Corinna stare fuori non dispiaceva, e anche la madre superiora non accennava a volersi rintanare di nuovo.

– Qualcuno qui ci parlava?

Suor Fuentes annuì, piano. Ovvio, Corinna lo sapeva già, ma quella era una tecnica elementare. Per sapere se puoi fidarti di qualcuno, inizia a fare domande di cui conosci la risposta.

– Padre Gonzalo. E il povero professor Caroselli, che Dio lo abbia nella sua gloria.

– E il professore le aveva mai parlato di quello che si dicevano?

– Una storia triste. Come tutte. Proviene dal delta del Niger. Un amico di famiglia le aveva detto che sarebbe venuta in Italia a fare la cameriera, e lei ci ha creduto. Invece è stata venduta. Nigeria, Niger, Libia, Italia. L'hanno fatta scappare dal centro di accoglienza e l'hanno ripresa. Era qua da un mese.

– Come siete riusciti a convincerla?

– Padre Gonzalo l'ha vista. Si vedono, quelle che potrebbero ascoltare.

– Ma non aveva paura per la sua famiglia?

– Paura? No.

Fecero ancora qualche passo in silenzio. Se fossimo in una storia romantica, il vento a questo punto si sarebbe fermato, per dare maggiore risalto alle parole della suora. Invece, siccome siamo nella realtà, il vento continuava, invisibile e incessante.

– A quanto ho capito, lei davvero era convinta di venire qui a fare la cameriera. La famiglia no, lo sapeva. Ci aveva parlato, al telefono, da quando era qui. La facevano sentire in colpa. Abbiamo speso soldi per mandarti via, le dicevano, e adesso tu ci devi ripagare.

– È disumano.

– Niente di quello che fanno gli uomini è disumano. Adesso, mi diceva, con chi vorrebbe parlare, nel convento?

– Prima avrei bisogno di chiederle un altro paio di cose.

– A sua disposizione.

– Dove lo tiene, il fucile?

La suora guardò Corinna con aria vagamente sorpresa.

– Ho trovato la registrazione di un porto d'armi per uso sportivo a suo nome – spiegò Corinna. Non era il caso di coinvolgere l'ex maresciallo Zandegù Aurelio, se non era strettamente necessario.

– Capisco. È al sicuro, nel mio armadio, nella mia stanza. Come saprà, non posso detenere le munizioni.

– È sempre stato lì?

– Sempre lo ho tenuto lì. Vuole che glielo mostri?

Corinna fece cenno di no. Allora anche le suore dicono le bugie. Poteva essere comprensibile data la situazione, ma era comunque una bugia.

– Dopo, grazie. Adesso avrei bisogno di parlare con Bernardo Raspi.

Una mezz'ora dopo, Corinna era da sola nella stanzetta di Bernardo. I trenta minuti precedenti erano serviti per un colloquio, si fa per dire, con il tuttofare del convento, che si era dimostrato collaborativo anche se vistosamente triste.

– Come mai è così triste?

– Perché son solo. Son sempre solo.

– Ma qui è pieno di persone che le vogliono bene.

– Non son perzone. Sono sòre.

Poche battute per capire poche cose. Che Bernardo aveva un'intelligenza limitata, tanto che non si era nemmeno spaventato quando Corinna gli aveva detto che doveva passargli il tampone per prelevare un campione biologico.

– Già fatto il tampone. L'anno scorso. Ero negativo.

– Lo so, ma dobbiamo rifarlo.

– Ma nel naso?

– No, Bernardo, dentro la gota.

– Aaah... – Bernardo si era rilassato. – No, perché nel naso fa male. Frizza.

E adesso eccoci lì, nella baracca attaccata al convento dove viveva Bernardo. Che in realtà era una stanza sola, in condizioni misere ma non pietose. Probabilmente, le suorine gli davano una robusta pulita ogni tanto.

Corinna vide delle scatole, sotto al letto. Si chinò, ne prese una e la aprì.

Bernardo raccoglie di tutto, le aveva detto suor Fuentes. Non ha idea di cosa gli troviamo nelle tasche, a volte.

Ecco, ora ne aveva idea. Legnetti, di varie dimensioni, tutti fatti a forcella. Un coltellino svizzero, vecchio e male in arnese. Corinna lo aprì e saggiò la lama col pollice. Era affilatissima. Se lo poteva quasi vedere davanti, Bernardo, mentre passava e ripassava la lama sul muro mentre immaginava di affrontare chissà quale cattivo. Bossoli di cartucce, esplosi, lasciati lì da qualche cacciatore meno ecologista del Caroselli. Quella scatola doveva essere l'arsenale. Fionde, coltelli e munizioni. Era possibile che avesse trovato qualche bossolo ancora carico? Carico e che entrava nel fucile di suor Fuentes? Improbabile, ma non impossibile, forse.

E in quest'altra scatola? Corinna allungò la mano sotto al letto e sentì la carta fra le dita. Giornalini porno? Ma no, quelli hanno la carta lucida. E poi questi sono libri. Libri?

Corinna tirò fuori la scatola. La faccia di Sean Connery la guardò beffarda da una copertina giallo limone: *007, dalla Russia con amore.*

– Li legge in continuazione – disse suor Fuentes. – Li legge e li rilegge. E ha visto tutti i film, li sa a memoria. Quelli con Sean Connery, gli altri non gli piacciono. Dice che quello non è 007 ma una spia che gli ha rubato il posto.

– Però. Ha una sua logica.

– Per certi versi, sì. Per altri, è come un bambino.

– Con Caroselli andava d'accordo?

– Non si incrociavano. Diciamo che Caroselli forse non si rendeva nemmeno conto che Bernardo esistesse.

– Ma il professore passava molto tempo qui?

– Parecchio, sì. La mattina insegnava. Il pomeriggio

faceva i laboratori di musica ai ragazzi, tutto all'interno di questa scuola.

– Da quanti anni lavorava qui?

– Da quattro... no, cinque anni. Ogni anno lo richiamavamo. Poi è entrato stabilmente in ruolo.

– A lei stava simpatico?

Suor Fuentes scosse la testa, in modo lento ma netto.

– Simpatico? No, non mi era simpatico. Era molto presuntuoso, Dio mi perdoni.

– Allora perché lo chiamavate ogni anno?

Suor Fuentes aprì le mani, con i palmi in alto.

– Perché era bravo. Insegnava benissimo. Lavorava molto. Era severo, ma giusto. I ragazzi lo adoravano.

Dieci

– Ma perché?

– È un po' complicato da spiegare. Gli elettroni sono particelle a spin semintero, cioè obbediscono alla statistica di Fermi...

Alessio, il figlio di Giulia, mi guardò come chiedendomi se davvero credessi di essere stata comprensibile, o quantomeno utile. Del resto, lui era stato chiaro anche troppo: siamo qui perché se prendo anche solo un'insufficienza babbo non mi manda in settimana bianca. Qualsiasi risultato superiore al sei è solo una perdita di tempo.

– Insomma, a te per ora basta sapere che ogni elettrone può occupare un singolo stato quantico.

Alessio si tolse dalla bocca una penna che sembrava un giocattolo per il cane, da quanto era stata mordicchiata. Dal collo in giù, il figlio di Giulia era un uomo fatto e finito, in forma perfetta e senza un filo di grasso. All'ultimo piano, la faccia era ancora da adolescente, con un'espressione a metà tra il disincantato e il rincoglionito. D'altronde, si sa, nei maschi la crescita parte dai piedi (Pietro, a dodici anni appena compiuti, era alto un metro e cinquanta e portava il quarantadue) e per arrivare alla testa ci mette un po'. La maggior parte delle volte, è perché si ferma in mezzo.

– Ma mi hai appena detto che in ogni orbitale ce ne stanno due...

– Uno a spin su e uno a spin giù. È un po' come una strada a doppio senso, in ogni strada ci possono stare due automobili affiancate, una in un verso e una in un altro –. Misi le mani stese davanti al petto, una accanto all'altra, la destra con le dita in su e la sinistra all'opposto. Sono sempre stata brava a trovare esempi perfetti per le cose ovvie. – Invece i fotoni, le particelle di luce, sono come le biciclette, possono stare affiancate in quante cavolo vogliono nella stessa direzione. Però le biciclette, a differenza dei fotoni, rompono una parte del corpo che ci fa rima. E il povero automobilista ligio alle regole sta zitto e subisce.

– Ho capito. Fermioni, uno per ogni stato. Fotoni, tutti insieme appassionatamente –. Alessio annuì, come si fa quando vuoi convincere quella che ti fa ripetizioni che hai capito perfettamente e adesso non ne puoi più, né di lei né della meccanica quantistica. – E comunque, Serena, guarda che si può stare affiancati in due biciclette su una strada extraurbana. A norma di legge. Lo dice il codice della strada.

– Allora il codice della strada è sbagliato.

– E chi lo dice?

– La fisica. Il maggior momento d'inerzia di una qualsiasi automobile permette di tirare sotto tutti e due –. Mi alzai, visto che ormai era evidente che ad Alessio prudeva la seggiola sotto i jeans, e anche io avevo cose da fare. – Scherzi a parte, questa roba per come ve la propinano è solo da mandare giù a memoria. Se tu andassi un po' meno in bicicletta e studiassi un gocciolino di più...

– Seeee, non ci vado quasi più in bici... – disse il presunto adulto. – Due giorni a settimana, nemmeno quattro ore alla volta. È come non andarci.

Pensai per un attimo a quanto mi ci sarebbe voluto per riprendermi da quattro ore in bici. Una settimana intera forse sarebbe bastata per provare a scendere dal letto.

– E la domenica? Con quelli della questura?

Alessio scosse la testa.

– Seeee, la questura... – disse, senza guardarmi. – Babbo mi fonde la bici e ci fa una catena per rinchiudemmi in stanza.

– Figurati – dissi, prendendo la borsa e avviandomi verso la porta. – Mica è ferro, è alluminio. Leggero, flessibile. Che cosa vuoi che sia? La rompi coi denti.

– Proprio... oh, grazie, eh. Davvero.

– Ma figurati. Anzi, grazie a te.

Quando arrivai a casa non ero così stanca come mi aspettavo.

Ci sono giornate, sempre più frequenti da quando la mia età finisce in -anta, che arrivo a preparare la cena e mi sento già un polpo lesso di mio. Quella sera, invece, nonostante i vari ostacoli programmati o scesi dal cielo, ero piuttosto pimpante. O forse era la constatazione che, finché Pietro e Martino erano ancora piccoli, certi problemi tardoadolescenziali come quelli di Alessio non mi riguardavano. Insomma, il mio stato d'animo al rientro era piuttosto positivo. Una di quelle sensazioni che, lo sapete anche voi, non è destinata a durare.

Infatti, riuscii a irritarmi ancora prima di entrare in casa. Come è possibile? Molto semplice. Basta inserire la chiave, girare e rendersi conto che tuo marito si è chiuso la porta alle spalle senza dare nemmeno un giro alla serratura. Come fa tre volte su due, se vi ricordate. Spero che almeno voi ve lo ricordiate, visto che lui non lo fa mai. Sono anni che glielo dico, sono anni che mi ci incazzo, e sono anni che la cosa lo pettina.

Entrai in casa bofonchiando. Dico, stiamo parlando di una persona che ha una laurea, un dottorato di ricerca, un centinaio di pubblicazioni su riviste scientifiche di tutto il mondo e un paio di brevetti. Non dovrebbe essere difficile da capire. O da tenere a mente. Ricorda a memoria qualcosa come le prime cinquecento cifre di pi greco, e non si ricorda di chiudere a chiave casa?

Che poi, sono sempre le stesse cose. Sempre le stesse. La porta di casa. Il frigo aperto. La lavatrice riempita e non mandata. Non è che lo fa con malizia, o per menefreghismo. Semplicemente, nel tragitto fra l'entrata e l'uscita succede qualcosa che lo distrae. Gli viene qualcosa in mente, oppure lo chiama qualcuno al telefono, e il caro vecchio mondo reale, quel trascurabile aggregato di atomi e molecole dalla massa totale di svariati miliardi di miliardi di tonnellate, semplicemente scompare. E io mi ritrovo con un'altra cosa a cui dover pensare. O, se ha lasciato aperto il frigo, da asciugare.

Tirai su col naso. Quello non era odore di frigo. Non di cibo, di sicuro. Era come se si fosse rotta una bottiglietta di deodorante. Il deodorante per ambienti che uso in bagno. Oddio, che casino ha stampato stavolta?

Mi guardai intorno, ma sembrava tutto a posto. No, non tutto a posto. La porta-finestra di cucina era aperta. Per far andare via un odore? Aveva rovesciato un barile di sangue? Un bambino aveva acceso il forno con un piatto di plastica dentro?

Decisi di non pensarci. Come dicevo, le cose che si scorda Virgilio sono sempre le stesse due o tre. La porta, il frigo, il dinamico duo lavatrice-asciugatrice. Attraversai la porta-finestra e andai direttamente fuori, nella rimessa di legno, dove abbiamo la lavanderia. Gli avevo chiesto: manda la lavatrice, poi quando finisce leva la roba e mettila in asciugatrice. E infatti, eccola lì tutta la roba. Sempre in lavatrice.

Mugugnando come un marittimo genovese, aprii il portello e cominciai a scaricarla.

Quello era altro tempo perso. Tre ore e quarantasei per asciugarla, il che significava che avrei dovuto vuotarla più o meno alle dieci e mezza, cioè che mi sarei trovata a piegare panni come una scema mentre guardavo la televisione invece di godermela.

Ero lì che dipanavo e maledicevo quando mi ritrovai in mano la maglietta di Akira.

La appallottolai e la misi da parte, poi riempii l'asciu-gatrice e tornai in casa con la maglietta maledetta in mano, umida e pesante.

Non giudicatemi male per quello che stavo per fa-re. Sono sicura che voi siete brave persone e che non avete mai provato il desiderio di buttare via un capo di vestiario di un familiare, nemmeno la felpa da tos-sico di vostro figlio. Io invece, siccome sono una per-sona orribile, questo desiderio talvolta lo provo, so-lo che non ne ho mai il coraggio. O l'occasione giu-sta. Ma questa era imperdibile. Amore, l'ho messa a asciugare e si è rovinato tutto il disegno. Mi dispia-ce, so quanto ci tenevi.

Andai nello stanzino della differenziata, aprii l'in-differenziato e ce la vergai dentro con soddisfazio-ne. Poi, giusto perché non gli venisse la tentazione, decisi di chiudere i sacchetti e di metterli direttamen-te fuori.

Indifferenziato, chiuso. Carta, chiusa. Umido, si ve-de che l'aveva già vuotato lui. Me lo ricordavo molto più pieno. Forse lo ha sistemato dopo aver buttato via la causa del puzzo, qualsiasi fosse. Chissà cosa è suc-cesso. Boh.

Vabbè, facciamo finta di niente. In fondo mi sono già portata avanti con la ripicca. M come Maglietta. E poi, ormai, adattarmi è la mia specialità. Non solo la mia, dai, diciamoci la verità. Molti di noi sono un po' liquidi, tendiamo col tempo a prendere la forma del con-tenitore in cui il destino ci versa. Poi, invecchiando, ci disidratiamo, e secchiamo un po', come la vernice:

il colore è sempre quello, ma siamo meno flessibili, meno propensi a venire tolti dal nostro bel recipiente. Anche perché ci rendiamo conto che non potremo mai raggiungere il bordo da soli; magari abbiamo aspettato tutta la vita un terremoto, un qualche scossone che ci aiutasse a tracimare oltre l'orlo del secchio, e che non è mai arrivato, e tutto sommato adesso in quel recipiente ci stiamo proprio comodi. Poteva andare peggio, in fondo: magari potevano usarmi per pitturare i cessi della scuola.

– Mamma, Martino ne ha di più.

– Sono pesate con la bilancia, Pietro – risposi. – Ne avete esattamente la stessa quantità.

– Veramente 'hembrano 'i più 'e ffhue... – disse Martino.

– Quello è perché te ne sei messe in bocca una betoniera – risposi. – Lo sai come preparo le patatine, centocinquanta grammi pesati a testa.

Stasera sì, eh. Non importa se ceniamo tardi, sono due giorni che mi martellano con le patatine fritte e, dovessi dire, anche io crepavo dalla voglia. Per cui, una volta scarruffato Martino, ho delegato Virgilio alla toilette del secondogenito e mi sono messa a affettare.

– I miei non sembrano centocinquanta... – disse Virgilio.

– Quello è perché devi dimagrire, amore. Oltre che essere meno maldestro. Me lo spieghi cosa ti è successo oggi?

– In che senso?

– A parte che sei andato via senza chiudere a chiave, ma quello vabbè, son solo quindici anni che te lo dico.

– Ah, ho capito, lo so, non ho mandato l'asciugatrice...

– Quello non ti preoccupare che ci ho pensato io –. Non sai quanto. – Più che altro, cosa ti si è sversato?

– Cosa?

– Scusa, hai dato otto metri cubi di deodorante in salotto, hai cambiato il sacchetto dell'umido e hai lasciato la finestra di cucina aperta. Per cui ti chiedo: quale oggetto biologico particolarmente maleodorante hai rovesciato sul pavimento?

– Io non ho fatto niente di tutto questo.

Guardai Virgilio, mentre i bimbi continuavano a mangiare ognuno le patatine dell'altro. È vero, è distratto, ma quando lo colgo in fallo non tenta mai di nasconderlo. In più, credo che sia geneticamente incapace di mentire. Quando lo dovrebbe fare, cambia discorso.

– Come no?

– No.

Guardai verso Pietro e Martino, che si stavano minacciando con la maionese. O meglio, Martino stava minacciando Pietro di mettergli la maionese sulle patatine – la detesta. A quel punto Pietro avrebbe preso una manata di patatine dal coppo di Martino e se le sarebbe cacciate in bocca. Quindi, l'inevitabile rissa.

– Nemmeno – disse Virgilio, vedendo che stavo puntando la prole con aria accusatoria. – C'ero già io con loro. Anzi, ho sentito quando sono tornato che c'era un odore un po' pungente, credevo fossi stata te.

– Cioè, aspetta. Non hai dato il deodorante?

– No. E nemmeno vuotato la spazzatura. Che succede?

La domanda non era «che succede con la spazzatura?», ma «che succede al tuo corpo?». Infatti, mentre Virgilio parlava, mi sentii una vertigine paurosa. Come se stessi per cascare dalla sedia.

– Scusa, Virgilio, mi accompagni nella casetta?

– Non è meglio se invece ti accompagno sul divano e ti sdrai? Sei color gesso.

– No, è passato. Scusa, andiamo nella casetta, per favore.

Ci alzammo, mentre Pietro e Martino tacevano improvvisamente. Si erano resi conto che c'era qualcosa che non andava.

– Che cerchi di preciso?

– Il ginocchio.

– È lì.

– Non è come l'avevo lasciato.

Virgilio mi guardò. Non potevo pretendere che si ricordasse la posizione, ma speravo che mi prendesse sul serio. Cioè, lo sapevo. Avete presente *Misery non deve morire*? Fate parte anche voi di quella schiera di persone che hanno trovato perfettamente normale che l'infermiera notasse il ninnolo spostato di cinque gradi? Siamo tante, vero?

– Sere, aspetta. Mi stai dicendo che...

Guardai Virgilio. Sì, ti sto dicendo che secondo me qualcuno c'è entrato in casa.

– Ascolta, torniamo un attimo dai bimbi.

– Mamma, che succede?
– Nulla, bimbi. Ho fatto un casino con la lavatrice. Scusate, devo sentire se l'assistenza risponde ancora.
– E cosa c'entra il deodorante in salotto?
– Nulla, nulla...
– Perché non me lo vuoi dire?
Eccoci. Perché? Perché? Quando Martino aveva tre anni non stava mai fermo e chiedeva in continuazione, non si accontentava mai. Ogni risposta era l'inizio della domanda successiva. Ricordo ancora quando il pediatra, mentre Martino era sotto la sua scrivania che mi slacciava le scarpe, mi disse: «Signora, se lo voleva zitto e buono avrebbe dovuto farlo scemo». Allora uscii dallo studio tutta orgogliosa. In quel momento, non lo ero proprio.
Presi il telefono e andai verso la porta.
– Ma no, Marti. È una stupidaggine, probabilmente babbo l'ha spruzzato e se n'è scordato.
– E ora dove vai? – Pietro.
– Babbo non è così sbadato – Martino.
– È successo qualcosa? – uno dei due.
– Succederà qualcosa se non lasciate mamma in pace – Virgilio.
– Babbo, questa è violenza.
– Non ancora – sentii dire Virgilio mentre uscivo in giardino, chiudendomi la porta-finestra alle spalle.
Cercai in rubrica, mentre mi allontanavo, e feci il numero di Corinna. *Chiamatemi se avete altre informazioni*. Ti prendo alla lettera, bella mia.

– Pronto.

– Pronto, Corinna. Scusa se ti chiamo a quest'ora, ma mi è successa una cosa assurda.

– Stai tranquilla. Dimmi.

– Eh, la metti facile. Credo che mi sia entrato qualcuno in casa.

– Come?

– Credo che qualcuno mi sia entrato in casa.

– C'è qualcuno in casa tua adesso?

– No, no. Oggi, oggi nel pomeriggio.

– Hai trovato la porta scassinata?

– No, no. Era tutto a posto. Sono entrati con il ginocchio.

– Con cosa sono entrati?

– Sì, scusa, il ginocchio di Tutankhamon. È una radiografia, la tengo nella rimessa perché...

– Scusa, ma come fai a sapere che sono entrati in casa?

– C'era profumo di deodorante in salotto. E la finestra aperta. E qualcuno ha frugato nella spazzatura.

– Nella spazzatura?

– Sì. Nell'umido, nell'organico, via.

– Non potrebbe essere stata la donna di servizio? No, direi di no. Sono io la donna di servizio.

– Non ce l'ho.

– Forse qualcuno dei bimbi? – Corinna ridacchiò. – Magari ha fatto un casino e ha tentato di coprire, come fa il gatto?

– Non è divertente, Corinna.

– Hai ragione. Ascolta, Serena.

Ascolta, Serena. Ecco, a farmi uscire dai gangheri fu proprio il modo in cui me lo disse. Come se dicesse «va bene che hai un naso fuoriserie, ma non è che tutti quei neuroni dedicati all'apparato olfattivo li impieghi a discapito di quelli che dovrebbero ragionare?».

– Ascolta. Per quale motivo qualcuno dovrebbe entrare in casa tua? E frugarti nella spazzatura?

– Io questo non lo so. Io so che ci sono entrati.

– Fra l'altro, come fai a essere sicura che ti abbiano frugato nella spazzatura?

– Diciamo che sono un po' maniaca.

Ci fu qualche istante di silenzio al di là della cornetta – che in realtà era un parallelepipedo, ma nella testa sempre cornetta resta. Come se Corinna stesse cercando di capire fino a che punto ero anormale.

– Ascolta, Serena, ci vuole un motivo per entrare in casa altrui – disse, e capii dal tono che aveva deciso che lo ero parecchio.

– Eh, lo so. E te che sei esperta potresti aiutarmi. Visto che non potevi entrare in convento, però poi oggi eri lì a parlare con le suore...

Sì, questa non mi era uscita benissimo. Decisamente acida, devo dire.

In chimica ci sono due variabili, principalmente, che possono modificare l'esito delle reazioni, a parità di reagenti: l'acidità e la temperatura. Cambiando il pH, puoi ottenere un risultato piuttosto che un altro. Anche cambiando la temperatura. Io avevo acidificato l'ambiente, Corinna invece abbassò bruscamente la temperatura.

– Di questo non posso dirti niente.

Mi impadronii della manopola del termostato e la girai di nuovo verso l'alto, diciamo di una cinquantina di gradi.

– Certo. Come non puoi dirmi che quella dell'altro giorno era tutta una messinscena per farci parlare. «Non posso entrare in convento perché la pm cattiva non mi dà il permesso». Ma mi hai preso per scema? Ti hanno visto oggi uscire dal convento. Cosa mai avrebbe potuto essere successo per far cambiare idea alla pm in un tempo così rapido?

– Ascolta, Serena, perché mi hai chiamato? Hai paura per la tua sicurezza?

– Eh, certo che ho paura.

– Ecco. Allora meno ne sai meglio è. Se devi denunciare un'effrazione, il numero da chiamare è il centotredici. Anzi, guarda, fai prima e chiama i carabinieri.

Clic.

Prima lezione di chimica: se alzi troppo la temperatura, i reagenti possono decomporsi in maniera irreversibile.

Ma qualche reazione avviene lo stesso.

Per esempio, Serena si incazza.

– Sei arrabbiata, mamma? Che hai?

– Ho che questi stronzi dell'assistenza non rispondono mai.

Gelo. Alle parolacce di babbo ci sono abituati, ma io non ne dico mai. Praticamente mai. Quando le dico, apro la diga.

– Mamma, sono le dieci e mezzo di sera...

– C'è scritto ventiquattr'ore su ventiquattro –. Parolaccia. – E comunque, visto che sono le dieci e mezzo, adesso – parolaccia – posate subito quei cellulari e andate a lavarvi i denti. Denti, pigiama e a letto. Non ho nessuna voglia domani di tirarvi su col paranco.

– Sere, non è colpa loro dell'asciugatrice...

– Nemmeno colpa mia –. Volgarità terrificante. Scusate, non la riporto, mi vergogno. – Su, avanti, subito a prepararvi – aggiunsi, lievemente più calma, un attimo dopo. – Io sparecchio e metto a posto 'sto casino. Virgilio...

– Sì, stasera me lo ricordo di chiudere la porta a chiave. Gli do cinque mandate.

– Ecco, bravo.

Undici

Quando cammino, è tempo per me. Specialmente oggi che sono sola. Le altre ore sono la mamma di, la moglie di, la figlia di. Quando sono qui, invece, sono Serena.

Ci sono giorni in cui la cosa è positiva. Ma altri in cui non lo è per niente. I giorni in cui devo guardare me stessa e ammettere che non sono sicura di come ho gestito un problema.

Non che ho fatto un errore, attenzione, è diverso.

Se so di aver sbagliato, allora devo capire perché ho sbagliato. Il problema è se non lo so. Se non sono sicura di essermi comportata giustamente.

Allora, ripassiamo. Quando sono arrivata, c'era un odore piuttosto forte di deodorante. Lo stesso deodorante che uso nel bagno al piano di sotto. Quanto sono sicura di questo? Cento per cento. La finestra era aperta, e Virgilio dice di non averla lasciata aperta lui. Grado di sicurezza? Ottanta-novanta per cento. A essere buoni.

È più facile dimenticare le omissioni che non gli atti. Secondo me è il motivo per cui è difficile dimagrire, per esempio. Compriamo pane a basso indice di carboidrati, ma non ci dimentichiamo mai le patatine. Siamo bravi ad aggiungere, un po' meno a rinunciare. Non diamo il giusto peso all'atto di non fare qualcosa. Ci sembra facile, finché non ci proviamo.

Il ginocchio di Tutankhamon, quanto ero sicura che qualcuno l'avesse usato? Lì era un casino. Che non fosse al posto in cui l'avevo lasciato ero certa. Ma potevano esserci tante ragioni. Magari uno dei bimbi era andato in casetta per prendere qualcosa e l'aveva smosso. Come spesso capita, il ginocchio era il punto debole. Ma non necessario. Per entrare avrebbero potuto usare di tutto. Lo sapeva mezzo paese che Virgilio si scorda di chiudere la porta a chiave.

Poi, il punto focale: la differenziata. Il sacchetto dell'umido. Quanto ero sicura che non fosse allo stesso livello di come l'avevo lasciato io? Cento per cento, avrei voluto dire. Manco per l'anima.

Io sono maniaca per la raccolta differenziata, lo so. Il che significa che smembro i cartoni del latte per mettere la filettatura del tappo nella plastica e il contenitore nel cartone, o che levo le etichette dai barattoli di vetro per buttarle nella carta – ma non che misuro con il metro il livello della pattumiera. Eppure avevo avuto la netta impressione che prima fosse più pieno.

Mi piacerebbe potermi fidare così tanto dei miei occhi e del mio cervello, ma devo ammettere che non me lo posso permettere. Man mano che il tempo avanza, faccio sempre meno attenzione al mondo che mi circonda.

Credo che sia per quello che con l'età il tempo sembra scorrere più velocemente – che a dieci anni un mese sia eterno, e a quaranta ti sfugge via dalle mani senza che tu manco te ne accorga. Forse è perché guardiamo le cose con un'altra risoluzione. Diamo sempre meno importanza ai particolari. Da bambini contiamo i tombini sulla strada, gli alberi sul ciglio, i cartelli pubblicitari. Da grandi facciamo attenzione solo alla macchina che ci sta davanti. Vivo da tre lustri a Ponte San Giacomo, e non so quanti tombini ci sono da qui alla scuola delle suore. Pensiero banale, lo so, ma anche se è banale è importante esprimerlo. Dirlo e definirlo. Così possiamo dirlo ad altre persone, e vedere se siamo tutti d'accordo.

E se siamo tutti d'accordo? Se io, voi che leggete e anche quegli altri ignoranti che non leggono, tutti, furbi e scemi, eruditi o zotici non importa... se tutti siamo d'accordo su qualcosa? Be', a quel punto dobbiamo sperare di avere ragione, altrimenti è un casino. Non potremo mai essere sicuri di aver catturato completamente la realtà. E allora, di cosa possiamo essere sicuri?

Io, di una cosa e basta potevo essere sicura: dell'odore che avevo sentito entrando. E di cui riuscivo a darmi solo una spiegazione, che mi si era avvolta addosso quando stavo quasi per svenire, la sera prima: qualcuno voleva mascherare il proprio odore. Qualcuno che mi conosceva bene.

E qui stava il problema. Ero sicura dell'odore, ma non del suo significato.

– Come fai a riconoscere gli odori in questo modo? – mi aveva chiesto Giulia un giorno, parecchio tempo prima, mentre camminavamo sull'argine.

Debora quella mattina non c'era. Di alcune cose senza di lei si parlava meglio, di altre peggio. Stavamo passando accanto a un boschetto artificiale di tigli, sapete, quei reticoli regolari di alberi che stanno lì dove li metti, diritti ed immobili come soldati troppo cresciuti.

– Che ore sono? – le chiesi. Giulia iniziò a frugarsi nelle tasche per cercare il cellulare e io le dissi: – Senza guardare l'orologio, secondo te che ore sono?

– Bah, saranno le nove e quaranta.

Presi il cellulare. Erano le nove e trentanove.

– Come hai fatto?

– Be', vedrai, siamo accanto ai tigli.

– Eccoci, è questo il punto.

– Cioè, dici te, l'ho fatto talmente tante volte che...

– No, no. È che sono in grado di riconoscere la cosa giusta a cui dare attenzione. La stessa cosa che hai fatto te ora.

Mostrai il cellulare, che segnava le nove e quaranta.

– Ti ho chiesto l'ora, e te ti sei guardata intorno. Ci sono tantissime cose qui vicino. C'è il fiume, ci sono i campi, ci sono le nuvole, ci sono i sassi della stradina e le automobili che passano sullo stradone. Te però hai preso come punto di riferimento quello più utile. I tigli.

– Ho capito.

– Con gli odori è la stessa cosa – avevo continuato. Non mi fido mai quando qualcuno mi dice che ha capito. Sono un gocciolino logorroica, ogni tanto, non so se ci avevate fatto caso. – Gli odori sono fatti da molecole, così come le frasi sono fatte da parole. Se vuoi riconoscere gli odori devi riconoscere le parole, e non capire la frase.

– Sì, sì, ho capito – aveva detto a quel punto Giulia. – Le molecole sono sempre quelle, e hanno quell'odore. È come se tu non dovessi confondere il significato di una frase con la frase stessa.

– Esatto – avevo detto. – Il significato di una frase dipende dal contesto, ma le parole no. Devi essere in grado di separare le due cose.

Ed ero pronta a continuare. Le due frasi «Lava il fazzoletto» e «Procedi alla detersione del predetto capo di biancheria» generano lo stesso risultato, ma hanno due odori molto diversi. È una metafora, certo, che non tiene conto...

– Scusa – disse a quel punto Giulia – già che dici separare, ma quando fai la carbonara a te ti si separa l'uovo dal formaggio? Perché a me una volta su due...

E ci eravamo messe a discorrere di sughi e salse. Non mi ricordo di come eravamo andate avanti, dopo, ma quel discorso lì me lo ricordo bene.

Ecco, in quel momento avevo esattamente lo stesso problema. Avevo sentito quell'odore, forte e persistente, in un punto dove non doveva esserci? Sì. Significava quello che mi ero messa in testa? Boh. A quel punto lì, non lo sapevo più. Anzi, man mano che camminavo, me ne convincevo sempre meno.

Magari ora torno a casa e Pietro mi dice che ha provato a fumare e ha dato il deodorante in tutta la casa perché non si sentisse. Improbabile. Oppure mille altre cose che al momento non mi vengono in mente. La realtà supera la fantasia. Grazie al cavolo. La fantasia nasce dal mio cervello, e il mio cervello è compreso nella realtà. Tranquilli, non è una frase mia. Non sono in grado di raggiungere simili vette di epistemologia, l'ho sentita alla televisione. Come una qualunque massaia.

Che a dire il vero è quello che sono.

Torniamo a casa, va', è meglio. Sennò il prossimo cadavere che trovano nel boschetto del Fornace sarà il mio. Madre di famiglia si impicca con il cordino del badge dell'ultimo congresso della sua vita. E la gente che compra «Il Tirreno» per scoprire chi era. L'ultimo mio contributo al prodotto interno lordo del paese: aumentare la vendita di un giornale di dieci copie. Che amarezza.

– Vado io, vado io.

– Grazie, Virgilio.

Anche perché io nel frangente avevo le mani immerse in un catino pieno di pasta per le brioche di quelle che i saggi gustano con il gelato. Avevo bisogno di rilassarmi, e il programma della serata era di quelli che riconciliano con la vita: cenetta preparata con tutti i crismi, due o tre puntate della serie tv appena scoperta e che, miracolo miracolo, piace a entrambi i bimbi oltre che a noi vecchiacci, e poi chissà.

– Sì? Oh, salve. Venga, venga.

Venga, venga. Gli dà del lei. Sono poche le persone a cui Virgilio dà del lei.

– Ma no, non vorrei disturbare... – si schermì una voce nota al di là della porta, con il tono di chi entrerà lo stesso.

– Ma prego, prego – invitò Virgilio. – Mi dispiace, potevo passare io...

Ah, ecco. Il giorno prima Pietro aveva perso gli occhiali. Se ne era accorto solo la mattina, a scuola, quando aveva aperto lo zaino e non li aveva trovati. Della cosa aveva anche provato ad accusare me. Si sa, no, che per i ragazzi delle medie in fisica esistono tre forze fondamentali: la gravità, l'elettricità e la mamma. La gravità ci tiene attaccati al letto, l'elettricità fa funzionare il cellulare e la mamma rimette a posto le cose che lasci in giro.

Dopo aver accusato in rapida successione il padre, il fratello e il destino, il pargolo aveva proposto la sua soluzione («Vabbè, se li ho persi si ricomprano...»). Virgilio, da autentico esperto in finanziamenti europei, aveva aperto un nuovo progetto di ricerca e aveva già reperito i fondi («Ottima soluzione. Vendi il cellulare e ci ricompri gli occhiali»), mentre io, da animale di laboratorio, cercavo di capire se era possibile usare risultati di progetti precedenti per snellire i tempi («Pronto? Sì, sono la mamma di Pietro. Volevo sapere, mio figlio per caso ieri ha mica lasciato lì gli occhiali come l'altra volta?»).

Risultato, gli occhiali erano a casa di Zeno. Li aveva lasciati lì il giorno prima, come era ovvio. E adesso il già maresciallo Zandegù, attualmente in servizio come nonno, ce li aveva riportati.

– Ma no, anzi. Lei ha tanto da fare, io, cosa vuole... in pensione ci si annoia, mi creda... – disse l'uomo. – Oh, signora, buonasera. Come sta?

– Benone – dissi, mentre coprivo con cura l'impasto con la pellicola.

Tranquilli, non sono così becera da entrare in salotto con i ciotoli in mano, il fatto è che la porta d'ingresso si apre sul salotto che a sua volta si affaccia sulla cucina; in pratica il piano terra è un unico open space. Ideale quando inviti amici a cena e vuoi parlare con loro mentre prepari, un po' meno quando ti entra in casa il primo che capita mentre sei lì che impasti in tuta di acetato e codine stile Pippi Calzelunghe.

– Che fa, cucina? Che si fa di buono? – chiese l'ex maresciallo, alzando lo sguardo, mentre Virgilio rimaneva in piedi tra il divano e la porta, per marcare a uomo il vegliardo, tanto un caro omino ma fra un'oretta si cena e vorrei evitare mezz'ora di chiacchiere inutili mentre ho altro da fare.

– Le brioche. Quelle siciliane col tuppo – specificai, mentre mi assicuravo che la pellicola avvolgesse l'impasto perfettamente, senza nemmeno un puntino scoperto.

Non è mania, l'impasto delle brioche contiene burro e latte, cioè sia grassi che acqua. Quindi teoricamente è in grado di solubilizzare ed assorbire ogni tipo di aromi, sia idrofobi (i grassi) che idrofili (gli zuccheri). Dopo due ore di lievitazione a temperatura ambiente, avrei dovuto mettere l'impasto in frigo, e se non lo avessi coperto bene avrei corso il rischio che un qualsiasi aroma volatile e molesto all'interno venisse inesorabilmente assorbito dall'impasto stesso, e siccome in frigo avevo anche una lepre a marinare, non volevo ritrovarmi a mangiare delle brioche al gusto selvaggina. Al rischio che poteva correre il mio povero impasto nelle due ore a temperatura ambiente, nella stessa stanza con il nonno di Zeno, non volevo nemmeno pensarci.

– Le brioche, però. Non le fa più nessuno in casa. Ci vuole tanto tempo.

Puoi dirlo forte, caro il mio omino. In totale sono quindici ore di preparazione. Una per fare l'impasto, due di lievitazione a ventisei gradi, otto di lievitazione in frigo, ancora due a ventisei gradi. E fra l'una e l'altra, rilavorare la pasta per rompere la lievitazione. L'ho sempre fatto, da quando ero all'università: quando ho qualche problema a cui non riesco a venire a capo, preparo un dolce. La pasticceria richiede precisione, concentrazione, presenza: quello che ci vuole, se stai tentando di non pensare a qualcosa.

Presi l'impasto e lo misi in forno, non per tenerlo al riparo dall'aroma di Malebolge ma per questioni di temperatura. Tempo prima avevo sostituito la lampadina, mettendone una vecchia, a incandescenza, da 10 watt – sovradimensionata per illuminare un forno, ma ideale come termostato: una volta accesa e chiuso il portello, il forno si stabilizzava alla temperatura di ventisei gradi precisi.

La pasticceria è sincera e severa, come la chimica: se stai facendo una crema, 63 gradi non sono uguali a 65, perché a 61 inizia a gelificare la conalbumina, una delle proteine dell'albume, mentre a 65 iniziano a coagulare le proteine del tuorlo. E tu vuoi che succeda la prima cosa, ma non la seconda, perché in bocca desideri sentire una crema liscia, densa e piena; non una consistenza tipo bava di lumaca, ma nemmeno un uovo sodo zuccherato. Insomma, bisogna essere precisi. In cambio, la pasticceria ti premia con un risultato obiettivo: se hai fatto bene le cose, se hai dato la giusta attenzione ai particolari che contano, se non hai ignorato che sessantatré non è uguale a sessantacinque, l'indomani farai colazione con delle brioche che sono la fine del mondo, fragranti e morbidissime, come delle nuvole piene e dolci. Per te e per quelli con cui ti svegli la mattina – in realtà tu ti sveglierai due ore prima, perché qualcuno deve tirare fuori l'impasto dal frigo e farlo a palline, ma poi subito dopo torni a letto.

– Allora, ecco qua – annunciò l'ex maresciallo Aurelio tirando fuori dalla tasca gli occhiali di Pietro. – Se li era tolti per giocare a pallone, per non prenderci un colpo, e poi dopo se li è scordati.

– Vuol dire che tanto male non ci vede – rispose Virgilio, sdrammatizzando come il suo solito, ma dirigendosi sovrappensiero verso il salotto, cosa che in teoria permetteva al caro vecchietto di smarcarsi pericolosamente in direzione divano. E se si sedeva lì, non te lo toglievi più dalle narici.

– Virgi, a che ora hai la call? – chiesi, sperando che capisse.

– La call? No no, è rimandata, la facciamo domani.

– Per carità, le call… – disse il nonno di Zeno, appoggiando una mano sul divano come per sentire se era comodo quanto sembrava. – Meno male che io ormai sono troppo vecchio per queste faccende. Io per discutere con le persone ho bisogno di esserci in presenza, di stare lì. Le call... non me ne parli.

In compenso ci toccò parlare d'altro, nei quaranta minuti in cui l'ex maresciallo Zandegù Aurelio ci tenne compagnia, bello spaparanzato sul divano con un analcolico in mano – a un certo punto mi era toccato chiedergli se volesse accomodarsi, e Virgilio premuroso gli aveva chiesto se desiderava qualcosa da bere, un aperitivo, un caffè, o preferisce per caso una menta?, detto con una faccia di culo unica mentre i bimbi da sopra mi mandavano degli spiritosissimi WhatsApp tipo «Mamma l'hai ricomprato il deodorante, vero?», oppure «Mamma perché il divano sta facendo il muschio?». Poi, finito l'analcolico, ringraziò, salutò e andò via. E io potei cominciare a apparecchiare, e a mettere su la cena.

– Che si mangia stasera, mamma? – chiese Pietro scendendo le scale con il cellulare in mano.

– Spezzatino di preadolescente, se continui a fare le scale mentre giochi a quel coso.

– Ma non c'era la lepre?

– La lepre deve marinare ancora, deve andare via l'odore di selvatico.

– Se la fa stasera sembra che sia rimasto il nonno di Zeno anche a cena – tradusse Virgilio ridacchiando.

– Te zitto che è anche colpa tua. «La call? No no, la call è rimandata». Ma non era chiaro quello che stavo tentando di dirti? Se eri James Bond facevi un film solo.

– E non l'ho presa, amore...

– Vedi babbo, è sempre colpa tua – commentò Pietro scuotendo la testa, mentre si sedeva sul divano, posava il telefonino e andava a accendere la Switch.

– Sempre. È la mia specialità. Anzi, è il mio lavoro. Ormai l'informatico non lo faccio più da una vita.

– Te almeno lavori...

– Vedrai che anche mamma ora ci sorprende. Giusto, Sere?

– In che senso?

– Hai parlato con Michela, no?

– Sì. Cioè, te lo sapevi?

– Me lo aveva anticipato, era passata da noi in facoltà per parlare con quelli dei big data. Non ho comprato lo champagne perché avrei sbagliato sicuramente annata, ma domani se mi dai istruzioni dettagliate...

– Seee, Virgilio, ma dove vuoi che vada?

– A lavorare con Michela. Cioè, non è che lo voglio io, però nel senso, io credo che lo dovresti prendere in considerazione.

– Ma figurati...

– Scusa, Sere, c'è una persona che stimi e che ti offre un lavoro che sarebbe nelle tue corde, io al posto tuo non dico di partire armi e bagagli, ma almeno pensarci...

– Ci ho già pensato. E non ci penso nemmeno.

– Io scusa ma non ti capisco. Passi le giornate a lamentarti perché non lavori...

– E te passi le giornate a lamentarti che lavori troppo. Dai, Virgilio, ne parliamo dopo.

– No, scusa, ne parliamo sempre dopo. Stavolta ne parliamo ora.

Mi voltai verso Virgilio. Con la coda dell'occhio, mentre mi chiedevo come fare per smorzare il discorso, vidi Pietro che spegneva la Switch e saliva le scale. Cioè, vuoi metterti a discutere davanti ai bimbi dopo che è tutto il giorno che non li vedo?

– Va bene – dissi, mentre l'unghia del pollice scattava contro l'anello. È un riflesso che non riesco a controllare, e che mi avverte che mi sta montando la rabbia. La rabbia brutta, non una semplice irritazione passeggera. – Parliamone.

– Anche con un minimo più di calma, forse? – provò ad ammansirmi.

– Parliamone. Ne vuoi parlare, parliamone.

– Va bene. Perché?

– Perché cosa?

– Perché non vuoi nemmeno pensarci?

– Perché? Perché sono pazza. Perché sono difuori. Virgilio sbuffò.

– Sere, ora non cominciare a fare la vittima...

– Nonono, non faccio la vittima. Sono proprio pazza. Perché se proprio te, che sei la persona che dovrebbe rendersene conto per prima, se nemmeno te lo capisci, allora vuol dire che sono io che mi immagino tutto e che sono pazza. Semplice, no? Anche un pazzo lo capisce –. Andai verso la porta-finestra e la spalancai. Sapevo che sbattere quella porta poteva fare rumore, ma non credevo di poterne fare così tanto aprendola.

– E ora dove vai?

– La pazza non ha fame. Vado a mandare l'asciugatrice.

– Comodo così – sentii Virgilio replicare a mezza bocca, quando io ormai ero uscita. – Quando non hai idea di cosa dire, sono io che non capisco...

Andai nella casetta di legno e iniziai a tirare la roba fuori dalla lavatrice come se fosse colpa sua. E mentre chiappavo, strizzavo, tiravo e strappavo, la rabbia piano piano si sparpagliava, come i panni, e diventava tristezza.

Il problema è che Virgilio aveva ragione. Cioè, sapevo perché non avrei accettato. Era ovvio.

Talmente ovvio che non riuscivo a spiegarlo.

Quasi mezzanotte

– Mamma...

– Dimmi tesoro – risposi, sperando che non fosse qualche richiesta assurda. Erano le undici e un quarto, ed ero entrata in camera a passo felpato per verificare che stessero dormendo. Pietro si era tuffato in un manga ultraviolento e dopo dieci minuti era crollato a faccia avanti sul fumetto, accanto alla pagina in cui un cyborg con la pelle del viso lacerata urlava «Me la pagherai, bastardo!», e adesso russicchiava, indifferente alla minaccia. Martino, invece, era ben sveglio.

– Mi racconti come vi siete conosciuti te e babbo?

Sorrisi. Ogni volta che io e Virgilio litighiamo, fanno così. Pietro va in camera e si mette a leggere fumetti (che in realtà non gli piacciono). Martino, invece, mi chiede di raccontargli quella storia. Mi accoccolai accanto al letto e mi circondai le gambe con le braccia.

– Allora, era il millennio scorso e la tua mamma si era appena iscritta all'università, insieme a una sua compagna di classe che si chiamava Michela. Lei si era iscritta a Fisica, e io invece a Chimica...

Al primo anno di università, l'impresa più stressante che ricordi non fu passare un esame o fare amicizia con i nuovi compagni di corso, ma trovare una stanza. Dopo un mese passato con mio padre a visitare tuguri verniciati con la muffa, a cui si accedeva tramite una scala a chiocciola acquistata di seconda mano dal set del *Nome della rosa*, oppure mezzolocali bellini e graziosi però praticamente in provincia di Lucca, finalmente trovammo una sistemazione che andava bene: una camera doppia in una casa con altre tre studentesse, tutte e quattro maremmane, tutte e quattro al primo anno.

Abituata alla mia camerina da liceale, sorvegliata da mia madre che puliva otto volte al giorno, avere la camera doppia in compagnia di Michela fu come essere in gita scolastica. Iniziammo decorando l'armadio con dei pennarelloni, che credevamo essere lavabili, nei modi più stupidi e gioiosi – avevamo lo stesso professore di Fisica 1, si chiamava Ciantelli, e su un'anta c'era l'elenco «Modi creativi per uccidere il Ciantelli», con voci tipo «Elettrificargli il gesso» o «Smontare le viti superiori della lavagna dell'aula magna e avere fiducia nella gravità». Insomma, per noi quella casa era la libertà.

Poi Michela, che aveva dato tutti gli esami in pari con la media del ventinove, entrò in Normale. La Scuola Normale Superiore di Pisa gode di notevole prestigio, in maniera inversamente proporzionale a quello di cui godono i normalisti, perlomeno nella mente del pisano medio. Nell'immaginario collettivo dello studente standard, convinto che studiare sia un modo tutto sommato sopportabile per passare il tempo tra una festa e l'altra, il normalista è un'altra specie: un lemure già nato con gli occhiali, vestito come un cinquantenne e con la vitalità di un settantenne, completamente inadatto alla vita sociale. Ma a parte gli scherzi era un bel risultato per Michela, perché entrare in Normale è difficilissimo: nel nostro anno avevano preso sette fisici, quattro matematici e solo un chimico, un tizio alto coi capelli lunghi che sembrava dormisse in piedi. Ed anche dal punto di vista economico era un'altra vita: avevi la mensa interna gratis, ti davano la camera e una piccola diaria. Una notevole differenza, per la figlia di un tabaccaio.

Quindi, Michela si trasferì nel collegio del Timpano e io mi ritrovai in stanza con un'altra ragazza, di Follonica, Ginevra Piotti. Purtroppo, Ginevra Piotti era maremmana solo all'anagrafe. Studiava Economia, si svegliava alle sette, andava a letto alle undici e contrassegnava i suoi yogurt in frigo con il monogramma GP. Unico interesse che le conoscevo, il domino – inteso come costruzioni di tessere messe in fila che cadono. Ci passava intere serate, a fare queste figure geometriche incasinatissime che si rincorrevano crollando l'una sull'altra. Se avete avuto l'impressione che fosse una gattamorta, ecco, era una gattamorta. L'unico altro bipede che frequentava era il fratello, mi sembra che si chiamasse Ferdinando o qualcosa del genere. Però, tutto sommato, per lo meno era prevedibile.

– Poi un giorno, durante una lezione di una materia noiosa che si chiamava Esercitazioni di Tecniche di Laboratorio di Fisica, e che noi chiamavamo semplicemente «fisichetta», il professore si incartò nei conti. Faceva questi conti lunghissimi, pieni di radici quadrate, frazioni, logaritmi...

Risatina tonda. Martino rideva sempre quando dicevo la parola «logaritmi», senza rendersi conto che qualche anno più tardi probabilmente lo stesso concetto lo avrebbe fatto piangere. La cosa allucinante era che si ricordava tutto quello che dicevo, parola per parola. Se aggiungevo, andava sempre bene. Se mi dimenticavo o saltavo qualche parola, mi fermava e mi intimava di raccontare ripartendo dalla frase precedente.

– ... e insomma, a un certo punto si fermò e guardò la lavagna, e disse: «Ragazzi, non mi torna qualcosa. Devo aver fatto qualche errore». Poi ridacchia e, guardando il risultato, fa: «Eh, questo ieri era sotto radice...». E mentre è lì che controlla, dall'alto dell'aula si sente una voce con un accento pisano, ma che più pisano non si può, proprio pisano di campagna, che dice: «Eh, ma ieri pioveva...».

Martino qui si ribaltava dalle risate ogni volta. Esattamente come avevamo fatto noi, ottanta studenti impermeabili alle sottigliezze della fisica, per poi renderci conto che ad aver fatto la battuta era il normalista. Quel tizio alto coi capelli lunghi che sembrava dormisse in piedi.

Così all'ora di pranzo venne con noi, il gruppo di maremmani sciamannati, a mangiare un panino invece di andare a mensa con gli altri nerd prima di entrare in laboratorio. Già, il laboratorio: quello vero, per i chimici, cominciava il secondo anno. Fino a quel punto non ci eravamo praticamente mai entrati.

– E insomma, ci prendiamo il panino e andiamo a mangiare sul prato di piazza dei Miracoli. Poi la sera siamo andati tutti insieme al cinema e dopo in pizzeria. E come ti chiami? Virgilio. Boia, proprio un nome da normalista.

In realtà, le correlazioni tra quel ragazzo e il secchione standard finivano lì. Per esempio, sembrava che dormisse in piedi perché in realtà dormiva veramente in piedi. Aveva fatto il liceo a Pisa, dove erano talmente tanti che facevano i doppi turni, e la sua classe per l'ultimo anno era andata a scuola di pomeriggio, dalle due alle sette. Così si era abituato a andare a letto alle quattro e a svegliarsi a mezzogiorno – abitudine che aveva mantenuto per tutta l'estate dopo la maturità, come ogni persona sana di mente. La mattina, a lezione, era un ectoplasma; il pomeriggio, in laboratorio, uno come tutti gli altri; la sera, dopo cena, un giocherellone. Sempre sorridente.

– Un giorno di inverno, che faceva un freddo pinguino, dopo essere andati al cinema in quattro o cinque, gli altri tre hanno detto che avevano sonno e sono andati a casa. Io allora ho chiesto a Virgilio se aveva sonno e lui mi dice: io no, te? Nemmeno. Però di andare in pizzeria non ne ho tanta voglia, fuori ci sono gli orsi bianchi che sono pallidi per il freddo. Io sto qui vicino, ti va se ti offro un tè?

Martino sembrò declinare l'offerta, russando. Gli passai una mano fra i capelli. Virgilio, invece, al tempo aveva accettato. Anche se, come mi spiegò mesi dopo, a lui il tè faceva schifo, e quindi adesso che il campo era sgombro da dubbi e tatticismi potevo anche smettere di mettergli la tazza davanti quando tornavamo dal cinema. Ormai stavamo insieme in maniera priva di qualsiasi ambiguità; sì, perché i primi giorni della nostra relazione scoprii con un certo disappunto, mettiamola così, che il dorminpiedi aveva, o aveva avuto, una specie di mezza tresca con una sua compagna di collegio che ogni tanto, pare, gli teneva (o aveva tenuto) compagnia nelle notti più difficili. Virgilio sosteneva che la cosa era finita già da tempo, e che lo avevano capito tutti tranne lei; io decisi che la cosa migliore da fare era sancire l'ufficialità della nostra relazione nel modo più chiaro possibile, e cioè andando in vacanza insieme appena dati i rispettivi esami. Io, lui e due valigie, destinazione Sardegna.

Insomma, la nostra prima vacanza insieme, noi due da soli. E la prima volta che Virgilio andava in vacanza al mare, o giù di lì – per me, gagliarda figlia della Maremma, la stagione partiva il primo maggio e finiva il quindici settembre. Invece, quella vacanza durò dal venti al ventisei giugno, uno dei mesi di giugno più torridi che avessi mai vissuto. Sei giorni, in totale. In realtà avevamo prenotato per una settimana, solo che il penultimo giorno Virgilio, mentre lo guardavo uscire dall'acqua dopo il settimo o l'ottavo bagno della giornata, iniziò a comportarsi in modo strano.

Prima si fermò, d'improvviso, quasi con disappunto.

Poi iniziò a saltellare su un piede solo, sempre più

veloce, come se tentasse di raggiungere la spiaggia prima possibile. Poi si fermò e cadde a quattro zampe nell'acqua bassa, come stremato, con la bocca aperta.

Arrivò alla battigia così, su mani e ginocchia, sdraiandosi a pelle di leone sulla sabbia umida appena uscito dall'acqua.

La puntura della tracina, mi spiegò il medico del pronto soccorso, già di per sé è dolorosissima, e quello lo sapevo. Non sapevo invece che si può essere allergici alle tracine. Per fortuna, il bagnino non solo aveva riconosciuto i sintomi di uno shock anafilattico, ma aveva l'adrenalina nel kit di emergenza. Adesso, continuò il medico mentre in sottofondo sentivo bestemmiare con l'inconfondibile accento di Ponte San Giacomo, l'infermiere gli avrebbe tolto le spine, dopodiché sarebbe stato consigliabile aspettare e verificare che le condizioni rimanessero stabili.

Virgilio venne rilasciato dal pronto soccorso solo verso le sette di sera, gonfio di antistaminici e cortisone, dopo quattro ore di osservazione (nelle quali era stato lasciato solo in una stanza del triage a osservare una tendina), e mi chiarì in modo gentile ma deciso che per quell'anno lui la sua dose di mare l'aveva fatta.

Ci imbarcammo un giorno prima del previsto, di umore non esattamente idilliaco, e Virgilio mi accompagnò all'appartamento, per poi tornare a casa sua.

Misi la chiave nella toppa, girai, spinsi. Ma la porta rimase ferma.

– Che succede? – chiese Virgilio.

– Non gira – risposi, senza capire. – Sembra chiusa col paletto.

– Può essere – disse Virgilio. In casa, effettivamente, c'era senza dubbio qualcuno. Si vedeva della luce filtrare da una tendina, e la sagoma di una persona inginocchiata a quattro zampe. – Suona, no?

Suonai il campanello. Nessuno rispose.

– Riprova.

Stavolta mi attaccai al campanello con vigore. Nessuno rispose.

– Ginevraaa… Ginevraaaa…

Dalla tendina, si vedeva la figura umana rimanere inginocchiata. Poi la vidi abbassarsi, e scivolare al suolo.

– Virgilio…

Guardai il mio ragazzo senza dirgli nulla, ma sperando che capisse quello che pensavo.

– Ci penso io. Tieniti lontana.

Virgilio prese due passi di rincorsa, poi si buttò con tutto il suo peso sulla porta.

Ci fu uno schianto, e la porta cedette in parte. Virgilio si riallontanò e si abbatté di nuovo sulla porta.

– Noooo… – sentimmo urlare dall'appartamento. La voce di Ginevra.

Troppo tardi. La porta si spalancò, seguita da Virgilio per inerzia, e subito dopo da un rumore incomprensibile, come quello di cento martelli pneumatici giocattolo, che battevano ritmici in un silenzio irreale.

Dietro a Virgilio mi affacciai io, e mi guardai intorno, stordita.

Non so che cosa mi colpì di più, sul momento.

Forse la faccia di Ginevra, attonita, inginocchiata in terra.

Forse il pavimento della stanza, che sembrava brulicare di mattonelle animate.

Forse il rumore che arrivò dalla cucina, uno sfrigolìo improvviso e crescente.

– Ma non dovevi tornare domani, testa di cazzo?

O forse il fuoco d'artificio che attraversò l'intero appartamento, passando tra Virgilio e Ginevra per poi schiantarsi sulla finestra della cucina, in un crepitare di scintille.

– Credevamo che sareste tornati domani – disse Ferdinando, il fratello di Ginevra, mentre mi guardavo intorno. La cucina era un disastro. Le tende avevano preso fuoco, e le avevamo spente appena in tempo.

– E vi sembra normale mettere un fuoco d'artificio in casa?

– La finestra doveva essere aperta – disse la voce di Ginevra da camera nostra, dove si era chiusa poco dopo il nostro arrivo, arrabbiata fino alle lacrime.

– E perché le tenevate chiuse?

– Per il vento. Le tessere sono leggere, basta un alito a volte e se ne casca una addio. L'avremmo aperta solo al momento giusto...

– Sarebbe partito quando la finestra era aperta, cazzo! – chiarì Ginevra, sempre in differita da camera sua.

– Sarebbe partito alla fine – confermò Ferdinando, guardando la strage di tessere che giacevano immobili al suolo, l'una sdraiata sull'altra, come un gigantesco svenimento collettivo.

Non ricordo le parole precise. Ferdinando spiegò che, per poter fare il primato mondiale di domino, era necessario allegare alla domanda un filmato che comprovasse la costruzione. E quello avrebbe dovuto essere il nuovo primato mondiale di domino, nella categoria «domestica»: settemilaseicentotredici tessere, allineate in file e spirali su tutti gli ottanta metri quadri del pavimento dell'appartamento. Il fiume di tessere, partendo da camera nostra, avrebbe dovuto attraversare entrambe le camere e il bagno, prima di srotolarsi giulivo in salotto e di lambire la porta d'ingresso, per poi terminare in cucina.

L'ultima tessera, cadendo, avrebbe azionato un meccanismo che avrebbe acceso la miccia di un fuoco d'artificio il quale avrebbe attraversato la casa prima di uscire dalla finestra e far esplodere i suoi fiori di luce sul giardino davanti a casa. Purtroppo, il nostro inopinato arrivo aveva fatto partire il meccanismo un po' prima che fosse completato; uno dei settori completi, come avrete capito, era proprio quello che portava dall'ingresso alla cucina.

– Ma perché non ci avete aperto?

– Non potevamo arrivare alla porta. Tutto il pavimento era ricoperto di tessere. Rischiavo di far crollare tutto.

– Ma non potevate urlarci di stare fermi?

– Credevamo che fossero i testimoni di Geova, o roba così. Altri hanno suonato in questi giorni, aspettavamo e se ne andavano.

– Ci abbiamo messo cinque giorni! – urlò Ginevra dalla camera. – Cinque giorni!

– E per mettere a posto ci vorrà un mese, brutta cretina! – pare che replicai io.

Come vi dicevo, non ricordo le parole precise. Ma mi ricordo bene che le dimensioni di quelle parole furono notevoli. Insomma, non ci lasciammo bene, quella sera, io e Ginevra. Con Virgilio, invece, andammo a mangiare una pizza e ci prese il riso isterico.

– Il Guinness dei primati! Ma pensa te, questa decerebrata voleva entrare nel Guinness dei primati. Bastava che si facesse visitare, e la voce «studentessa più stupida del secolo» era sua...

– Sì, ora sei un po' cattivella...

– Io sarei cattivella? Cosa hai detto al fratello di Ginevra? La prossima volta che vuoi tirare un fuoco d'artificio mettitelo in bocca, così senti il cranio che rimbomba? – Scossi la testa. – Io sarò cattiva, ma lei è scema. Ora, il problema è un altro.

– Ovvero?

– Ma io come ci rientro, in quella casa?

A dire la verità, il problema fu un altro ancora.

Perché il giorno dopo Ginevra Piotti e suo fratello denunciarono Virgilio per effrazione.

Ve la faccio breve: sì, Virgilio venne condannato. Riconosciuto colpevole di «esercizio arbitrario delle proprie ragioni» e condannato a pagare una multa. Per arrivare a questa conclusione ci vollero due anni, un giudice sin troppo zelante e un avvocato che gli costò qualche milionata. Giuro, spese di più di avvocato che non di multa: la sanzione comminata fu di cinquantamila lire. Ridicolo, vero? Lo pensò anche lui. Anzi, ne era talmente convinto, che la cosa fosse ridicola, che ha pagato l'avvocato, ma non la sanzione. Se ne è letteralmente dimenticato, sia lui sia chi doveva riscuoterla, e sono successe tante cose, nel frattempo. Lui si è laureato, io mi sono laureata, abbiamo preso il dottorato. Ci siamo sposati e siamo andati a vivere a Pisa, in piazza delle Vettovaglie – il massimo per due chimici, visto che era il cuore pulsante dello spaccio della città. Quarantanove metri quadri, ingresso cucina camera bagno. Un po' nello strettino, dite? Cominciammo a pensarlo anche noi, di lì a poco. Non solo l'appartamento, ma anche la città. Anche perché Virgilio aveva imbroccato un paio di pubblicazioni su riviste di primo piano, e anche se noi compagni di corso lo avevamo sempre saputo, che aveva i numeri, adesso cominciavano ad accorgersene anche gli altri.

Fino al momento in cui Virgilio non venne invitato a Stanford a fare il post-doc, direttamente da un mammasantissima austroungarico naturalizzato americano a tempo di record. Ricordo bene l'eccitazione di quei giorni, della nuova vita che ci aspettava, e insieme lo stress per tutti i documenti che andavano fatti. Lì il mio lato di organizzatrice venne fuori in tutta la sua prepotenza. Il visto. I vari questionari. Mi raccomando, Virgilio, devi rinnovare il passaporto.

E qui il ridicolo diventò tragico. Avendo un carico pendente di natura penale – la multa da cinquantamila lire di cui si parlava prima – la burocrazia avvertì del pericolo che il mio fidanzato, nel frattempo divenuto marito, potesse allontanarsi e non saldare mai il suo sanguinoso debito con la giustizia. Così, tanto per cautelarsi, il passaporto non solo non gli venne rinnovato, ma addirittura ritirato.

Eh sì. Virgilio, a Stanford, non c'è mai andato. E anche dopo, una volta risolto il problema, lo stimato ateneo statunitense non si dimostrò propenso a dare una possibilità a una persona che aveva dei precedenti penali nel suo paese d'origine. Non che li biasimi, intendiamoci. Nemmeno Virgilio, lui li maledice direttamente.

Martino, ormai, dormiva del sonno dei giusti. Pietro anche. Gli tolsi il fumetto da sotto il viso e andai giù a piano terra a mettere a posto. Dopo il mio sfogo, Virgilio aveva tirato fuori dal freezer il sacro binomio (pepite di pollo e gelato, quello che dovevamo mangiare con le brioche il giorno dopo) e aveva messo i bimbi a mangiare davanti a un film con Dwayne Johnson, per cui non ci avrei messo molto. Mentre scendevo le scale, sentii un rumore di plastica.

Mi affacciai dalle scale. Virgilio stava dando il cencio. È il suo modo di provare a fare pace dopo un litigio, pulisce. Scesi silenziosamente.

– I bimbi dormono.

Virgilio non rispose. Il cencio andava avanti e indietro, lasciando una scia lucida.

– Vieni, faccio io.

– Tranquilla, quasi finito. Sai cosa? Bisognerebbe mettere l'impasto delle brioche in frigo.

Oh cavolo. Guardai l'orologio: le undici e trentacinque. Era rimasto lì più di tre ore. Aprii il forno e tirai fuori l'impasto, il quale nel frattempo si era già parzialmente tirato fuori da solo ed era letteralmente tracimato, rompendo la pellicola ed esondando con tronfio entusiasmo tutto intorno alla ciotola. Sembrava la sigla di *Blob*.

– È sempre buono, secondo te? – chiesi a Virgilio, mostrando la forma di vita nei dintorni del recipiente.

– Mah, forse vengono anche più morbide – ipotizzò lui. – Più leggere, ecco. Di sicuro ce ne fai di più.

Guardai il mostro, dubbiosa, poi presi una conca parecchio più grossa e ci trasferii l'impasto, non senza difficoltà. Quindi, dopo averlo nuovamente avvolto nella pellicola, aprii il frigorifero e rimasi lì ferma, con la conca in mano. Probabilmente non c'era abbastanza volume libero per mettercelo nemmeno sommando tutti i frammenti e gli interstizi di spazio fra le cose, figuriamoci quel ciotolone tutto intero.

– Che succede? – chiese Virgilio, nel vedermi immobile davanti al frigo con un recipiente in mano.

– Eh, che succede... non so dove mettere 'sto coso.

– Leva il ciotolo con la lepre, no?

– La lepre deve stare al freddo, sennò si rovina.

– Amore, è novembre. Mettiamolo sul tavolo fuori, c'è meno venti.

– Tesoro, è carne cruda. Se la metto fuori domani ci troviamo i coyote.

– Ma non è chiusa ermeticamente la carne?

– È tappata, ma non è ermetica. L'odore passa lo stesso, fidati.

Virgilio indicò il rotolo di cellophane che avevo lasciato sul fornello.

– Ma se la fasci con la pellicola? Non dovrebbe tenere?

Guardai la conca con la lepre, scuotendo la testa. Se fossi stata in un'altra situazione, avrei cominciato a riflettere a voce alta. Mi ha sempre affascinato come facciano le molecole a farsi strada, a diffondere nei liquidi e persino nei solidi. Come persone maleducate in una calca, approfittano degli spazi che si creano in continuazione, grazie ai piccoli movimenti delle altre persone, per incunearsi e passare oltre. Non è necessario essere particolarmente piccoli, o leggeri, basta avere pazienza. Anche atomi molto pesanti diffondono, se si dà loro del tempo.

Questo, se fossi stata in una situazione normale.

In quel momento, invece, continuai a scuotere la testa. Sempre più forte. E poi cominciai a tremare.

– Sere...

– Virgilio...

– Ti senti bene?

– No. No. No, per niente.

– Siediti lì. Ti prendo un po' d'acqua?

– No, rum.

– Rum?

Guardai Virgilio, annuendo mentre continuavo a tremare.

Ho capito, avrei voluto dirgli.

– Come?

– Ho capito chi ha ucciso il Caroselli.

E l'avevo capito davvero.

Articolo 348

AUSILIARIO DI POLIZIA GIUDIZIARIA

1. *La polizia giudiziaria, quando, di propria iniziativa o a seguito di delega del pubblico ministero, compie atti od operazioni che richiedono specifiche competenze tecniche, può avvalersi di persone idonee le quali non possono rifiutare la propria opera.*

Una dote fondamentale per un buon poliziotto è saper riconoscere i propri errori.

E qui, per una volta, i film e i romanzi gialli sono molto più obiettivi della vita reale. Nei gialli, i grandi investigatori – Poirot, Nero Wolfe, per non parlare dell'ispettore Morse – riconoscono sempre quando hanno sbagliato. Arriva immancabilmente, solitamente verso i tre quarti della storia, il momento in cui l'investigatore si definisce trentasei volte imbecille, un vero stupido, un autentico idiota. Dopo di che, avendo ammesso un errore nel corso dell'investigazione, è pronto per riesaminare le prove e individuare definitivamente il canaglione.

Perché non c'è nessun avanzamento senza errori. Procedere in una indagine senza mai sbagliarsi sarebbe possibile solo se sapessimo già in anticipo cosa stiamo cercando. Se già sapessimo tutto non sarebbe un'indagine, ma una caccia all'uomo. O alla donna. Ma, in questo caso, all'uomo. Perché l'analisi genetica non dava adito a nessun dubbio: l'orinante, la persona che aveva annaffiato l'albero accanto a cui era stato trovato il cadavere del Caroselli, qualunque fosse stato il suo ruolo nell'omicidio, era senza dubbio un maschio.

E, senza dubbio, non era Bernardo Raspi.

– Giglio, ma sei sicuro? – aveva chiesto Corinna, il monitor davanti agli occhi, il telefono accanto all'orecchio e una mano di ferro intorno al cuore.

– Non è che c'è molto da chiedere a me – aveva risposto Gigliotti. – L'analisi la fa l'elettroforesi. La compatibilità è nulla.

– Ma non è che magari il campione si è contaminato, che so, il cane con il naso troppo vicino ci ha mandato della saliva...

– Non funziona così. Quand'anche ci fosse andata la saliva del cane avresti visto il DNA del soggetto e anche quello del cane. Se il campione è misto, è come mescolare dei pezzetti di Lego gialli con altri blu. Non è che quando vai ad analizzare trovi dei pezzetti verdi, ne trovi alcuni gialli e alcuni blu.

– Magari potrebbe essersi deteriorato il campione...

– Negativo. I segmenti li riconosco, il DNA si è conservato bene, ed è plausibile, le giornate sono fredde e le microporosità dell'albero hanno ritenuto il liquido bene.

– Cioè, non è lui?

– Cioè, non è lui – disse Gigliotti. – Ascolta, Corinna, abbiamo il DNA di una persona sulla scena del crimine. In un omicidio all'aperto non capita praticamente mai. È un colpo di culo che possiamo ancora usare. Il primo tentativo era plausibile, ma è andato a vuoto. Non è che ora dobbiamo buttare via il campione, dobbiamo solo fare altri tentativi.

Corinna abbassò il telefono.

Dobbiamo solo fare altri tentativi. La fa facile, lui. Lui il lavoro l'ha fatto. Arrivo, gratto, metto tutto dentro una macchina e ti dico che hai torto. Dovevo studiare chimica anch'io, c'ero portata. Invece ho fatto legge e sono diventata sovrintendente di polizia. Cioè ora devo andare dalla Pistocchi e dirle che sono entrata nel suo adorato convento per nulla. Ho sbagliato.

Corinna iniziò a dondolarsi sulla sedia. Prima di immaginare potenziali rischi traumatici per il sovrintendente, e conseguente arresto delle indagini con inevitabile fastidio per il lettore – il quale, siccome ha in mano un giallo, vorrebbe comprensibilmente sapere come andrà a finire – sarà bene specificare che Corinna non si stava dondolando sulle due zampe posteriori col pericolo mai abbastanza sopravvalutato di stamparsi di vertebre sul gres. Il sovrintendente Stelea aveva una poltrona ortopedica basculante con supporto per le ginocchia, fatta su misura, ottenuta dopo mesi di rivendicazioni sindacali tramite il SAP in base all'art. 25 D. Lgs. 81/2008 (lettera a) del primo comma, a causa del fatto che, essendo alta metri uno e novantuno centimetri, la sua discopatia lombare già in essere avrebbe potuto aggravarsi in breve tempo se fosse perdurato l'uso della seduta standard in dotazione. Era stato, per Corinna, il primo, piccolo successo dall'ingresso in quell'ufficio: non tanto ottenere una sedia, quanto farsi prendere sul serio. Cosa che adesso, ripensando al momento in cui sarebbe dovuta tornare dalla Pistocchi, non le sarebbe riuscito così facilmente.

Specialmente se voleva avere la possibilità di rientrare nel convento.

Altolà, sovrintendente Stelea. Bernardo è stato sicuramente un errore. Il primo errore.

O forse, lo sbaglio all'origine di tutto è stato incaponirsi sul convento?

Perché mi sono convinta che giri tutto intorno al convento? Innanzitutto, perché Caroselli era un insegnante della scuola. Poi c'erano due eccezioni. Due cose che non tornavano. Sembra una barzelletta: cosa ci fanno una prostituta e un fucile in un convento?

Lo sguardo di Corinna vagò sulla scrivania, sui CD ordinati che non usava da tempo ma che ugualmente guardava quando voleva scegliere cosa ascoltare. Poi, una volta scelto l'album, lo metteva sul telefonino e se lo godeva con gli auricolari, guardandosi intorno, nell'intimità rassicurante della sua personale colonna sonora del mondo. Ciò nonostante, come si diceva, spesso le veniva voglia di riascoltare qualcosa guardando i suoi vecchi CD. Vecchi ma sempre validi. Come il cofanetto color ocra che aveva davanti. De André, *Opera omnia*, la cui dicitura, pur non essendo truffaldina, non era affatto veritiera.

È vero che il titolo di un'opera può essere sensibilmente distante dal contenuto della stessa, come ben sa chiunque abbia acquistato *How to Dismantle an Atomic Bomb* degli U2 e abbia ascoltato diligentemente tutto l'album senza acquisire alcuna conoscenza sul disinnesco degli ordigni nucleari; è però altresì vero che, in una raccolta postuma che si intitola *Opera omnia*, l'utente è portato legittimamente a pensare che all'interno troverà tutte le canzoni apparse a nome dell'artista in questione. Il che non si verificava: mancavano alcune tracce incise per l'editore Karim, come *Nuvole barocche*, *E fu la notte*, *Il testamento*. Tutte canzoni trascurabili, a parte l'ultima:

> *Ai protettori delle battone*
> *lascio un impiego da ragioniere*
> *perché provetti nel loro mestiere*
> *rendano edotta la popolazione*
> *ad ogni fine di settimana*
> *sopra la rendita di una puttana.*

Ecco, fermiamoci un attimo, pensava intanto Corinna. Sulla prostituta le cose erano state spiegate sufficientemente. Ma al tempo stesso non aveva ancora avuto modo di parlarci. E come diceva De André, evidentemente non sono poche le persone che vanno a puttane. Possibile che Ayotunde avesse riconosciuto qualcuno? Qualche babbo della scuola? E che lo avesse detto a Caroselli?

Ma si uccide qualcuno perché sa che vai a donnine? Oddio, aspetta. Se magari sei in causa di divorzio, o hai altri problemi. Un rompicoglioni come il Caroselli avrebbe esitato a usare questa informazione se glielo avesse chiesto, che so, la moglie del puttaniere? No, a quanto aveva capito del tipo, no. Anzi, era capace di andarglielo a dire.

Poi, secondo fatto strano, perché qualcuno mi ha raccontato che in convento tenevano un fucile? E qui la cara suorina ha detto una bugia, dicendomi che non lo ha spostato e che lo tiene sempre nello stesso posto.

Altolà 2, la vendetta, sovrintendente Stelea. Possibile che la bugia fosse quella di Zandegù? Poteva sapere che la suora aveva il porto d'armi per vie collaterali, ed essere andato a fare la spia inventandosi una storia tutto sommato plausibile di vescica anziana?

In fondo è un ex ufficiale e uno sparatutto anche lui – *ho una certa dimestichezza con le armi da fuoco* – e non è fuori dal mondo che anche il caro ometto...

– Capo, posta – disse Corradini entrando.

– Corradini, si bussa – rispose Corinna, scuotendosi.

– L'ho fatto, capo – si giustificò l'agente, fermandosi a mezza via tra la porta e la scrivania, con un mazzo di buste in mano. – E poi la porta era aperta.

– E allora bussa più forte –. Corinna sorrise, solo con la bocca. – Scusa, Corradini, giornataccia. A quest'ora la posta?

– Sì, volevo darle questa personalmente, ma finora era fuori. Vede, questa... – disse Corradini indicando una busta col dito. – Guardi come è strana. Qualcuno l'ha fatta al vapore.

Corinna prese la busta in mano, delicatamente, mentre il cuore le ricominciava a battere.

Ormai, grazie alle serie televisive in cui con esecrabile leggerezza si divulgano particolari di scienza forense che dovrebbero rimanere di stretta competenza delle autorità preposte – un lassismo al quale, *obtorto collo*, anche noi in quest'opera ci siamo dovuti adeguare – qualsiasi telespettatore sa che il DNA rimane sulla carta, e su qualsiasi superficie con cui il soggetto entri in contatto. Per questo, oggigiorno, chi manda lettere anonime non di rado, oltre a ripulirle da eventuali impronte digitali, gli dà una bella ripassata col vapore.

Inoltre, la missiva presentava un'altra caratteristica curiosa; era infatti indirizzata semplicemente al sovrintendente Corinna Stelea. Ora, nell'organigramma della polizia lei era Ana C. Stelea, anche se tutti quelli che la conoscevano la chiamavano Corinna. Tutti quelli che la conoscevano, appunto. Chi aveva scritto la lettera non aveva cercato in rete, ma sapeva che lei usava d'abitudine il suo secondo nome. Quindi, come sapeva che era lei ad occuparsi dell'indagine? Ad occuparsene sul campo, si intende. Sul giornale, ovviamente, era andato solo il nome della dottoressa Pistocchi, corredato da una foto di una settantina d'anni prima in cui la pm sembrava una pr.

Quasi sicuramente, era una persona dell'ambiente. Qualcuno che era stato interrogato. Qualcuno con cui aveva parlato.

Qualcuno che poteva sapere per davvero.

Corinna aprì la busta senza fare finta di essere distaccata.

Caro sovrintendente,
con la presente la informo che in data 7 novembre alle
ore 08:47 sulla strada che porta a Ponte San Giacomo da
Lucca, a poca distanza dal boschetto del Fornace...

In quel preciso momento, il telefono squillò.

Corinna guardò lo schermo, per rendersi conto subito
dopo che a chiamarla era quella Serena Martini che, finora, con il suo vizio di mettere il naso dove non doveva le aveva causato solo guai. Casomai rispondo dopo, eh.

... ho visto chiaramente e riconosciuto senza alcun ra-
gionevole dubbio...

Intanto, il telefono continuava a suonare. Ventitré
e trentasette, diceva il monitor del computer. Cavolo,
ma questa tizia è inopportuna proprio a livello genetico, eh. Ora le rispondo e la rimbalzo. Mica può rompere i coglioni ogni momento solo perché distingue gli
odori, eh. Prima la pipì, va bene. Poi sei convinta che
ti siano entrati in casa con il ginocchio di una mum-
mia e ti abbiano frugato nella spazzatura, okay. Adesso cosa c'è? Hai scoperto chi è che scorreggia in ascen-
sore e lo vuoi denunciare?

– Pronto.

– Pronto, Corinna.

– Tutto bene? – disse Corinna, a scapito dei suoi pro-
positi bellicosi. Perché si sentiva subito dalla voce che
c'era qualcosa che non andava.

– Non... non lo so... Senti, non mi prendere per matta...

Avrei dovuto avvantaggiarmi prima, pensò Corinna, ma non lo disse.

– ... ma credo di sapere chi è stato.

– Serena, ascolta. Quanto sei sicura di quello che stai di...

E Serena disse un nome e un cognome.

Corinna guardò il foglio che aveva in mano.

– Ho paura, Corinna.

Lo stesso nome e lo stesso cognome che c'erano sulla lettera anonima.

– Io non so cosa fare...

– Vieni subito in stazione.

– Allora, Serena, innanzitutto qualcuno sa che sei qui?

– Solo Virgilio. Mio marito. Gli ho detto di non rispondere al telefono.

– Tuo marito lo sa quello che...?

– Sì, lui sì. Solo lui. Tranquilla.

Che bello potersi fidare così totalmente di una persona.

– Allora, Serena, ti ringrazio per quello che stai facendo. Ci vuole coraggio. Devo chiederti alcune informazioni su questa persona. Da quanto la conosci?

– Da quando i bimbi vanno a scuola. Dall'asilo. Otto anni.

– Quanto la conosci?

– Quanto puoi conoscere una persona in questo modo. Non è il genere di persona con cui esci a cena.

– Senti, ti faccio una domanda che potrebbe sembrarti strana...

Corinna guardò Serena. Aveva due occhiaie scure che le cerchiavano gli occhi. E sembrava che le fosse cascata la faccia. La prima volta che l'aveva vista, Corinna aveva pensato che a vent'anni doveva essere bellissima. Adesso, ne dimostrava dieci in più dei quaranta che aveva.

– Guarda, al momento la vedo dura che qualcosa possa sembrarmi strano.

– Secondo te, il tizio frequenta prostitute?

– Come?

– Secondo te...

– No, ho capito, non sono così sorda. Intendo, che tipo? Escort d'alto bordo o battone da strada?

– La seconda che hai detto.

– No. No, non ce lo vedo proprio. No, nessuna delle due in realtà. Ma sai, non lo conosco così bene.

– Però lo conosci meglio di me, che ci ho parlato una volta.

– Quello credo di sì.

– Allora, ti spiego il problema. Ho commesso già un errore, e non sarà facile avere una seconda possibilità. Devo essere in grado di raccontare una storia coerente, non posso presentarmi dalla Pistocchi con due o tre pezzetti di prove raccattati qui e lì. Dobbiamo ricostruire come è andata in modo convincente. Se ci riusciamo, otterrò il mandato per la perquisizione personale e la raccolta di campioni biologici. Se non ci riusciamo... be', diciamo che la pm difficilmente mi telefonerà per sapere cosa ne penso.

Serena aveva ancora la bocca semiaperta, anche se stava solo ascoltando. La richiuse.

– E allora adesso cosa possiamo fare?

– C'è una sola cosa da fare – disse Corinna. – Sei incensurata?

– Io? Sì...

– Sei chimica iscritta all'albo? Non sei mai stata radiata?

– Che io sappia no...

– Perfetto. Dottoressa Martini Serena, in virtù delle sue competenze tecnico-scientifiche la nomino ausiliario di polizia giudiziaria. Adesso, e fino a quando mi servi, sei a tutti gli effetti un pubblico ufficiale e puoi prendere visione delle evidenze che riterrò opportune. Ora... – Corinna si sedette meglio sulla sedia basculante – ... inizia raccontandomi cosa è successo secondo te.

Serena raccontò, mentre sul calendario il giorno andava a scadenza. Corinna chiese chiarimenti, quando Serena ebbe terminato, poco dopo che su tutti gli schermi della questura e del paese la data era cambiata. Poi, mentre l'oggi ignorava le lusinghe del domani e restava pigramente immerso nelle coltri dell'oscurità, insieme le due guardarono elenchi e file, compulsarono prove, rilessero a voce alta. Infine, come ogni lavoratore (o lavoratrice, o lavorat***) a ogni latitudine del globo, andarono a prendere un caffè alla macchinetta automatica per raccogliere meglio le idee. Nel frattempo, il nuovo giorno cominciava ad accettare che le cose erano cambiate, e a lasciarsi vincere dalla luce che trapelava dalle veneziane.

– Te che sei una esperta, all'odore c'è più plastica o più caffè qui dentro?

– Mah, direi che qui non c'è troppo bisogno dell'esperta... – rispose Serena, con quello che era il primo sorriso della nottata. Poi, come se si rendesse conto che sorridere non era previsto nel corso di una indagine per omicidio, guardò Corinna con aria seria seria.

– Torna, no? Che ne dici?

– Sì, a me sì. Ma per andare un'altra volta dal magistrato ci vogliono prove più solide. Al momento abbiamo una lettera anonima, una pisciata e un fucile che non è dove dovrebbe essere.

– E alcune delle prove ora come ora non possono essere presentate – aggiunse Serena. Corinna scosse la testa.

– Allo stato in cui siamo, direi che le prove non ci interessano più. Adesso dobbiamo riuscire a raccontare alla Pistocchi una storia che la convinca. Abbiamo la possibilità, abbiamo alcune incoerenze, adesso ci manca il perché. Nessuna storia funziona se non sai dire il perché.

Articolo 384

FERMO DI INDIZIATO DI DELITTO

1. *Anche fuori dei casi di flagranza, quando sussistono specifici elementi che, anche in relazione alla impossibilità di identificare l'indiziato, fanno ritenere fondato il pericolo di fuga, il pubblico ministero dispone il fermo della persona gravemente indiziata di un delitto [...].*

Corinna non aveva mai visto la dottoressa Pistocchi con il rossetto. Il motivo era semplice: Gianfranca Pistocchi non aveva mai avuto bisogno di rossetto perché non aveva le labbra. Quando era aperta, la bocca era una fessura, simile a una cozza spadellata; quando era chiusa, era un taglio di traverso alla faccia. Corinna non se ne era mai accorta, probabilmente perché in sua presenza era un evento alquanto raro.

In quel momento, il taglio era inclinato con entrambi gli angoli verso il basso, mentre la donna scuoteva la testa piano.

Forse, chi legge potrebbe stupirsi che questa narrazione abbia assunto un tono così colloquiale, così come del fatto che in questo capitolo – evento sinora inusitato – ci siamo permessi di troncare a metà un articolo di legge, comportamento che per quanto ci riguarda troviamo scorretto oltre che disdicevole, senza oltretutto spiegarne l'effettivo significato nella vita del bravo poliziotto. Ma la oggettiva realtà è che non serviamo più. Noi, ovvero i codici, gli articoli, i vademecum, insomma l'intero corpus dei regolamenti che costituiscono da anni il senso del dovere del sovrintendente Stelea, a questo punto della vicenda, siamo assolutamente inutili. Nel momento che stiamo descrivendo, non c'è alcuna traccia di noi nella consapevolezza del sovrintendente, né delle altre due persone presenti. Per cui, cercheremo di raccontare quello che stava succedendo adeguandoci per quanto possibile alla situazione.

La dottoressa Pistocchi voltò la pagina che teneva in mano, constatò che non c'era scritto altro e la appoggiò di lato, sulla scrivania.

– Stelea, questa è una lettera anonima.

Vero. In effetti era esattamente la lettera anonima che Corinna stava leggendo quando le aveva telefonato Serena. E in fondo alla pagina c'era scritto lo stesso nome che aveva detto Serena. Nome che la dottoressa Pistocchi aveva pronunciato ad alta voce, appena pochi secondi prima.

– Inoltre è in contraddizione con le sue dichiarazioni – continuò la pm. – Questa persona ha un alibi, Stelea.

– L'alibi è fasullo. Può essere smentito facilmente, anche grazie alla testimonianza della qui presente dottoressa Martini.

La pm si voltò verso la succitata dottoressa Martini, e vide una quarantenne in tuta e con il viso pesto. Di solito, è la condizione standard di chi dorme su una panca dopo essere stato arrestato; in quella circostanza, solo la prima parte della frase era vera.

Alle cinque e quarantacinque di mattina, dopo aver finito di ricostruire quello che secondo loro era successo, Corinna aveva detto che avevano una storia, quello che serviva per convincere la pm. Inoltre, aveva detto che le sarebbe stato molto utile se Serena fosse rimasta di persona per poter riferire direttamente alla dottoressa Pistocchi. Ora, siccome la dottoressa arrivava presto, andava via presto e dava la precedenza alla curia, Corinna intendeva rimanere in questura ad aspettare l'arrivo della p. m., che di solito si presentava non più tardi delle otto a. m. E così Serena era rimasta anche lei direttamente in questura in attesa della magistrata, addormentata su una panca come una disgraziata.

– La persona ci ha mentito, sia su quello che su altre circostanze.

– Ah. E quali sarebbero, queste circostanze?

– Prima di arrivare a questo, vorrei sottolineare le cose di cui siamo certi. L'unico aspetto su cui tutte le informazioni convergono è la vittima.

Corinna picchiettò brevemente l'indice su un fascicolo. Il curriculum del professor Caroselli, scaricato da Internet all'inizio dell'indagine.

– Luigi Caroselli, di anni 54, professore pro tempore di musica presso la Scuola della Casa di Procura Missionaria. Di lui tutti dicono due cose: bravissimo insegnante e, mi perdoni, dottoressa, grandissimo rompicoglioni.

Corinna prese in mano un altro fascicolo: le mail e i tabulati telefonici della vittima.

– Dalle mail, dalle testimonianze, emerge chiaramente una persona che, mettiamola così, aveva le idee chiare, ci teneva tantissimo ai suoi allievi e detestava le ingiustizie. Una persona di saldi principi.

– Veramente, a quello che so, Stelea, era anche laico in maniera spesso provocatoria, eppure insegnava in una scuola confessionale –. La dottoressa Pistocchi alzò gli occhiali. – Mi sa che i suoi principi non erano così saldi come faceva vedere.

– Io credo di sì. Adesso ci arriviamo. Ad ogni modo, si può dire tranquillamente che non fosse il tipo che aveva paura delle convenzioni e delle regole sociali. E non si faceva minimamente problemi ad andare contro i suoi stessi superiori, se la cosa lo toccava nei principi.

– E questa per lei è una cosa ammirevole, giusto? Un esempio da seguire?

Adesso la voce della pm era decisamente sarcastica. Corinna si rese conto che il discorso aveva preso la piega sbagliata.

– Tutt'altro, dottoressa. Trovo però ammirevole, in un mondo di gente che se ne frega, che il Caroselli si prendesse a cuore le sorti dei suoi allievi da tutti i punti di vista. Lei conosce la famiglia Rigattieri?

– E come no. Il marito della Bonciani si chiama Rigattieri.

Anna Sofia Bonciani, sostituto procuratore della Repubblica, era una delle donne più arriviste e presuntuose che Corinna avesse mai incontrato. Non aveva mai, al contrario, incontrato qualcuno a cui la Bonciani stesse simpatica.

– Sapeva, per esempio, che aveva denunciato ai servizi sociali la famiglia della Bonciani per i continui atti di bullismo del figlio?

– Come?

– Il figlio, Pierluigi, pare sia il classico prepotente figlio di genitore 1 o 2 che dir si voglia. Caroselli, dopo continui richiami e punizioni, aveva detto agli assistenti sociali che i genitori erano chiaramente incapaci di educare il figlio e ne aveva segnalato la situazione.

– Ah – disse la Pistocchi, guardando la foto della vittima.

Corinna riuscì a non sorridere, ma mentalmente si strinse la mano. Quando aveva trovato che il Caroselli era riuscito ad andare contro alla Bonciani, aveva capito di avere in mano un'arma più efficace di qualsiasi prova per avere l'attenzione del pubblico ministero.

– Ho capito. E quindi?

– Quindi, era una persona che non guardava in faccia a nessuno, nemmeno se stesso. Se riteneva che fosse suo dovere, lo faceva.

Che bello, sentirsi rammentare. Sì, scusate, non ci intromettiamo più.

– Questo emerge anche da un altro particolare.

Corinna prese in mano il curriculum del Caroselli, vergato con precisione nel classico formato europeo.

– Ecco qua. Diplomato in pianoforte a diciotto anni, specializzato in clavicembalo, vincitore del concorso internazionale di Bruges, ha studiato con Gustav Leonhardt e Trevor Pinnock...

– Ignoro chi siano.

– Anch'io. Però mi sono informata, sono dei giganti della musica antica. E il concorso di Bruges è uno dei più importanti del mondo. Insomma, questo Luigi Caroselli era un signor musicista.

– E allora perché insegnava alle medie?

– Appunto. Me lo sono chiesto anche io. Questo ce lo ha confermato un suo amico, Ottaviano Celiberti, musicista anche lui. In pratica, non prendeva l'aereo.

– Come? Aveva paura dell'aereo?

– No. Non lo prendeva. Caroselli era un ecologista convinto, anzi, più che convinto, quasi fanatico. Gli aerei sono responsabili del 25% delle emissioni di CO_2 del pianeta, diceva, e quindi non usava né aerei né altri mezzi a motore. Si muoveva solo in bicicletta. Aveva installato in casa pannelli solari e turbine eoliche che producevano l'energia elettrica per suo consumo personale, e anche... – Corinna prese un fascicolo, il risultato della perquisizione in casa della vittima, e lo porse alla pm – ... una cyclette speciale che convertiva in energia elettrica i suoi allenamenti domestici.

– Altro che convinto, questo era un talebano... – disse la Pistocchi, prendendo il fascicolo in mano come se scottasse.

Corinna annuì. Personalmente, lo pensava anche lei.

– Sia come sia, da un certo punto della sua vita aveva incominciato a spostarsi solo a piedi o in bici. Difficile diventare un concertista internazionale, rischi di arrivare un po' stanchino alla performance.

La dottoressa Pistocchi continuava a sfogliare il fascicolo della perquisizione in casa Caroselli, come se sperasse di trovarci reperti ancora più assurdi.

– Scusi, eh, Stelea, abbia pazienza, però da dove salta fuori questo Ottaviano Celiberti? È la prima volta che sento questo nome.

– È un musicista, un violinista per la precisione. Ha suonato spesso con Caroselli.

– E quando ci ha parlato, scusi? Perché non mi ha avvertito?

– La sto avvertendo adesso. L'ho sentito non più tardi di tre ore fa. Stamattina verso le cinque.

– Verso le cinque? – La magistrata guardò la sovrintendente, e poi dette un'occhiata all'altra tipa, che rimaneva lì seduta con lo zainetto sulle gambe e le borse sotto gli occhi. – Stelea, cos'è questo vizio di chiamare le persone in questura a notte fonda?

– Non l'ho convocato, ci ho parlato per telefono. Vive in Svizzera, a Basilea.

– E ha chiamato una persona alle cinque di mattina per chiederle come mai un suo amico non aveva fatto carriera?

La pm guardò Corinna dalla testa ai piedi. Corinna non era sposata, non era fidanzata, non aveva figli. Parecchie persone si chiedevano, dopo averla conosciuta, per quale motivo una ragazza così bella e apparentemente così intelligente non fosse accompagnata. La dottoressa Pistocchi aveva lo sguardo di chi inizia a intuire la risposta.

– Non proprio –. Corinna batté due volte con la mano sul fascicolo numero due, quello delle mail. –

Vede, qualche giorno fa Caroselli aveva ricevuto una mail da Celiberti. Gli diceva che sarebbe stato lui il tutor del suo allievo, e sarebbe stato contento di lavorarci insieme. Celiberti insegna una cosa che si chiama Prassi Esecutiva in una scuola di musica di Basilea.

– E questo allievo chi sarebbe? Nella mail non c'è scritto.

– È proprio questo il punto. L'allievo è un tredicenne, una età eccezionalmente bassa per essere ammessi a questa scuola, ma visto il talento del giovane si era deciso di fare una eccezione.

– Cioè, è un allievo della scuola media delle suore?

– Altro che. Si chiama Gabriele Scuderi Tarabini.

La pm guardò Corinna, mentre le pupille si stringevano. Con la mano, prese la lettera anonima.

– Esatto – la anticipò Corinna. – È lo stesso nome che c'è sulla lettera anonima.

– Cosimo Scuderi Tarabini... – lesse la pm, con tutta un'altra intonazione rispetto a qualche minuto prima. – E questo Cosimo sarebbe...

– Sarebbe il padre di Gabriele Scuderi Tarabini.

– Abbia pazienza, Stelea, non ci capisco più nulla – disse la magistrata, guardando per la prima volta la sovrintendente come se fosse un essere umano.

– Ha ragione, le manca ancora un'informazione. Vede, Cosimo Scuderi Tarabini sostiene che il figlio non ha passato l'esame di ammissione della scuola di Basilea.

Gianfranca Pistocchi volse gli occhi verso la tipa seduta accanto a Corinna, che stava annuendo.

– L'ho sentito con le mie orecchie – disse, con voce stanca, ma ferma. Poi guardò Corinna.

– E come lei tanti altri – le andò in aiuto la poliziotta. – Lo ha detto a una cena di classe, in pizzeria, di fronte a una ventina di persone.

– E, scusate, allora chi...

– Questa è la stampata della mail ufficiale, mandata dalla scuola, con la quale si comunica che Gabriele Scuderi Tarabini è stato ammesso alla scuola in questione –. Corinna dette una piccola botta col dorso della mano al foglio che aveva nella sinistra, come a farne sentire la solidità. – Mail spedita in data 5 novembre dalla segreteria della scuola stessa a Cosimo Scuderi Tarabini. La medesima persona che, nella lettera anonima, viene identificata vicino al luogo del crimine in un orario compatibile. E la stessa persona che ha detto al figlio, e ha anche ripetuto coram populo, che non era stato ammesso alla scuola, quando invece era entrato e come.

– Ma perché?

E qui la tipa aprì la bocca per la seconda volta.

– Per lo stesso motivo per il quale ha ucciso il professor Caroselli.

Epilogo

– Che poi quando l'ho detto mi hanno subito fatto il mazzo. «Non possiamo affermare che qualcuno ha ucciso il Caroselli finché quest'ultimo non sia stato condannato in via definitiva».

– Ma questo chi te l'ha detto? La pennellessa?

– No no, lei era già lì con le manette pronte. È stata il pubblico ministero, quella tipa esosa, la Pistocchi.

Stavamo passando rasente al boschetto del Fornace, ma in realtà l'omicidio del povero Caroselli era nei nostri discorsi da quando eravamo partite, tutte e quattro. Eh sì, stamani siamo in quattro. Si è unita anche Lucia, la mamma di Roni&Raian, che è una di quelle che si spara le trasmissioni tipo *Quarto Grado* e *Chi l'ha visto?*, e non le pare vero di poter avere notizie di prima mano direttamente dalle fonti.

– Ma lui però ha confessato, no?

– Sì, sì. Ha confessato.

Anche questo proveniva direttamente dalle fonti. Anzi, dalla fonte. Un messaggino che mi era arrivato quella mattina, alle sei e mezzo.

C. ha confessato. A dopo.

– Oimmèi, che storia...

– Ma coi bimbi c'è qualcuno?

– C'è sempre la Carlotta, credo.

Mi guardavo i piedi, mentre camminavo. La mattina precedente, ero uscita dalla questura che ero uno straccio. Mi sentivo sporca e stanca, smontata. Ma ero crollata solo a metà pomeriggio, quando ero andata a prendere Pietro e Marti a scuola, e avevo visto Carlotta andare verso Gabriele Scuderi Tarabini e mettergli un braccio intorno alle spalle.

– Ha avvertito il tuo babbo che oggi ti passava a prendere la mamma di Zeno – aveva detto suor Fuentes, mentre Gabriele guardava proprio Carlotta, che non riusciva a tenere le lacrime.

Uno sguardo, due secondi, e aveva iniziato a piangere anche la suora.

E subito dopo anch'io.

Sapete com'è, era anche colpa mia se gli avevano appena arrestato il babbo.

– Ma allora, praticamente, te sei andata dalla poliziotta con cosa, di preciso?

– Con nulla, alla fine. Solo con un racconto. La lepre l'avevo già messa a marinare, e i pallini li avevo già tolti.

Già, i pallini. I pallini della lepre che mi aveva portato la figlia di Cosimo. Sanno che mi piace parecchio la cacciagione. Una delle lepri prese da Cosimo la domenica mattina, a Rivo.

Peccato che non fosse stato lui a cacciarle, ma il Caroselli stesso.

Mi ricordo che stavo parlando con Virgilio di mettere la lepre sul tavolo in giardino, di come non sarebbe stato furbo perché le molecole aromatiche avrebbero trovato prima o poi una strada per scappare dal labirinto di pellicola in cui avevo avvolto la carne a marinare. E di come gli atomi si diffondono nell'ambiente che li circonda. È strana, la parola «ambiente». È una di quelle parole che per un chimico ha un significato differente. Per l'uomo della strada significa il mare, i monti, i fiumi. Per il chimico significa «il posto in cui avviene una reazione». A volte questi significati si sovrappongono. Stavo per dire a Virgilio: «È per quello che tolgo i pallini dalla carne subito. Il piombo altrimenti si disgrega e si diffonde, e va a finire che ti avveleni». Solo che i pallini che avevo tolto dalla lepre erano di ferro dolce, non di piombo.

Avevo cucinato più o meno uno zoo di capi regalati da questo e da quell'altro, e non mi ricordavo che Cosimo avesse mai usato pallini di ferro. Il motivo era semplice: non lo aveva mai fatto. E non aveva senso che lo facesse. I pallini di ferro, ricordate, sono costosissimi e danneggiano le canne del fucile. Uno come Cosimo, uno che sparava col preziosissimo fucile del padre, avrebbe mai usato dei pallini di ferro, col rischio di rovinarlo? Uno che gettava le sigarette per terra e non faceva la raccolta differenziata – non sapevo ancora che anche Corinna, nella liuteria, lo aveva già notato – avrebbe avuto questo riguardo, spendendo di più per ottenere un risultato peggiore? Quella era roba da maniaco, o da pioniere, se preferite. Insomma, da Caroselli.

Questo era quello che avevo detto a Corinna. Avevo solo una storia.

Non potevo portare i pallini, perché li avevo messi nel ciotolo delle pile usate, insieme a quelli di piombo. Potevano venire da qualsiasi parte. Avevo solo la mia parola. Però, certo, non ci vuole una chimica per distinguere il ferro dal piombo, ma una chimica è più credibile.

– E lei a quel punto cosa ha fatto?

– Eh, mi ha creduto.

Insomma, non proprio. Questo però non lo potevo dire, Corinna era stata chiara.

Dopo che le avevo detto dei pallini, Corinna aveva chiamato un tizio al telefono. Il tipo era arrivato subito, si vede che quella notte non dormiva nessuno. Mi sembrava di conoscerlo, ma non ne ero sicura.

– Senti, Giglio, i pallini che hanno ucciso il professore, ce li hai sempre?

– No, li ho venduti a un giornalista. Vuoi fare a mezzo? Non mi ha dato molto...

– Idiota. Ti ricordi mica di che materiale sono fatti?

– Certo. Ferro dolce. Si usa nella caccia alle specie acquatiche o in zone protette, non è tossico come il piombo.

Corinna mi aveva guardato. Aveva degli occhi bellissimi, ma in quel momento nessuno sano di mente glielo avrebbe detto.

– Ha bisogno di fucili particolari?

– Eh, sì. Di una strozzatura diversa della canna. La balistica non è uguale al piombo, il peso è diverso e...

– Potresti spararli con un... – Corinna guardò il documento che aveva aperto sul computer. Il porto d'armi di Cosimo, per il famoso fucile ereditato dal padre. – ... Bernardelli Sant'Uberto?

– Se vuoi fare rumore e basta sì. Non coglieresti un ulivo a dieci metri. Scherzi a parte, rovineresti tutte le canne, quel fucile è un'opera d'arte. Sarebbe da scemi –. Gigliotti aveva scosso la testa. – Per una munizione spezzata di questo tipo serve un altro fucile. Una cosa tipo...

– Una cosa tipo questa?

Corinna aveva aperto un altro documento sul computer. La domanda per il porto d'armi del Caroselli. Per un fucile da caccia.

– Sì, questo sì. Questo è plausibile.

Corinna mi aveva guardato per la seconda volta.

Durante la perquisizione in casa della vittima, non era stato trovato nessun fucile. Ma dato che il Caroselli era un cacciatore ed era ligio alla legge, quel fucile avrebbe dovuto trovarsi in casa sua. Allora dove era finito?

In quel momento, ancora, non lo sapevamo. Ma avevamo una storia coerente. Quello che avevo detto io coincideva con quanto diceva Gigliotti. Il mio racconto e il suo racconto potevano avere una causa comune: i pallini che erano nella lepre che mi aveva portato la figlia di Cosimo erano dello stesso tipo che aveva ucciso Caroselli. Ed erano quelli usati dal Caroselli, con il fucile che non si trovava.

E allora come potevano essere nella lepre di Cosimo? Semplice, quella lepre non era di Cosimo.

Le lepri da queste parti ci sono solo nel bosco di Rivo, a chilometri di distanza. Lo sanno tutti. Se tutti erano convinti che Cosimo fosse a Rivo, non poteva essere al Fornace, dove non ci sono lepri. Nella storia che Cosimo aveva cercato di costruirsi, le lepri prese da Caroselli quella mattina prima di incontrarlo erano un alibi perfetto per lo stesso Cosimo.

Un alibi che paradossalmente gli si era rivoltato contro.

– E quindi è lo Scuderi che t'è entrato in casa l'altro giorno?

– Credo proprio di sì. Doveva essere uno che mi conosceva, perché sapeva che riconosco gli odori, e magari aveva paura che riconoscessi il suo. E quindi ha dato il deodorante ovunque, e lasciato la porta-finestra aperta. Sapeva che la porta spesso rimane chiusa ma senza serratura, e presumibilmente ha usato il ginocchio di Tutankhamon.

– Eh – disse Giulia. – S'è reso conto che dentro le interiora della lepre c'erano i pallini del Caroselli. E ha capito che potevano essere una prova. Quindi ha portato via il sacchetto dell'organico...

– Però non ha fatto i conti con la maniaca della raccolta differenziata, che toglie i pallini anche dalle interiora – disse Lucia.

– Se ce li lasciassi non sarebbero più organico – dissi. – Se metti un cucchiaino di veleno nella marmellata ottieni veleno, non marmellata.

O pigliamici ancora in giro, per le mie manie.

– Ma poi, perché?

Quella mattina avevamo allungato un po' il tragitto. L'avevamo presa larga, letteralmente. Arrivate alla curva del mulino, invece di tornare indietro avevamo deciso di continuare intorno al monte. Speravo di sentirmi meglio, ma era sempre più evidente che i sensi di colpa non si possano smaltire camminando.

La strada passava a lato di una casa piuttosto grande, e piuttosto isolata. Accanto alla casa, un orto, e accanto all'orto uno spiazzo squadrato con due porte da calcio di dimensioni ridotte, e un pallone sgonfio vicino a cui razzolavano due o tre galline. Probabilmente il bambino che un tempo giocava a pallone in quello spiazzo era cresciuto, e aveva incominciato a interessarsi a un altro tipo di rotondità.

– Per non farlo partire. Perché non voleva che il figlio andasse via.

– Cioè, per non mandare il figliolo in Svizzera?

Feci di sì con la testa. Credo. Ero troppo concentrata a guardarmi i piedi per rendermi conto dei gesti che facevo.

– Ti ricordi che alla cena Cosimo aveva detto che Gabriele non era stato preso? Be', non era vero. Era stato preso e come. Alla mail ufficiale con l'invito Cosimo aveva risposto che il bimbo non se la sentiva, era ancora un po' troppo giovane e forse era meglio aspettare almeno un anno. Al figlio, invece, aveva detto che non era stato ammesso. E anche al Caroselli.

– Ma che brodo... non lo sapeva che c'era un amico del Caroselli nella scuola svizzera?

– No. Il Caroselli al padre di Cosimo non aveva detto nulla. Per correttezza, ci ha spiegato questo tipo, questo Ottaviano. Non voleva alimentare false speranze, dicendo che un suo amico era nel corpo docente della scuola, che insegnava lì. D'altronde nelle scuole serie puoi essere anche il figliolo del capo della Spectre, se non sei bravo non entri. Ma Gabriele è bravo, e il Caroselli lo sapeva. Per quello aveva insistito.

– Ma non ho capito una cosa – insisté Lucia. – Cioè, lo Scuderi gli ha dato appuntamento nel boschetto? E il Caroselli c'è andato?

– No – risposi, scuotendo la testa. E notando che Cosimo era diventato «lo Scuderi». – In realtà, quasi sicuramente si sono incontrati per caso, a meno che non sia stato il Caroselli stesso ad andare a cercare Cosimo. Se ci pensi, Cosimo non aveva il fucile dietro. Era il Caroselli quello armato. Se Cosimo avesse avuto intenzione di uccidere fin da subito, si sarebbe portato dietro il fucile.

Probabilmente è andata così, avrei raccontato se avessi avuto voglia di parlare. I due si incontrano, forse per caso, o forse è addirittura il Caroselli ad andare a cercare Cosimo. Una richiesta di spiegazioni che diventa un litigio. E a un certo punto il fucile del professore finisce fra le mani di Cosimo. Un fucile caricato a pallini da lepre, che uccide solo se spari a distanza ravvicinata.

Ma non avevo troppa voglia di dirlo, e rimasi in silenzio.

– Io però l'avevo visto che lui il lockdown l'aveva accusato, eh – commentò Lucia, che il silenzio lo sopportava male. – Già prima secondo me non è che battesse tanto pari. Li teneva un po' parecchio rintanati, 'sti figlioli.

– Più che altro ha accusato la fine – commentò Giulia, guardando anche lei verso lo spiazzo con le porte, che si allontanava. Debora invece era rimasta zitta, e ascoltava. Non aveva aperto bocca per quasi tutta la mattina.

– Serena, ti chiamano.

Guardai in basso, ma la vibrazione mi aveva già avvertito che qualcuno mi voleva. Avevo levato la suoneria, perché altrimenti l'istinto di rispondere era troppo veloce.

Augusta, c'era scritto sul display. Questa non potevo ignorarla.

– Pronto?

– Pronto, Serena. Come va?

– Buongiorno Augusta – risposi, allontanandomi lievemente dal gruppetto. – Sì, insomma...

– Virgilio mi ha detto. Hai avuto una grande presenza di spirito, sai?

– Eh... sì, credo di sì...

– Ti volevo dire, in questi giorni se avete bisogno non ti peritare. Capisco che tu sia scossa, per cui fai quello che ti senti. Se vuoi cucinare per dodici, fallo. Se volete venire qui pranzo e cena, idem. Va bene?

– Grazie, Augusta. Sì, ne ho bisogno. Sono un po'... più che altro, mi sento in colpa.

– In colpa?

– Sa, i ragazzini... Gabriele e Artemisia, in fondo, se non era per me... cioè, praticamente ho reso orfani due bimbi.

– Serena, posso dirti una cosa che mi ha detto una volta una persona saggia?

Ecco. Finora era andata bene, ora si incomincia con le perle di Osho.

– Una persona saggia una volta mi disse: non chiederti come stanno ora, chiediti dove possono andare adesso.

Rimasi in silenzio. Mi rividi diciottenne, al liceo, con le gote rosse, in piedi dietro a un banco mentre la stessa donna che ora mi parlava al telefono era di fronte a me, in cattedra. Dopo un paio di respiri, Augusta disse con calma:

– Mi raccomando, fate quello che vi sentite. Io sono qui.

-- Che problema c'è? – chiese Debora.

Non risposi. Avevamo lasciato Lucia e Giulia e ci eravamo incamminate verso la nostra via e le nostre casette. Numero sette io, numero quattro lei.

Dopo la telefonata di Augusta, mi ero messa a rimuginare. Non sul delitto, per la prima volta da un paio di giorni. Ma sul fatto che Augusta Pino avesse usato quella frase. Una mia frase, di quasi trent'anni prima. Una persona saggia. Cioè, a diciott'anni ero più saggia che a quarantasei? A volte, mi capiva meglio di quanto mi capissi io. A volte, eh. Addirittura a volte mi capiva meglio lei di Virgilio. Come quando avevamo litigato perché avevo rifiutato il lavoro. Perché avevo rifiutato *quel* lavoro.

Forse è inutile che ve lo stia a spiegare: voi che state dalla parte facile della pagina probabilmente lo avete capito anche prima di me, il motivo. Se mi avessero offerto un posto da sommelier, lo avrei accettato al volo: ma in una start-up di ricerca, in questo momento, anche no. Per dirla in termini espliciti, avendo sottomano l'agenda tanto cara al mondo lavorativo, per il periodo che Michela mi proponeva purtroppo avevo un altro impegno. Anzi, purtroppo una sega, ho un altro impegno e basta: devo crescere due figli.

Ho visto e so come vive un imprenditore in rampa di lancio: in viaggio. Michela mi aveva citato la Norvegia, Malta, il Portogallo. Tutti paesi dove aveva progetti, tutti posti dove sarei dovuta andare. E Pietro, che dorme ancora coi peluche? E Martino, che non vuole cambiare scuola? Posso fare finta di essere indipendente finché voglio, ma la realtà è che al momento loro sono molto più importanti di me. Non me lo posso permettere, di stare lontana. Di prendere sei aerei al mese come Michela. Punto. Mi girano le scatole a rinunciarci? Certo. Ma mi girerebbero parecchio di più se un giorno tornassi a casa e scoprissi che mio figlio si impasticca.

Forse, se vivessi in un altro paese, uno dove l'unica scuola a tempo pieno non è quella delle suore, o dove gli adulti possono avere altri sfoghi oltre a sparare ai cinghiali. O se fossi un'altra persona, come Michela, che ha due figlie, una biologica e una tecnologica, e tiene a entrambe allo stesso modo, e vorrei vedere. O forse se ci fossi cresciuta, in un altro paese. Ma Michela è nata e cresciuta accanto a me, e allora forse questo non conta. O non basta. Sono orgogliosa di Michela, sono orgogliosa dei successi che ha e della fiducia che mi ha dato, sono contenta che la figlia di un tabaccaio sia diventata professore ordinario di fisica. E che se la senta di mettere tutto da parte per seguire il suo sogno. Io non me la sento, non c'è niente da fare. O forse sì: c'è da aspettare. Aspettare che crescano, abbastanza da sperare di non essere più necessaria per loro. Mi sa che dovrò dirlo anche a Virgilio, quando torna a casa.

Però, ripeto, se qualcuno di voi ha un ristorante in zona: io sarei brava, come sommelier.

– Serena...
– Sì, eccoci.
– Scusa se insisto – disse Debora, mettendomi una mano sul braccio – hai qualche problema?

Uno solo? No.
– No. Perché?
– Nulla, mi sembrava che tu non fossi come sempre. Ho fatto caso che di solito cammini in mezzo a noi due. Invece oggi ti sei messa di lato, distante. Hai lasciato Giulia fra me e l'anello di congiunzione tra la donna e il megafono. Fra parentesi, se viene a camminare lei non vengo io. Mi sembra di andare in giro con l'arrotino e l'ombrellaio.

E che cazzo. Ma allora ero veramente un libro aperto. Sì, ce l'avevo un problemino anche con Giulia, ma non credevo di essere così trasparente. Cos'è, sono ingenua io o sono tutti più furbi di me?

Scossi la testa, come un cavallo quando vede arrivare un cavaliere obeso.

– Eh, niente, è che non so se dovrei dirle una cosa.

– Se hai scoperto che il marito va dalla ganza invece di andare a correre dovresti dirglielo. Cioè, intendiamoci, ti odierà, ma solo per una decina d'anni.

– Ma come sei...

– Sincera?

Rimasi qualche secondo in silenzio.

– Va bene, hai ragione. Ma non è il marito, è il figlio.

– Alessio? Cosa fa, va a donnine sull'Aurelia? E come ci va, che ha sedici anni, in bicicletta?

Risi.

– Guarda, su una cosa hai ragione. Anzi, su due. Ha sedici anni, e va in bicicletta dove non dovrebbe –. Guardai verso il monte, là dove la strada fa un gomito. – Anzi, con chi non dovrebbe.

– Ah. E te come lo sai?

– Eh, come lo so... – Mentre parlavo, cominciai a frugarmi in tasca, per tirare fuori il telefonino. – Te l'ho detto, no, che alla polizia era arrivata una lettera anonima che diceva di aver visto Cosimo vicino al boschetto del Fornace, mentre lui aveva detto di essere a Rivo a sparare alle lepri?

– Non ci credo... l'ha scritta Alessio?

– Prova a pensarci. Hai uno che ha visto Cosimo, cioè una persona che non ha interessi o amicizie profonde con nessuno, che è sempre vissuta appartata e per i cavoli suoi, e qualcuno che scrive una lettera anonima per denunciarlo. Perché non va direttamente alla polizia?

– Perché non vuole comparire.

– E perché non vuole comparire? – Alzai le sopracciglia. – Quando ero piccola, in terza elementare, ho letto la storia di un tipo, un condannato a morte che era andato sulla sedia elettrica da innocente pur di non far sapere a sua madre che al momento dell'omicidio era in un locale gay.

– Bravo fesso – commentò Debora. – Così lui l'hanno giustiziato e sua madre l'ha scoperto lo stesso, di avere un figlio ricchione, però a reti unificate insieme al resto del mondo.

– Sei una bestia. Comunque, era qualcuno che non voleva comparire. E chi c'era su quella strada a quell'ora di mattina, di domenica? Chi ci va? O noi, persone che vanno a camminare, oppure il giro della questura. Quale attività illecita stai mai compiendo sulla strada che va al boschetto del Fornace? Traffico illecito di indulgenze?

– Sì, ma sono tutte supposizioni...

Nel frattempo avevo trovato il telefonino. Lo tirai fuori.

– Sai, questi esaltati della forma fisica spesso si filmano. Ho trovato questo, in rete, ieri sera.

Pigiai sulla freccia, e partì il video. Un video fatto anche quello da un cellulare, che riprendeva dei culi su dei sellini, che diventarono a un certo punto persone sopra a delle biciclette, mentre una voce esagitata parlava col fiatone:

«*Cronaca in diretta dalla questura...*». Ansimo. «*C'è lo strappoooo! Davanti si fa sul serio, oggi*». Anf, banf, pant. «*C'è Marioneeee, c'è Raimondo, c'è la cremaaa. E chi non ne ha rimane dietroooo...*».

E il telefonino si era voltato per un attimo, impietoso, verso un ciclista solitario piantato sui pedali, sulla salita. Non si riconosceva la salita, ma si riconosceva il ciclista.

– Non ci credo... oh, è proprio Alessio...

Misi via il telefonino.

– Io credo che sia successo questo. Alessio è rimasto indietro rispetto al gruppo, nella corsa della questura. Ha preso un bel distacco, in termini di tempo, non in termini di spazio. Cioè, non è che non erano più raggiungibili, erano proprio staccati. Per questo non era intruppato, ed è passato molto più tardi dalle parti del Fornace. È arrivato lì più o meno quando Cosimo, sentendosi al sicuro perché il gruppone era passato, è uscito dal boschetto.

– Mi sembra parecchio macchinoso...

– Lo so, ma d'altronde come te lo spieghi? Può averlo visto da lontano, di schiena. Una bicicletta di quel genere non fa rumore, per cui probabilmente Cosimo non si è accorto di avere qualcuno a una cinquantina di metri di distanza.

Eravamo arrivate all'altezza del suo cancellino. Numero quattro. Mi incantavo sempre a guardarlo, non so perché.

– Capisci ora il mio problema? Lo dico a Giulia o no?

Debora mi guardò e mi mise una mano sulla schiena, strofinandola. Era calda, anche attraverso il giacchetto.

– Ascolta, io questa cosa a Giulia la direi –. Andò verso il cancellino e lo aprì. – O a Giacomo. A uno dei due. Forse, in questo caso, meglio Giacomo. Voglio dire, se c'è una cosa che ho imparato questa settimana...

– Sì, hai ragione – completai. – Non sempre i genitori sono in grado di parlare con i figli. – La guardai. – È la cosa migliore da fare, secondo te?

– Credo di sì. Coi figli degli altri sono sempre piuttosto sicura.

Dopo la fine

Quando ero all'università, ho dovuto fare l'esame di Chimica Fisica II, come tutti. Un corso che ho seguito con grande attenzione, come tutti. O meglio, come tutte.

Perché il titolare del corso, un vecchiaccio quasi completamente sordo sia nelle orecchie che nell'animo, quell'anno si vide assegnare da Nostro Signore un piccolo anticipo dell'inferno che lo attendeva. Un ictus. Così, nel corso della riabilitazione, mentre imparava di nuovo a muovere gli artigli, aveva delegato a tenere il corso un ricercatore giovane, appena nominato, tale Bonelli. Che era un trentenne alto, sempre ben vestito e con un sedere perfetto. Vi giuro, avrei qualche problema a descrivere il viso di Bonelli, ma se voleste sapere che jeans indossava e com'erano fatte le tasche potreste fidarvi ciecamente. E ci sarebbero decine di testimoniesse e anche qualche chimico inorganico pronto a confermare. Quando si voltava per scrivere una formula alla lavagna c'era sempre approvazione indebita.

Per determinare il futuro di un gruppo di atomi servono posizioni e velocità, diceva Bonelli. Non basta sapere dove sono gli atomi, ma anche dove stanno andando. Se invece sapete queste due cose, sapete tutto.

Se fate una foto a un biliardo, non potete dire dove saranno le palle un attimo dopo. Dovete sapere che velocità hanno le palle, e in quale direzione si muovono. Serve la posizione, e serve la velocità. Se avete queste due informazioni, avete tutto. Potete prevedere il futuro di qualsiasi sistema, come se fosse un insieme di palle su un biliardo.

Ma siccome non abbiamo una videocamera con questa risoluzione allucinante, dobbiamo accontentarci di descrizioni un po' a grana grossa. Anche se non sappiamo di preciso dove sono gli atomi, sappiamo che sono qui dentro, in questo contenitore, qui e non altrove. Questa informazione la chiamiamo «volume». Anche se non sappiamo le direzioni, sappiamo che gli atomi hanno una certa velocità, e la chiamiamo «temperatura». Con queste due informazioni, potete comunque fare delle previsioni. Parziali, certo. Non potete pretendere di indovinare tutto.

Che è un po' l'errore che avevo fatto io.

Camminavo da sola, quella mattina, e ripensavo alla sera precedente. Ci eravamo visti a cena, con Giulia, Giacomo e famiglia. Avevo cucinato io. No, non la lepre. Quella l'avevo buttata via, e a dire il vero non avevo nemmeno troppa fame. Ma Giulia aveva capito che avevo bisogno di compagnia. Comunque, avevo portato io la cena e Giulia ci aveva messo la casa. Tu cucini e io pulisco, il patto era questo. L'altro pat-

to, implicito, era che non si parlasse del caso Caroselli. Non era stato facile, all'inizio, ma un paio di spritz
avevano fatto il loro dovere.

Poi, a un certo punto, al momento di andare via, avevo chiesto ad Alessio se mi dava una mano a portare
il vetro alla campana. Non era solo una scusa, di vetro
da buttare ce n'era oggettivamente una discreta quantità: ai due spritz, infatti, era seguito un Vorberg 2019
(Pinot bianco, ideale con la pasta alla bottarga) e un San
Leonardo 2016 (Merlot, ideale per il pecorino al forno) per finire con una bottiglia di Clément (rum, ideale per ubriacarsi come funi e non pensarci più).

– Che pensi di fare all'università? – avevo chiesto,
tanto per fargli aprire bocca.

– Mah, non ci ho pensato ancora bene. Credo Economia.

Fece un singhiozzo seguito da un piccolo ruttino. Anche lui, pur minorenne, qualche sorsetto se lo era fatto arrivare.

– E alla questura ci vai sempre?

– Ma sai che sei fissata? Ti ho già detto...

– Alessio, ti ho visto.

Sentii che aveva smesso di respirare. Io intanto guardavo da un'altra parte. Non so chi dei due fosse più
imbarazzato.

– Quando?

– Domenica scorsa. Questa domenica. C'era anche
tua madre con me.

– E lei m'ha visto?

– No, sono sicura di no.

– Ma dove mi hai visto?

Su un telefonino, beota. Ma non era il caso di allarmarlo ulteriormente, dato lo scopo che volevo raggiungere.

– Sulla strada per venire da Lucca. Eri da solo, staccato...

– No – disse lui, quasi punto sull'orgoglio. – Staccato no, dai. Ero dietro ma non staccato, ero vicino. Sei sicura che mamma non m'abbia visto?

– Se t'avesse beccato, conoscendo tua madre, t'avrebbe staccato le braccia e ti ci avrebbe preso a schiaffi. E se la polizia lo viene a sapere, quello che hai fatto, anche lì sono casini. Io te lo dico, meno male che c'eri te, ma fai attenzione. È comunque un reato.

– Come, reato? Guarda che io non prendo niente, eh. Non prendo né steroidi, né epo, né altri troiai. Lo so che c'è gente che si bomba, ma io voglio vedere solo... scusa, cosa significa meno male che c'eri te?

– Dai, Alessio, lo sai.

– No, guarda, non lo so e non lo capisco.

– Chi è che ha scritto alla polizia scordandosi di mettere il mittente?

– E come si fa a non mettere il mittente, scusa?

– Non lo scrivi sulla busta...

– Busta? Cioè, intendi una lettera di carta?

E Alessio si mise a ridere. A ridere, proprio, come un cretino. Un po' perché era alticcio, un po' perché evidentemente avevo detto una cavolata tremenda.

– Guarda, lascia perdere...

– No no, spiega. Era proprio carta carta, o era di papiro?

– Smettila di fare lo scemo...

Alessio continuava a ridere.

– No, aspetta, era marmo, ora me lo ricordo. Sì, non ci ho messo il mittente perché sai, dopo aver scolpito l'indirizzo ero un po' stanchino...

– Sei un deficiente.

– E te chiami Roni il bambino di Cro-Magnon? Te sei la donna del Similaun...

– Ora te la spacco in testa, 'sta bottiglia... anzi, dico a tua madre che eri alla questura.

Per lo meno in quel modo ero riuscita a chetarlo e a farlo smettere di ridere. Ma la mattina dopo il problema rimaneva. Chi era stato a mandare la lettera anonima? E, soprattutto, perché continuavo a pensarci? In fondo era inutile. Il colpevole era stato individuato, aveva confessato, e c'era una valanga di prove a suo sfavore. Il DNA sulla scena del crimine, ma soprattutto il fucile del Caroselli, ritrovato in un fosso proprio dove aveva detto lui. E allora perché? Per quale motivo continuava a tornarmi in testa?

Avrei potuto dire che era per curiosità, perché l'istinto del ricercatore mi diceva che finché non avevo un quadro completo non ci dormivo. O forse perché lì ci vivevo, perché volevo sapere chi era il tipo in grado di mandare lettere anonime. Ma non era così.

In realtà, il motivo vero era che mi dava fastidio.

In primo luogo perché avevo sbagliato, ok. Sulla lettera anonima c'era scritto «alle ore 8:47», e io stessa avevo visto il giro della questura passare molto più tardi, quella domenica mattina. Io, che sono fissata con i minuti, mi ero persa un'ora come se niente fosse. Ma soprattutto, mi dava fastidio perché una lettera anonima era un mezzuccio. Una cosa che può fare un adolescente, non un adulto – per quello mi era venuto in mente Alessio. Una persona adulta e responsabile, pensavo, va alla polizia e, con sotto il suo nome e cognome, fornisce informazioni utilizzabili. Se vuole smalignare in forma anonima sul prossimo, commenta gli articoli sul sito del suo quotidiano. Può parlar male anche di gente che non conosce, vuoi mettere la soddisfazione? Invece, qui a PSG ci conosciamo più o meno tutti, almeno di nome. Se incontri qualcuno puoi salutarlo, o discuterci, o mandarlo a quel paese, ma non lo puoi ignorare. La cosa a volte ha i suoi vantaggi, e a volte meno. Per me, in quel momento, meno.

Di fronte a me, sulla strada, stava camminando Artemisia Scuderi Tarabini.

– Scusi, ha un minuto? Venivo proprio da lei...

Artemisia non era cambiata dall'ultima volta che l'avevo vista. Aveva i capelli biondi e le lentiggini, ed era nell'età disgraziata in cui non si è più bambine, ma intorno a te la maggior parte delle tue compagne sembrano donne.

– Ciao, Artemisia. Certo, figurati. E dammi pure del tu.

Dai, sì. In fondo ti ho fatto arrestare il babbo, ormai sono quasi di famiglia.

– Non lo so se ci riesco... – disse, guardandomi. Gli occhi, sì, gli occhi erano cambiati. Sempre marroni, per carità. Ma erano fissi su di me, o almeno così mi sembrava.

– Te ne sarei grata.

Anche se tu smettessi di guardarmi. Tutta fatica sprecata, bimba. Ti assicuro che sono già a disagio di mio.

– Comunque, venivo a salutarla... a salutarti. Partiamo lunedì prossimo. Andiamo a Basilea.

– A Basilea?

– Sì. Andiamo a stare dall'amico del prof, da Ottaviano. Lui era già stato indicato come tutore per Gabriele –. Avevamo ricominciato a camminare, entrambe. Io avevo solo cambiato direzione, e mi ero messa accanto ad Artemisia. – Hanno un bimbo piccolo, di due anni. Io praticamente farei la baby-sitter, e Gabriele può studiare.

– Ma continuerai a studiare anche te, spero...

– Eh certo, eh. Io continuo il liceo lì. Faccio il triennio per fare la maturità, loro la chiamano di tipo C. Cioè lo scientifico, via.

– Ah. Ma non facevi il classico?

– Era per fare contento babbo. Lui diceva che dopo il classico puoi fare qualsiasi cosa...

Non c'era bisogno che mi voltassi, per capire che Artemisia era sul punto di piangere. Bastava la voce. Non c'era bisogno di voltarmi, e non mi voltavo. Non sopporto le persone che piangono. Non è che le odio, è che mi fa male per loro.

Aspettai qualche secondo, e provai.

– E dopo lo scientifico, cosa vorresti fare?

Artemisia deglutì e tirò su col naso.

– Ora si mette... ti metti a ridere.

Sì, bimba, ti prego. Ne ho tanto bisogno.

– Vorrei fare chimica.

– Ah. E come mai?

– Vuole la verità? Perché non ne so niente. Di tante cose ho letto, ho studiato, più o meno un'idea me la sono fatta. Più o meno la filosofia, la matematica, l'arte, lo so di cosa parlano... Ma la chimica, proprio, non so cosa sia. E sono curiosa. Deve essere ganzissima. So appena che esiste la chimica organica, la chimica biologica... lei, per esempio...

– Dammi del tu, Artemisia, ti prego. Mi sento già vecchia per conto mio.

– Scusa, è che... tu cosa facevi, organica o biologica?

– Io facevo chimica inorganica.

– È vero, chimica inorganica. Ce l'avevi detto, due anni fa, quando sei venuta a scuola. La chimica dei metalli.

– Sì, non solo di quelli – dissi, con un minimo di serenità. Almeno qualcosa di cui potevo parlare sapendo cosa dire. – Ma soprattutto dei metalli. Io facevo quello, chimica supramolecolare dei metalli. Il nome è molto più brutto della materia.

– Me lo ricordavo. È per quello che sai distinguere il ferro dal piombo.

Stavolta sì che mi voltai.

– Io lo sapevo che babbo domenica era uscito senza fucile. Ma lui poi è tornato con le lepri. Era normale, sembrava normale. Poi la sera si è saputo del professore.

Io stavo zitta. Lasciavo parlare.

– Non avevo capito bene cosa fosse successo, ma capivo che c'era qualcosa che non andava. Poi le... ti ho portato la lepre. Babbo non la mangia la carne, lo sai, ma non per scelta. Ha una malattia, non digerisce bene certe proteine. E la sera s'è arrabbiato. Una scenata. Devi chiedermi il permesso prima di fare le cose, urlava.

Ci fu solo rumore di passi, per parecchi secondi. Le mie suole di gomma che si aggrappavano leggere all'asfalto, rip, rip, rip. Di solito, adoravo quel rumore. Adesso, mi risultava insopportabile.

– Non dev'essere facile vivere con tuo padre – dissi, per riempire il silenzio. – Me lo immagino.

– No. No, non te lo puoi immaginare. Io facevo il classico, perché babbo diceva che dopo il classico puoi fare quello che vuoi –. Artemisia scosse la testa. – Fare quello che vuoi. Ma cosa volevi mai che facessi, se stavo in casa con lui?

Rip, rip, rip.

– Io lo so che ho fatto una cosa vigliacca, ma avevo paura. Paura. Mi è arrivata addosso il giorno dopo, quando mi sono svegliata. C'era giù di sotto babbo che preparava colazione, come sempre. Come se non fosse successo niente.

Artemisia si fermò e girò il viso verso di me.

– È proprio quello che mi ha fatto più paura. Babbo che si comportava come se non fosse capitato nulla. E a me? Cosa mi aspettava, se anche io avessi fatto finta di niente? – Artemisia fece una pausa, togliendomi lo sguardo di dosso. Abbassò la voce. – Io mi sono immaginata il futuro. Come sarebbe stato, da adesso in poi, ogni ora, ogni giorno, ogni mese che si fosse affacciato alla mia camera. Sempre alla stessa camera. E ho fatto una cosa vigliacca, lo so.

E mi guardò di nuovo. Come se aspettasse di veder emergere un giudizio dalla mia faccia, dalla mia espressione.

Stavolta sostenni lo sguardo.

Non hai fatto una cosa vigliacca. Hai fatto una cosa coraggiosissima. Hai denunciato tuo padre. E non l'hai fatto solo per te. Anche per te, ma anche per tuo fratello, che ha il talento che tu non hai. E che sarebbe rimasto fregato anche più di te. Sarebbe stato facile, non dire niente. Sarebbe stato ingiusto, ma facile. E umano.

Questo avrei voluto dirle, ad Artemisia.

Invece, continuando a camminare, l'abbracciai.

Mi ritrovai qualche minuto dopo a guardare Artemisia che si allontanava.

Presi un respiro profondo, mandando l'aria giù nei polmoni. Era fresca e odorava di terra smossa. E ripensai a Bonelli, e alle sue metafore. Gli atomi non possono ignorarsi, diceva. Ci sono elementi stupidi, come i gas nobili, che non possono fare altro se non picchiare fra loro. Ci sono altri elementi, come l'idrogeno, che forma delle coppie che da sole rimbalzano e basta, ma se ci metti anche dell'ossigeno questo si immischia nella coppia, come una donna innamorata di due gemelli, e si forma una molecola d'acqua. E ci sono elementi imprevedibili, come l'azoto.

L'azoto si trova bene coi suoi pari. La sua forma più comune, l'azoto molecolare, quello che forma la maggior parte dell'aria che respiriamo, è fatta da due atomi uguali uno legato all'altro. Stabilissima, quasi imperturbabile: niente rende stabile e felice un atomo di azoto come avere un altro atomo di azoto accanto. È talmente stabile che è difficilissimo farlo reagire; ma se ci riesci puoi ottenere qualsiasi cosa, da un fertilizzante a un esplosivo. È in grado di far crescere campi di grano o di scatenare guerre mondiali pur di tornare nella sua comfort zone, con un altro atomo vicino, uguale a lui. Ecco, Cosimo era azoto. Talmente soddisfatto della propria condizione abituale che, se ce lo toglievi, era pronto a fare qualsiasi cosa pur di riottenerla.

Ma le persone non sono atomi. Guai a confondere una metafora con la realtà.

Il problema, con le metafore, è questo: servono per capire, ma non per essere utilizzate. Usare una metafora in senso pratico, considerarla sul serio come se fosse esatta ed infallibile, è come aprire il manuale d'istruzioni della caldaia e dargli fuoco per riscaldare la casa.

Però attenzione, non prendetemi alla lettera; anche questa, in fondo, è una metafora.

Per finire

Per la prima volta, il nome di una dei due compare esplicitamente tra gli autori: il primo ringraziamento va ad Antonio, editore ed amico, che ha voluto scommettere con le nostre scaramanzie.

Lavorare come editor con due autori, ognuno dei quali è convinto delle proprie idee (diverse sia tra loro che da quelle dell'editor), è qualcosa che nessuno dovrebbe essere costretto a fare: ringraziamo Mattia per la sua pazienza e la sua fermezza.

Grazie a Marcella per le sue capacità di diplomazia, e grazie a Floriana per aver saputo gestire le nostre indicazioni schizofreniche riguardo alle bozze.

Grazie a Maurizio, ad Alessandro B. e ad Alessandro G., perché se vi siete incuriositi riguardo a questo libro è merito loro. Grazie a Francesca perché se avete il libro in mano è merito suo, e anche perché sennò ci viene a cercare.

Grazie a Olivia e a Pietro, a Tiziana, a Rita, ad Alessandro, a Delia, a Chiara, a Giacomo, a Valentina, al dottor Aiello e a tutti quelli che ci stiamo dimenticando: con voi si sta talmente bene che non riusciamo a pensarlo come un lavoro.

Una delle cose belle della scrittura è poter scrivere, sotto la propria firma, conoscenze delle quali non avevi idea prima di pensare al libro: occorre quindi ricorrere a consulenti tecnici, persone affidabili alle quali chiedere, ricavandone non di rado delle vere e proprie perle da poter poi millantare come proprie.

Grazie, quindi, a Gioiello Micio: Non avendo mai sparato con un'arma da fuoco, nessuno dei due, ci ha pazientemente spiegato le caratteristiche delle armi da caccia e alcuni aspetti della legislazione, oltre a raccontare vari aneddoti succosi.

Grazie a Cristiano Birga, che ci ha aiutato a navigare nel codice di procedura penale e ci ha spiegato vari aspetti del funzionamento della polizia investigativa.

Grazie a Sergio Schiavone (non è parente di Rocco), chimico e da anni nostro tutor nel funzionamento della polizia scientifica: una ulteriore figura che dimostra che studiare chimica serve a fare qualsiasi lavoro tranne il chimico. Se dovesse comparire qualche inesattezza nelle procedure di analisi, sappiate che la colpa è tutta nostra, che la chimica ce la siamo ormai scordata quasi del tutto.

Un sempiterno grazie ai nostri editor privati (da esprimersi anche in cene, come di consueto: sono persone materiali, come noi). In primis, benvenuta nel gruppo ad Adele, prima a finire il libro e a darci le sue indicazioni, e grazie a Letizia, Mimmo, Virgilio, Serena, Davide, Serena V., Liana, Maurice Wind, Gianna, la-Cheli, Massimo.

E un grazie sincero, di tutto stomaco, alla prosciutteria di Sbrana, alla pasticceria Zucchero a Velo, al ristorante Makedonia e soprattutto alla pizzeria ZenZero per il continuo supporto morale.

San Giuliano Terme, 18 settembre 2022

Indice

Chi si ferma è perduto

Questo volume è stato stampato
su carta Palatina
delle Cartiere di Fabriano
nel mese di ottobre 2022
presso la Leva srl - Milano
e confezionato
presso IGF s.p.a. - Aldeno (TN)

La memoria